煌めく宝珠は後宮に舞う　1

悠井すみれ

角川文庫
24497

目次

一章　梅花、おのずから匂い立つ　5
二章　燦珠、乱麻を断つ　56
三章　秘華、輝きに翳《かげ》の落つ　113
四章　宝珠、闇を照らす標《しるべ》となるか　193
五章　鳳翼一閃《ほうよくいっせん》、暗雲を払う　248

一章　梅花、おのずから匂い立つ

栄和《えいわ》国の延康《えんこう》の都は、梅の盛りを迎えていた。富貴の家の庭園に下町の路地に。都の至るところに白や紅の花が咲き、馥郁《ふくいく》たる香りを漂わせて春の訪れを告げている。寒さを溶かす色と香は、市場の片隅にも点《とも》っていた。国の各地から訪れた人や馬や車を見守るように、見事な紅梅の木が枝一杯に花を咲かせている。荷の重さに俯《うつむ》くことなく、都の喧騒《けんそう》を見渡す元気がある者は、木の傍らに華奢《きゃしゃ》な人影を認めて目を擦《こす》るだろう。

華奢で、可憐《かれん》な——梅花の精を思わせる、紅の衣の少女がそこに佇《たたず》んでいた。

（うふふ、良い感じに集まってきたわね）

紅梅の精こと梨燦珠《りさんじゅ》は、自身に集まる幾つもの視線を感じて袖《そで》の陰でほくそ笑んだ。彼女が纏《まと》うのは華劇《かげき》の花旦《かだん》（娘役）の衣装。舞う時に華やかに翻るように、袖口に長い薄絹の水袖《すいしゅう》がついている。

その衣装の軽やかで色鮮やかなこと、地上にも梅の花が咲いたかのよう。道行く者たちも、しきりに指さしたり肩を叩《たた》いたりして噂し始める。

「可愛い舞姫じゃないか」

「明るいうちから客引きか？」

栄和国において、女は人前で演じないものだ。あえて舞台に立つとしたら、芸ではなく色を売る類《たぐい》の者たちになる。

（失礼ね、そんなんじゃないわ！）

囁《ささや》き声の中には、燦珠にとって不本意極まりないものもあった。でも、延康の住人には華劇を好む者も多い。だから、役者の善し悪しを立ち姿だけで見極める者だっている。

紅梅の下の、舞衣装の花旦といえば、通な者には一目瞭然《いちもくりょうぜん》だ。

「いや、役者だ。若い娘が、珍しいな」

「あの衣装は――」

「《梅花蝶《ばいかちょう》》だろう！」

（正解！）

野次馬から聞こえた演目に、心の中で快哉《かいさい》を叫んでから。燦珠は両手をふわりと舞わせた。さあ、独り舞台の開幕だ。空と花の下、幕も伴奏も必要ない。彼女の指先に眼差《まなざ》し、唱《うた》に仕草に足さばき――全身を使って、恋する梅の精の健気《けなげ》さを伝えるのだ。

（まずは、念《ねん》（台詞《せりふ》）！）

紅を刷《は》いた燦珠の唇が、高く震える声を紡ぎ出す。聞く者の心を揺さぶる切々とした語り掛けは、か細いようでいて市場の端にまで届くはず。そのように、彼女は鍛錬を積んでいる。

他今年也不来　どうして彼は今年も来ないの？

悲哀我又散花　私の花が散ってしまうわ

目の高さに掲げた手から垂れる水袖は、涙の表現。恋した若者が姿を消した悲しみに暮れるうち、梅の精は決意するのだ。彼を捜しにいかなくちゃ。

梅の精の想いが募るまま、演じる燦珠の声も動きも高まっていく。念は唱に。指先や視線で表す感情は舞に。高揚し、弾《はじ》け、あふれていく。

樹根阻碍我　根っ子は邪魔よ

脚を高く上げて、跳ぶ。地面に落ちた花弁を爪先《つまさき》で撥《は》ね上げて、笑う。

不要也樹枝　枝も要らない！

長い水袖が、舞い上がった紅い花弁を巻き込んで、弧を描く。爪先で立って、跳躍も交えて、回る、回る。背を反らし、指先をしならせ、腕を掲げて。自らが起こす旋風によって、花弁が舞い落ちるのを許さぬまま。梅の色と香りを纏って燦珠は唱《うた》い、そして舞う。

舞舞跳跳我飛向他　彼のもとへ飛ぶわ
他知道我的花香色　香りと色で私と分かる

あり得ぬはずの、羽ばたきによって花の香りを撒《ま》く紅い蝶。今や燦珠はその化身だった。

「良《い》いぞ！」

「もっと回れ！」

彼女のことを不埒《ふらち》な目で見る者は、もはやいない。

拍手と喝采《かっさい》が実に気持ち良くて、燦珠の回転はますます速く、歌声はますます高くなる。観客の熱狂が彼女を乗せていた。投げられる銭の澄んだ音が、鈸《はっ》（シンバル）の代わりに場を盛り上げる。

（そろそろね——）

舞い踊る紅い花弁の中でとんぼ返りを決めながら、燦珠は素早く周囲に目を走らせる。最後の見得を決める場所を求めて。人波に埋もれることなく、思い切り目立てる場所が良い。例えば——ちょうど良く積み上がった木箱、あれだ。距離と高さを目で測ってひと際強く、地を蹴《け》った、のだけれど。

「この、不良娘がぁ——!!」

「——っとぉお!?」

花弁を枝から落とす、落雷もかくやの大声が響いて、燦珠は身体の均衡を崩した。もちろん無様に転倒するなんてあり得ない。狙った木箱のやや手前にどうにか着地、腹筋に力を入れてぴんと立ち、見得らしきものを決める。おー、という控えめな歓声と、ぱらぱらとまばらな拍手がどうにも間が抜けていて悔しい。

（今のさえ、なければ……！）

紅く染めた眦《まなじり》をきっと決して、燦珠は闖入者《ちんにゅう》を睨《ね》めつけた。

彼女の熱演を台無しにしたその相手は、龍《りゅう》の刺繍《ししゅう》を全面に施した衣を纏い、顔全体を赤と黒の臉譜《くまどり》で塗り分けている。羽根で飾った被《かぶ》り物や、口面《こうめん》（付け髭《ひげ》）こそないけれど、華劇の舞台から抜け出した武花臉《ぶかれん》（将軍役）のような——というか、実際「そう」なのを、燦珠は誰よりよく知っている。

「爸爸《パパ》!?　開演前に何やってんの!?」

「跳ねっかえりが大道芸の真似事をしていると聞いたのだ。これが座っていられるか！」

舞台用の戟《ほこ》さえ持ち出して、実の娘に突きつけるのは――延康随一の名優と名高い梨詩牙《しが》、燦珠の父だった。無粋極まりない横槍《よこやり》だけでなく、父の言葉も、彼女の逆鱗《げきりん》に触れた。先ほどまでは切々と恋情を唱い上げていた高く澄んだ声が、今は怒りを帯びて響き渡り、驚いた鳥を飛び立たせる。

「大道芸？　大道芸ですって!?　この人垣が見えないの!?　梨一門の女形《おんながた》に、私ほど唱って踊れるのが何人いるってのよ！」

胡蝶《こちょう》の翅《はね》と舞っていた水袖も、鋭く翻って燦珠の激昂《げきこう》を表す。親子喧嘩《げんか》に巻き込まれた格好の野次馬のうち、何人かは首を竦《すく》めているけれど、大方は面白がっているようなのがまた腹立たしい。

「女が出しゃばると陰陽の気が乱れると言うだろう！　新しい天子様が立たれたばかりだというのに、縁起でもない真似をするんじゃない！」

「失礼ね！　私の舞のどこが縁起でもないのよ!?　見事なものだったでしょ!?」

燦珠の問いかけに応じて賛同の歓声が上がるのを、父の詩牙は戟を振り回して静めた。けれど、それも一瞬のこと、当代きっての名優の立ち回りが眼前で繰り広げられているとあって、野次馬はいっそう沸き上がった。

「お前の腕は関係ない！　女は舞台に立てんのだ！」

「女が女を演じて何が悪いのよ⁉」

詩牙は、お転婆娘を回収しようと駆けつけたらしい。頭に血が上っているから、声量にも戟さばきにも遠慮がない。

舞台用のなまくらとはいえ、次々と繰り出される戟の切っ先を避けて、燦珠はまたとんぼ返りを繰り返す。水袖が絡め取られないように、腕を振って身体を捻《ねじ》り、背を反らせ──観客からは、息が合った応酬に見えるだろうか。親子だけに、互いの手の内を知悉《ちしつ》しているから決め手に欠けるだけなのだけど。

「嫁の貰《もら》い手がなくなるだろうが‼」

「行く気はないわ‼」

さっき目をつけた木箱の上に飛び乗って。さらに跳躍して梅の枝を摑《つか》み。勢いで回って、枝の上に仁王立ちして。燦珠は憤然と父を見下ろした。

「私は国一番の花旦《かだん》になるの。爸爸《パパ》が武花臉で当代一と言われるように、ね！　面白がって仕込んだ癖に、今さら止めろだなんて……！」

「こうなると知っていたら教えておらん……！　とにかくならんのだ、今は特に！」

詩牙の声は怒りだけでなく後悔によっても震えているようだ。でも、後悔先に立たず、というものだ。血は争えないのか、華劇の魔力か。燦珠は唱《うた》うこと踊ること演じることに魅入られている。父譲りの才もある。

(今だって大受けだったじゃない……!)

舞台に上がれば喝采間違いなしのはずなのに、頑固な父は目を覚まさないのだ。かくなる、上は。燦珠はす、と深く息を吸い――鍛えた喉《のど》と腹筋で、高らかに宣言した。

「――我が名は梨燦珠! 聞いての通り、梨詩牙の秘蔵っ子よ! 誰か、私を引き抜こうって座長や興行主はいないない!?」

「あ、こら、燦珠……!」

詩牙が慌てるのも無理はない。娘を余所《よそ》の舞台に立たせるなんて、技を盗まれるのと同じこと。外聞以上に役者にとっては死活問題になりかねない。

まあ、燦珠だってそれは分かっているから、せいぜい父を脅して揺さぶって、交渉の材料にしようと思っただけ――なのだけど。

「――乗った」

燦珠と詩牙、鍛錬を積んだ役者にも負けぬ、よく通る涼やかな声が響いた。

「梨詩牙の娘、燦珠、か。私と共に来るが良い」

花を手折るように燦珠に白い手を伸べた――その声の主は、黒衣の男だった。年ごろは、若いような老いているような。ただ、とてつもなく整った綺麗《きれい》な顔をしている。
(青衣《せいい》(姫君役)をやらせたいくらいだわ)
失礼かもしれない感想を抱きながら、燦珠はとん、と枝を蹴ると、宙で一回転して
その男の前に降り立った。同時に腕を――水袖を回して、花吹雪を散らせるのを忘れ
ない。紅梅の花弁が降る中で微笑めば、美しさも艶《あで》やかさも際立つだろう。
「光栄ですわ、旦那《だんな》様。行くって――どちらへ?」
妾《めかけ》の誘いだったら蹴り飛ばしてやろう、と思いながら燦珠は首を傾げた。
この男はいかにも性欲を超越したような顔をしているけれど、人は見かけによらな
いのは華劇の多くの筋書きで知られる通りだから。
燦珠の物騒な思惑を知ってか知らずか。その綺麗な男は、ふわりと微笑むと長い指
をある方角に向けた。
「あちらへ」
と、言われても、そちらに何があるわけでもない。華劇を催すような茶園も妓楼《ぎろう》も
酒家も。あえて言うなら、皇宮を擁する高い城壁が連なり、至尊の黄色の釉薬《ゆうやく》が輝く
琉璃瓦《るりがわら》が、陽光に煌《きら》めいて空をほのかな金色に染める方角だった。
(……うん?)
燦珠が逆の向きに首を傾けたのと、赤い影――舞台衣装を翻した父の詩牙が駆け寄

ってきたのはほぼ同時だった。

「や、止めろ。娘はやらんぞ……！」

「さすがに梨詩牙は知っているのか。だが、私は娘に話しているのだ」

綺麗な黒衣の男が何を仄《ほの》めかしているのかも、父がこれほど慌てふためく理由も、燦珠には分からなかった。ただ──何かが始まる予感に、胸が弾む。

「──秘華園《ひかえん》」

男の、形の良い唇が浮かべる笑みも、それが紡いだ知らない単語も。なぜか燦珠を惹《ひ》き付ける。

「後宮にある役者《やくしゃ》の園だ。無論、女だけの。そこならばお前の望みも叶《かな》えられよう」

黒衣を纏《まと》った美貌《びぼう》の男は、楊霜烈《ようそうれつ》と名乗った。男と断じて良いかは微妙かもしれない。何しろ彼は後宮に仕える宦官《かんがん》だというのだから。

不躾《ぶしつけ》だとは思いながら、燦珠は霜烈の姿をしげしげと凝視した。

(道理で男か女か分からないと思った……！)

髭《ひげ》も皺《しわ》も染みも見えない白皙《はくせき》の頬。切れ長の目は涼やかで、唇の形も整っている。まるで華劇の青衣のよう、としみじみ思う。さすがに身体の線は女よりも硬いけれど、それでも男の無骨さはない。

女形なら誰もが羨《うらや》むような中性的な美貌は、男の機能と引き換えのものだ。だから、何か見てはいけないもののような気もして、けれどだからこそ惹き付けられもするような。

（あと……思ってたのと違うっていうか……）

華劇にもしばしば宦官が登場するけれど、多くの場合は丑《ちゅう》（道化役）だ。演じるのも小柄な役者で、軽妙な動きや即興の台詞《せりふ》で笑いを取ったりするものだ。目の前の男の印象とはまるで違う。

宦官で、生《せい》（二枚目役）や浄《じょう》（豪傑役）というと──

「えっと……宦官って言ってもお役目は色々でしょう？　華劇でも謝宝良《しゃほうりょう》とか黄惇《こうじゅん》将軍とかいるじゃない？」

「それほど大したものではない。華劇の役なら朱晋《しゅしん》といったところではないか」

謝宝良は、諫言《かんげん》によって主君の怒りを買い、宮刑《きゅうけい》（去勢刑）に処せられた学者。黄惇は、異国の奴隷から立身出世した大将軍。いずれも宦官役には珍しく、演目の柱の役どころだ。

「ふうん？」

対して、霜烈が挙げた朱晋はもっと小さな役だ。ほかの妃嬪《ひひん》から嫌がらせを受ける寵妃《ちょうき》のために侍女と共闘して立ち働く──まさに、典型的な道化役の宦官だった。どこか泰然とした立ち居振る舞いの霜烈には、やはりどうも似つかわしくない。

この男は、何というかもっと「デキそう」なのだ。

(奸臣《かんしん》役を挙げたらさすがに失礼だと思ったんだけどさあ)

本当かよ、と思わないでもなかったけれど、燦珠はとりあえず頷《うなず》くことにした。問い詰めたところで、宦官の本分について彼女は何も知らないのだから。それよりも、この男には聞きたいことがたくさんあるのだ。

「梨詩牙の《雷照出関《らいしょうしゅつかん》》を観られるとは、役得だったたな」

燦珠の疑わしげな半眼を余所に、見目麗しい宦官は舞台に熱い視線を注いでいた。

舞台——ふたりは、茶園に移動していた。延康の都の繁華街に数多《あまた》ある茶園の多くは舞台を備え、客は茶菓や軽食と一緒に華劇を楽しむものなのだ。

先ほどの騒動の後、出番を控えていた父の梨詩牙は、興行主や一座の者に拝まれるようにして茶園に連行されていった。娘を追い回して大いに動いていたし、声も張り上げていたから、舞台に上がる前の準備運動としては十分だっただろう。たぶん。

「役得って……つまり、私に声をかけたのは後宮のお役目の一環ってこと？　爸爸《パパ》の立ち回りは、そりゃ必見でしょうけど、出番以外のとこではちゃんとお話ししてくれるのよね？」

主役の身内の特権で、燦珠は二階の桟敷《さじき》席を確保していた。開演を控えて、階下の客は好き勝手に騒いでいるし、劇が始まれば銅鑼《どら》も月琴《げっきん》も鳴り響く。多少、声を潜めれば盗み聞きの恐れはなくなるだろう。

「無論。人攫《ひとさら》いではないのだから、経緯は漏らさず詳《つまび》らかにしよう。そなたが懸念なく後宮に上がってくれるように」

「私は舞台に立てるなら何でも良いんだけど。でも、そうね。説明してくれたほうが安心ね。……後宮には女の役者がいるって、本当なの？」

後宮とは皇帝に仕える妃嬪の住まい。皇帝その人と幼年の皇子たち、元男の宦官のほかには女だけが暮らす場所だということはさすがに燦珠も知っている。

だから役者も女だけ、というのは道理にも聞こえるけれど。ごくわずかな尊い方々のためだけにわざわざ集めるだなんて、相当な贅沢《ぜいたく》ではないのかとも思うのだ。

「本当だ」

だが、楊霜烈ははっきりと頷いた。茶器を優雅に持ち上げて、桟敷席向けの上等の茶の香りを楽しむように、軽く目を伏せながら。

「秘華園の由来は、九十年ほど遡《さかのぼ》る。当代から数えて三代前、当時の仁宗《じんそう》帝が大層な戯迷《ぎめい》（芝居オタク）だったとのことで」

「戯迷……」

整った唇から、重々しい口調で卑俗かつ不敬な単語が漏れたから、燦珠は思わず復唱してしまった。

戯迷とは、文字通りに戯──芝居に迷い、人として道を踏み外した者のことだ。毎日のように茶園に足を運んだり、役者に貢いだりして身代を傾ける「戯迷」は市井にもいるけれど。皇帝がそんなことで政務は大丈夫だったのか心配になる。

「そう。後宮に役者を呼ぶのでは飽き足らず、寝ても覚めても華劇の楽や唱《うた》の音が聞こえねば落ち着かず、政務の間も絶えず水袖が翻り剣や戟《ほこ》が舞うよう命じたものだと伝えられる」

思わず眉《まゆ》を寄せた燦珠に対する霜烈の相槌《あいづち》もまた、重々しいものだった。

「なるほど、重症ね……？」

「そこで、仁宗帝は後宮の妃嬪の中でも心得ある者に華劇を演じさせた。妃嬪らも皇帝の心を慰めるべく役者を師と仰いで謙虚に学んだ。最初は旦《だん》（女役）だけだったのが、次第に生や浄を演じる妃嬪も現れた」

「お妃様《きさき》が、男の格好で!?」

燦珠の驚きの声を、高らかに鳴り響く銅鑼の音が掻《か》き消した。

今日の演目は《雷照出関》──父・梨詩牙が演じる雷照将軍《らいしょう》が、幼君が落ち延びる時間を稼ぐために城門を開いて死を覚悟した戦いに臨む筋書きだ。城塞《じょうさい》に迫る敵兵に扮《ふん》した群舞隊の足音が、二階席の高みにも聞こえてくる。

群舞隊が操る剣や戟が舞い、時に宙を飛ぶのを見下ろしながら、霜烈は続けた。

「女の役だけの演目は限られるだろう。皇帝の要望に応《こた》えるためもあっただろうし——妃嬪らのほうでも、同じ筋ばかりでは飽きたのだろうな」

「それは、そうね。お客も、《雷照出関》には飽きてるみたいだもの」

やや私語やよそ見が目立つ客席を見下ろしながら、燦珠は万感を込めて頷いた。《雷照出関》は、古典で定番の演目ではあるけれど、それだけに筋書きは知られ切っている。もっと目新しい題材や振付や演出にすれば良かったのに、と。彼女自身も戯迷として、少々歯がゆく不満に思っている。

「主君に殉じた忠臣の話だからな。お上の受けが良いと思ったのだろう。——何千回と演じられた演目でも満員にするとは、さすがは梨詩牙といったところか」

「ええ、爸爸《パパ》は国一番の役者なのよ！」

父への賛辞を、燦珠が真っ直ぐに受け止める間にも、舞台では芝居が進んでいた。舞台の四方に散った群舞隊が、息を合わせて剣を投げ、飛んできたものを受け止める。勇壮な音楽に合わせて隊列を変え、高さを変えてまた投げる——剣の軌跡は見事に交錯し、ぶつかることも床に落ちることもない。それは厳しい訓練の賜物だった。

（でも、私にもできるはずよ）

訓練に加わる機会さえもらえれば。燦珠の身体のしなやかさなら、手で放り投げるだけでなく、爪先《つまさき》で受け止めてから蹴《け》り上げることだって、きっと。可憐《かれん》な――といって良い容姿なのだ、彼女は――少女が難しい技を決めれば、客席はさぞ喜ぶと思うのに。

歯嚙《はが》みする燦珠を余所《よそ》に、霜烈は涼やかに滑らかに秘華園とやらの説明を続ける。

「――とはいえ男の役と女の役では唱《うた》い方も演じ方も異なるものだ。芸を極めるならばそれぞれ専門でやったほうが良い。そこで女役は女役、男役は男役で教えることにした。無論、後宮の内部でのことだ。男役を演じるために、長身の少女も集められた。そうして、役者を育てる場所、皇帝や后妃や皇族に芸を披露する場所として秘華園が造られた。その伝統が今に至るまで続いている、というわけだ」

「後宮にも茶園があるのかしら。それとも、大庁《だいちょう》（広間）みたいな？」

燦珠の声に宿る真剣さと必死さに気付いたのか、霜烈は舞台から目を離した。吸い込まれそうな黒い目が、彼女の視線を受け止め――なぜか嬉《うれ》しそうに、笑う。

「市井の茶園とは比べ物にならない。皇族がたはもちろんのこと、后妃も宮女《きゅうじょ》も宦官《かんがん》も、優れた役者にはこぞって喝采《かっさい》を送られる。外朝《がいちょう》の高官にとっても、秘華園に招かれるのは最高の栄誉なのだ」

楊霜烈は、役者としても絶対に成功するに違いなかった。滔々《とうとう》と淀《よど》みなく語る声の美しいこと、聞き入りたくなる抑揚に満ちていること、優れた役者が念（台詞《せりふ》）を言い立てるようだった。

「楼閣そのものを舞台にした、三階建ての大がかりな演場さえあるのだ。本物の虎を鎖で繋《つな》ぐこともあれば、大河を模して水を引き込むこともある。無論、頂点の舞台に立つのは秘華園の中でも選《よ》りすぐられた、ごく一部の者になるが――」

誘うように試すように覗《のぞ》き込まれて、燦珠は熱っぽく応えていた。

「なるわ、私。そのひと握りに。私ならできるから声をかけてくれたんでしょう？」

（三階建ての、舞台！）

そんな高みで演じるのは、いったいどんな気分がするものだろう。市井の街角で、野次馬と同じ目線で舞い唱うのとはまるで違うはずだ。

豪奢《ごうしゃ》な衣装を纏《まと》った貴顕が、燦珠を見上げる。期待を込めた眼差《まなざ》しが、彼女の一挙手一投足に注がれる。

遥《はる》かな下方に指先や視線の演技を届けるためには、心も神経も一分たりとも弛緩《しかん》してはならないだろう。声も、どれだけ張り上げて響かせなければならないことか。万が一にも失敗しようものなら、楼閣から墜《お》ちるような思いを味わうはず。それは、想像するだけで恐ろしいけれど――燦珠が震えるのは、やり切った時の歓喜を思ってのことだった。

「そなたならばそう言ってくれると思っていた」

霜烈の囁《ささや》きは、燦珠を天に近い舞台の幻想により深く誘い込んだ。

だって、彼の声は愛の歌を唱う時のように熱っぽく、情感に満ちていたから。彼の目も、並んで座っているというのに見上げるようで。まるで、尊いものを仰ぎ見るような表情で。

「ほ、本当……？」

こんな綺麗《きれい》な人に、こんなうっとりとした表情で見つめてもらえたら。役者として、こんなに熱心な客に恵まれることができたなら。それは、どれほど幸せなことだろう。

「本当だとも」

舞台上の役者たちには申し訳ないけれど、正直言って観劇どころではなくなっていた。彼女の人生を左右するかもしれない話を、これまで会ったことのない美形に囁かれては、起きていながら夢を見ているような心地だった。

（私……起きてるわよね？）

ふと心配になって、燦珠は自分の頰を強く抓《つね》った。彼女の唱や舞を誰かが見出《みいだ》してくれるのを、ずっと夢見ていた。でも、決して叶《かな》わないのも知っていた。

父が言っていた通り、女は舞台に立てないもの。父だけでなくその弟子たちも、ほかの役者も観客も、それに疑問を持っていないようなのだから。

「――まるで私のことをよく知っているみたいな言い方ね？」

頬の痛みを確認してから、楊霜烈に問いかけてみる。この宦官の言葉はあまりに都合が良すぎて、だからこそ夢ではないかと疑ってしまう。

「延康の巷《ちまた》を賑《にぎ》わせる花旦《かだん》の評判ならば聞いていた。街のあちこちに不意に現れ、喝采を攫《さら》って去っていく、と。今日は、やっと出会えたと思ったものだ」

そして彼は、蕩《とろ》けるような笑顔でさらに夢のようなことを言ってくれた。抓るためではなく、今度は紅《あか》くなったのを隠すために、燦珠は頬を掌《てのひら》で包んだ。

「そう……捜してくれたのね」

「そなたの声はよく通ったから、すぐに知れた。駆けつけてみれば姿は華やかだし口上も見事だし――間違いなく、秘華園でも通用するだろう、と思った」

「……そうだったの」

嬉しすぎる言葉を率直に伝えられて、燦珠は短く答えるのが精いっぱいだった。

霜烈の言う通り、彼女が街角で舞い唱ったのは今日が初めてのことではない。頑固な父の心を動かすか、奇特な人の目に留まるか。一縷《いちる》の望みを託して、彼女は人の耳目を集めようと、噂の的になろうと努めてきた。父には怒鳴られ、時には野次馬に笑われながら。

(無駄じゃなかった……！)

感激に浸ったのも一瞬のこと、燦珠はあることに気付いて首を傾げた。

「ねえ、どうして爸爸《パパ》はその、秘華園？　のことを教えてくれなかったのかしら」

紅梅の花のもとでの一幕を振り返ると、父の梨詩牙は秘華園とやらのことを知っているようだった。女の役者だけが集まる園――そんな素敵な場所があるなら、燦珠の苦労は必要なかったのではないだろうか。

「天子様にお仕えするならちゃんとした――っていうか、名誉なお勤めでしょ？　縁起が悪いも何もないじゃない？」

女が出しゃばると陰陽の気が乱れる、だなんて馬鹿げたことを父は言っていた。だから女は舞台に立ってはならないのだ、と。でも、秘華園とやらができてもう百年近く、栄和の国は変わらずわが世の春を謳歌《おうか》している。

無用の心配では、と言外に訴えると、霜烈は軽く笑って受け流す。

「梨詩牙が考えそうなことには心当たりがある。が、本人に聞いたほうが良いだろう。どうせ、そなたの後宮入りについては父親を説得せねばなるまい」

「そうかもしれないけど……」

父には、育ててもらった、技を仕込んでもらった恩がある。何を言われようと燦珠が変心することはあり得ないけれど、どうせなら父の了承を得たい。これまでの経緯《いきさつ》からして、きっと簡単なことではないだろうけど。

（女が役者って、そんなにいけないことなの……⁉）

むう、と唇を尖《とが》らせる燦珠のことを、霜烈はもう見ていなかった。

彼女に注がれていた熱を帯びた眼差しは、今は舞台に向けられている。というか、燦珠と顔を合わせていた時よりもよほど、彼の目は熱く浮き立ち、頬も紅潮しているような。

「話は後で。ほら、雷将軍の出番だ。せっかくだから舞台に集中させておくれ」

涼しげな声でさえ、どこかはしゃいだ響きがする。お世辞でも何でもなく、父の雷将軍を観るのが楽しみでならないらしい。彼女自身も十分に戯迷の気《け》はあるからよく分かる。こうなった人間に話しかけても無駄だ。邪魔をすれば機嫌を損ねる恐れさえある。

「ええ……良《い》いけど……」

眼下では、軍勢を表す三角の靠旗《こうき》を背に負った父が舞台に上がり、それこそ雷鳴のように轟《とどろ》く美声で名乗りを上げているところだった。

天呼我的名姓　　天が我が名を叫ぶ
譲大地裂開　　大地よ裂けよ！
雷将軍上陣了　　雷将軍の出陣だ！

銅鑼《どら》と鉦《かね》に合わせた足さばきの、力強さと流れるような滑らかさ。頭を飾る翎子《れいし》——長い雉《きじ》の尾羽をしならせる、堂々たる見得。

確かに、細かな所作のひとつひとつ、唱《うた》や台詞の一言一句にいたるまで、決して見逃しても聞き逃してもならないと思わされる。梨詩牙の演技には、それだけの力があるのだ。

(私も、客席から見るのは久しぶりだったわ)

舞台は一期一会、後でできる話に意識を割くのは確かに野暮で、もったいないというものだ。燦珠も、椅子の向きを変えて、舞台を覗き込むことにした。

彼女が隣に並んでも、楊霜烈はちらりとも視線を上げることはなかった。名優の熱演を前に、一瞥《いちべつ》たりとも小娘に向けるのは惜しいとでもいうかのような態度だった。

でも、悪い気はしない。底知れない宦官《かんがん》で、何なら胡散臭《うさんくさ》いとさえまだ思うけれど。華劇が好きな者に、きっと悪人はいないのだ。

終演後——茶園から出る客たちは、一様に満足げな表情をしていた。舞台の余韻冷めやらぬようで、語り合う声も大きく、時に身振りを交えてはぶつかり合ったりもしている。

「今日の梨詩牙はやけに熱演だったな」

「城を守り切れそうな勢いじゃなかったか？」

「出関ならぬ守関になってしまうか――」

「ともあれ熱の入った立ち回りだった。眼福だ」

興奮した客たちを掻《か》き分け、流れに逆らって楽屋へと向かう燦珠は、密《ひそ》かに苦笑した。確かに今日の父の演技はいつになく熱が入っていたけれど、彼女にはその理由に心当たりがあってしまうのだ。

（私のせい、なのかしらね……）

今日の演目、《雷照出関》では、主役の雷将軍は城を背にして華々しい討ち死にを遂げるはずなのに。守り切れるのでは、と評されたほどの熱演は、筋書きにある幼い君主と、後宮に攫われようとしている――父の目線では、たぶんそうなっている――娘を重ねてしまったからではなかろうか。

（でもまあ、皆喜んでるなら良い、のかな？）

惰性のように観に来たであろう定番すぎる演目で、客がこれほど盛り上がってくれるのは素敵なこと、娘として誇らしいというものだ。

ちなみに、茶園を揺らした喝采《かっさい》の中には、楊霜烈が叫んだ好《ハオ》も混ざっていた。沈着そうな男が意外にも大声を出したこと、しかも演技を邪魔しない、余韻を壊さない絶妙な間を捉《とら》えたことに、燦珠は結構驚いた。少しでも早く声を上げようとして悪目立ちする客もいる中で、通な真似をするものだ、と。

本人曰《いわ》くのただの宦官でもこうなら、後宮で華劇が盛んだというのも信じられる。

つまりは、燦珠はいよいよもって父の説得に成功しなければならないということだ。決意を固めながら、燦珠は勢いよく父の楽屋の扉を開いた。

「――すごかったわ、爸爸《パパ》！　梨詩牙の新境地だったんじゃない？　娘として誇らしいわ！」

捲《まく》し立てながら、靠旗や頭飾《とうしょく》（被《かぶ》り物）を外して瞼譜《くまどり》を拭《ぬぐ》う父の膝元《ひざもと》に擦り寄る。熱演を褒めつつ甘えることで、あわよくば市場での一幕を忘れさせたいという肚《はら》である。

が、残念ながら父の目は娘ではなく、彼女が伴った黒衣の宦官をぎろりと睨《にら》みつけていた。手拭いの下から覗《のぞ》いたその目元は、瞼譜がなくとも力強く凜々《りり》しくて、我が父ながら顔が良い。でも――

「嫁入り前の娘を誑《たぶら》かしおって。玉無しと知らなかったら殴り殺しているところだ……！」

「ちょっと、爸爸《パパ》――」

物騒かつ無礼極まりない、しかも激しい怒りを伝える唸《うな》り声を間近に浴びて、燦珠は首を竦《すく》めた。でも、楊霜烈は罵倒《ばとう》を正面から受け止め、優雅な所作で拱手《きょうしゅ》した。

「希代の名優に、それも熱演の直後に対面する光栄に浴して大変嬉《うれ》しく思う。そなたの娘の技量にも感嘆したが、なるほど血は争えぬということだったのだな」

「…………」

丁重な口上を返されて、父は気まずそうにふいと横を向いた。敵意を剥《む》き出しにされた上でのこの対応では、大人げない気分にさせられたのだろう。

（やっぱり『デキる』人なんじゃない……？）

父が黙ったところで、霜烈は手近な椅子を引っ張って勝手に掛けた。倣《なら》って、燦珠もふたりの間に席を占める。霜烈の隣に並ぶのでは、さすがに父が気の毒だった。

三者が位置についたのを見て取ってか、霜烈が口を開いた。美しく、そしてどこか妖《あや》しい笑みをうかべながら。

「そなたの娘は、後宮――秘華園入りに大変乗り気になってくれた。父御《ちちご》からも快く送り出してもらいたいものなのだが……？」

いきなりの本題に、燦珠は固唾《かたず》を呑《の》んで身を乗り出した。機先を制されたくらいで頷《うなず》いてくれるような父でないのは、承知しているのだけれど。

「……女の生（二枚目役）や浄（豪傑役）などお笑い草だ。そのような遊戯に交ざって何になる……！」

口元を歪《ゆが》めて吐き捨てた父の声も表情も、思った以上に険しいものだった。

（ちょっと、大丈夫なの？）

父に顔を向けたまま、燦珠は見開いた目の端で楊霜烈の表情を窺《うかが》った。

秘華園とやらの内情を知るであろう人から反論して欲しいと思ったのだけれど——

彼は、舞台を観ていた時の穏やかな微笑のまま、口を開こうとはしない。まさかとは思うけれど、名優に会えたことに感動して言葉を失ったりしてはいないだろうか。

「梨詩牙。こんな近くで……」

名手の奏でる琴の音のような声がうっとりと呟《つぶや》くのを聞くと、不安になってしまう。たぶん、この男も相当な戯迷だ。父への憧憬《しょうけい》の眼差《まなざ》しは誇らしいけれど、そのせいで燦珠の引き抜きを疎《おろそ》かにされては困る。彼女だけでは、父を説得できそうにないのだから。

娘の思いに耳を傾けたことがない父は、霜烈を睨みつつ、まだ舌鋒《ぜっぽう》を収めない。

「娘の腕は確かになかなかのものだ。それは認めよう。父として誇らしくもある。男でなかったのが残念だし、色目を使う馬鹿者どもさえいなければ舞台に上げたかった」

「爸爸《パパ》……！　初耳なんだけど!?」

しかも、思いがけない誉め言葉を聞いたものだから、燦珠は大声を上げてしまった。役者として唱《うた》う時のように、腹筋に支えられた声が楽屋に響き渡る。父が顔を顰《しか》めたのは、鼓膜が痛かったのか、それとも娘の口答えが気に入らなかったからか。

「あり得ないことを言って何になる。お前の芸がどうあれ、女というだけで芸妓《げいぎ》扱いされるのだ、実際は！　娘が泣くのを見たい親がどこにいる！」

「でも、秘華園は後宮にあるんでしょ？　いるのは女の役者だけだって――じゃあ、何も心配いらないんじゃない？」

父と霜烈の間で、燦珠は忙しく首を振った。父に対して反論しつつ、霜烈からは同意を求めて。でも、父の渋面は深まるばかりで、麗しい宦官は悠然と掛けて沈黙を守っている。

「女の遊戯に、お前の技は惜しいと言っているのだ！」

「私も女よ⁉」

「女が男を演じるのは、女が女を演じるよりも見た目も聞こえも悪いだろう！」

「わけ分かんないわね⁉」

止める者がいないから、父と娘の言い争いは加熱するいっぽうだ。役者として鍛錬を積んだふたりのこと、相手に負けじと張り上げた声が楽屋を揺らし、茶の水面を波立たせる。

忘れものか何かを取りに入った兄弟子が、父娘の剣幕を見て慌てて引っ込んだような気もしたけれど、何しろよそ見をする余裕がないからよく分からない。

父の拳《こぶし》が、激しく卓を叩《たた》いて茶器や化粧道具を飛び跳ねさせる。

「考えてもみろ！　なよなよした女の立ち回りに何の見栄えがするものか。非力な女がどれほど鍛錬を積んでも、とんぼ返りのキレも跳躍の高さも男には及ばない。細腕で戟《ほこ》を振り回したとて、覇気が伝わるものか」

「それは、女が男を演じる場合でしょ？　私は花旦《かだん》なんだから関係なくない!?」

「とにかく！　女でも舞台に上がれずとも、お前は梨一門の一員なのだ。半端な場に交ざっては、一門の名に傷がつく！」

「一門なら舞台に上げてよ！　その世話もしないで名前も何もあったもんじゃないわ！」

父の狡《ずる》い言い分に、頭に血が上る。怒りのあまり、目の前までも紅《あか》く染まるよう。父の言い分は理不尽で、支離滅裂としか言いようがなかった。

（何よ、いきなり持ち上げ出して……！）

燦珠は早くに母を亡くしている。興行に追われ、かつ、幼い娘の扱いに困った父が、茶園や稽古《けいこ》場にも彼女を伴ったのが最初だった。

高く跳ね上がる爪先《つまさき》、目にも留まらぬ速さの回転、宙を舞う剣に戟、扇に水袖《すいしゅう》。高く低く、時にか細く、時に勇ましく――楽器よりもなお自在に感情を表す唱《うた》の声。それらのすべてが楽しくて、幼い燦珠は見よう見真似で手足を動かし始めたのだ。

父が面白がって優しく教えてくれたのは、ごく初めのころだけだった。燦珠が華劇にのめり込むにつれて危機感を覚えたのか、教え方は厳しさを増していった。

女には無理だ、なんて言われるのが悔しすぎて食らいついて、お陰で今の燦珠があるのは確かだけれど、誉め言葉なんて父の口からついぞ出たことはなかったのに。

今になってこんなことを言うのは──おだてて有耶無耶《うやむや》にしようとしているに違いない。

今一度、腹に力を込めて、ここ一番の大声を張り上げようとした時──涼やかな声が父娘の諍《いさか》いの隙に割って入った。

「梨詩牙は怖いのかな」

開けた窓から花の香を運ぶ涼風のように、ふわりとさりげなく。それでいてはっきりと、聞き落としようもなく。まったく見事な間の取り方で、楊霜烈は呟いた。

「何だと……⁉」

そうして父の顔色を変えさせて、身を乗り出させておいて、霜烈は燦珠のほうを向いてにこり、と微笑んだ。

「女が演じる男役を男らしく見せるには何が必要か──分かるか？」

声の調子も姿勢もまったく変わっていないのに、一瞬にして話の流れを掌握してしまった。

（やっぱりこの人、ただ者じゃないんじゃない……？）

驚き呆《あき》れながら、燦珠は首を傾けた。

「声を低く作ったり、衣装の下に詰め物をしたりとか……？」

男の役者でも、背丈や体格を補うために靴の底に厚みをつけたり胴に布を巻くことはある。でも、燦珠の答えに霜烈はあっさりと首を振った。

「女形《おんながた》よりも──実際の女よりも、美しく淑《しと》やかで嫋《たお》やかな娘役を横に置けば良い」

「あ──」

燦珠が息を呑むと同時に、父が音高く舌打ちした。娘の声に、喜色が混じったのを聞き取ったのだろう。父から顔を背けて、食い入るように霜烈の麗貌《れいぼう》を見つめる燦珠の目も、今はきらきらと輝いているはずだ。桟敷《さじき》席での時と同じ──この宦官《かんがん》が語る声もその内容も、燦珠の心を絶妙にくすぐるのだ。

「秘華園においてもっとも重要なのは、実は女を演じる役者だ。眼差しひとつ、指先ひとつにいたるまで、優美と典雅を極めるべく研鑽《けんさん》を積んでいる。無論、近くには高貴な妃嬪《ひひん》がいるのだから、所作を学ぶ機会にも不自由しないが、同時に比べられもする。──市井の役者では太刀打ちするのは難しかろうな」

「は？　そんなはずないでしょ。ね。爸爸《パパ》？」

女の中の女、後宮の美姫《びき》と並んでも遜色《そんしょく》ない──あるいはそれ以上の優雅さ。それを体得するのは娘役の夢と言って良い。

その発想に魅了された燦珠には、挑発めいた霜烈の言葉も、発奮を促すものでしかない。浮き立つ思いのまま、燦珠は立ち上がると父に駆け寄り、その耳元に囁《ささや》いた。さっきは失敗した甘え落としを再び、である。

「爸爸《パパ》。そういうことなら、やっぱり良い機会じゃない？　市井の役者が後宮の方々の——ひいては天子様の御目に留まるなんて名誉だわ。さっき聞いたんだけど、三階建ての舞台があるんですってよ？　その頂点で演じたらそりゃあ気持ち良いと思うの。天子様に認められたってことになるし、そうなったら国一番で間違いないわよね？」

「天子様だと⁉　馬鹿な！　燦珠、お前は知らないかもしれないが——」

「え、でも。天子様もご覧になるんでしょ？　観ていただくためには競争もあるんでしょ？　そこで勝ち抜いたら——すごい、のよね？」

燦珠が問うたのは、霜烈に対してだ。さっきの話は間違いないんだろうな、と。言葉と視線での圧をやはり気に掛けぬ風で、霜烈はあっさりと頷《うなず》く。

「そうだ。無論、簡単なことではないが、そなたならできるだろう。梨詩牙の娘で、あれほどの才を持つ役者ならば。——梨詩牙よ、理屈に溺《おぼ》れたな」

「ぐ……っ」

霜烈が涼やかに笑った理由——ひいては、父が顔を赤黒く染めて絶句した理由は、燦珠にもよく分かった。娘を本当に止めたいなら、女の芸が云々《うんぬん》と言い出すべきではなかったのだ。秘華園の女には敵《かな》わないだろう、だなんて言い方をされては、当代一の役者としては否定しないわけにはいかない。

父は自ら退路を断ったことになる。舞台の上の、雷将軍さながらに。

「……人攫《ひとさら》いめ。庶民が知らないとでも思っているのか⁉　新しい皇帝は――」

それでもまだ、父は何か言いたそうにしていたけれど――

「英邁《えいまい》にして公明正大、諸官の懇請を受けて玉座に登られた御方。栄和の国は、必ずやいっそう和やかに栄えるであろう。その御方に仕える秘華園も、同様に」

霜烈がにこやかに断言したことで、反論を失ったようだった。

父が口を噤《つぐ》んだ隙に、と。燦珠はぱん、と手を叩くと高らかに宣言した。

「じゃあ、決まりね？　私、後宮に行くわ。それで、天子様に私の芸を認めさせてやるんだから！」

＊　＊　＊

皇宮の奥にあってもっとも豪奢《ごうしゃ》かつ荘重な建物――皇帝の寝殿である渾天宮《こんてんぐう》は、深夜になっても灯《あか》りが絶えていなかった。

これが、芝居好きを通り越して芝居狂いと名高い先帝の御代《みよ》であったなら、秘華園の役者を召して寵妃《ちょうひ》と共に唱や舞や芝居を愉《たの》しんでいたことだろう。だが、即位したばかりの今上帝は、あいにくそのような娯楽、あるいは無駄とは縁がなかった。

今上帝――翔雲《しょううん》は、書類の山をひとつ片付けたところで一度、筆を置いた。彼が息を吐いた隙を見計らったように、煎《せん》じた薬茶の香りがふわりと室内に漂った。

連日連夜の激務に没頭する皇帝を慮《おもんぱか》って、休息を促しに参じた者がいるらしい。

「陛下――お疲れのご様子でございますな」

影のような黒衣を纏《まと》い、茶器を載せた銀盆を器用に頭上に掲げたその男は、司礼監《しれいかん》太監《たいかん》を務める隗長平《かいちょうへい》という。男の形《なり》で後宮にいるところから明らかなように、男としての機能を斬り落とした宦官である。

「太監自ら給仕とは。ご苦労なことだな……？」

「もったいない御言葉でございます。奴才《わたくしめ》は陛下の手足でございますれば」

奴才、とは自らを奴隷と卑しめる宦官特有の自称なのだとか。翔雲は、皇宮に入って初めて知った。謙《へりくだ》り過ぎてかえって耳障りな節があるし、胡散臭《うさんくさ》い、とさえ思う。

確かに隗長平を宦官の長である司礼監太監に任じたのは翔雲であるから、彼はこの者の主《あるじ》ということにはなるだろう。

だが、先任の司礼監太監は先帝の崩御に伴ってその職を辞したため、隗長平は空いた地位に自動的に昇格しただけなのだ。翔雲自身がこの男の人柄や能力を評価したわけではない。先帝の放逸を止めなかったのを思えば、隗長平を見る目は自然と厳しくなる。

隙あらば更迭してやろうという意思は恐らく相手にも伝わっているから、彼我の間に漂う空気は探り合うようなものになっていた。

「ご精勤はまことに頼もしくはございますが、度を越してはお身体にも障りがございましょう。たまには秘華園に遊ばれるのも良い息抜きになるかと存じますが」

「秘華園か。時間の無駄でしかないな。一刻も早く廃したいと思っているくらいだ」

忌々しい単語が舌先にもたらした苦みを紛らわせるため、翔雲は薬茶を口に運んだ。

宮内で湯を沸かしたのだろう、薬茶はまだ温かくて強張《こわば》った神経をほぐしてくれるし、苦みやえぐみは花の香りと蜂蜜《はちみつ》の甘みで和らげられて呑《の》みやすい。とはいえ、隗太監が切り出した話は彼の心を逆撫《さかな》でるものでしかないのだが。

先回りで皇帝の勘気を和らげようというのだろうか、隗太監は大仰に身体を床に投げ出してへりくだる姿勢を見せた。が、口を止める気配はない。

「無論、陛下の時は黄金にもまして貴いものでございます。ですが、息抜きは害にはなりますまい。一幕すべてのご天覧が叶《かな》わぬならば――そう、近々役者の選抜試験がございますな。妃嬪がたやご実家が選《よ》りすぐった娘が競う様はきっと見ごたえがあるものと――」

太監を平伏させたまま、翔雲はしばらく指先で卓を叩《たた》いた。

(役者の選抜試験だと？　科挙でもあるまいに、どうして皇帝の臨席が必要なのだ)

彼は、先帝の実子ではない。秘華園を開いた仁宗帝の後継者、成宗《せいそう》の孫に当たる。文宗《ぶんそう》と諡《おくりな》された先帝は、翔雲にとっては父の兄、伯父《おじ》になる。

先帝がいよいよ危篤となった時、彼は適齢の皇族の中から選ばれ、皇太子として喪礼を執り行い、先帝のために哭《な》いてその遺骸《いがい》の口に玉蟬《ぎょくせん》を含ませた。

ゆえに、翔雲は皇族とはいえ皇宮に住まったことはない。

だが、先帝に政務を放棄させた元凶として、秘華園の悪名はよく知っている。華劇に溺れ、後継者を残すことを含めて皇帝としての務めを何ひとつとして果たさなかった先帝の負債を清算するためにこそ、彼は帝位を得たのだ。

登極後、この数十年の間に秘華園に注ぎ込まれた金額を見て翔雲は仰天したものだ。

(ただでさえ後宮の妃嬪の数は多すぎるというのに。その上、閨《ねや》に侍《はべ》るのでもない女たちを抱えるのはどういうことだ？)

栄和国の財政は決して余裕があるわけではない。むしろ逼迫《ひっぱく》している。やたらと豪奢な舞台装置や衣装、役者に与える豪邸や褒美――先帝の華劇狂いも確実にその一因であろう。

後宮に明るくない翔雲にもひと目で分かることなのに、数多《あまた》の妃嬪も官も宦官《かんがん》も、口を揃えて皇帝の権威のためには必要なのだと主張するのが彼には信じがたかった。

「あえて秘華園を置く意味はいずこにある？　申し述べてみよ」

「ははっ」

この際、連中の言い分を吐き出させてみよう、と。隗太監に命じてみると、肥えた体軀《たいく》が震えて喜びを表した。生意気な若造を説得する好機とでも思ったのだろうか。

「第一に――古来、後宮とは女の欲望が渦巻くものでございました。妃嬪同士の諍《いさか》いばかりでなく、畏《おそ》れ多くも皇子や公主、時には皇帝さえもが嫉妬《しっと》の毒に晒《さら》された例は枚挙にいとまがございません。その点、秘華園があれば、妃嬪は役者を通して争います。技の研鑽は役者の本分でございますから、競争の在り方としては健全と申せましょう」

「健全な争い、だと？　ならば先帝の皇子はなぜ誰ひとりこの世にいないのだ？」

「第二に」

隗太監は、皇帝の言葉が聞こえなかったことにするという非礼を犯した。

だが、翔雲はあえて咎《とが》めない。相手の耳に痛い指摘だとは承知しているから、どう言い訳するか挽回《ばんかい》するか見定めてやろう、という肚《はら》だった。

「皇宮にあっては市井の暮らしを知ることは難しゅうございます。役者とは各地を旅してその風俗や事情にも通じるものでございますから、身近に接することで皇族がたや妃嬪《ひひん》がたの見聞を広げ、民心を知ることができましょう」

「秘華園を開いた仁宗の御代であれば、それも通ったかもしれぬ。だが、今では貴族の諸家は独自に邸内で役者を養成しているとか。高い塀の内で過ごし、豪奢な衣装に身を包み、土を踏んだこともない者が下々の生活について語る言葉は持つまいな」

「……第三に」

隗太監の忍耐力だか面の皮だかは順調に磨《す》り減っているようで、今度は翔雲の反論を流すまでに少々の時間を要した。

「芝居とは軽佻浮薄《けいちょうふはく》ではございます。宸襟《しんきん》を拝察する非礼をご寛恕《かんじょ》いただければ、陛下の思し召《おぼめ》しの通りと存じます。つまりは、言葉を変えれば分かりやすく面白い――恐れながら、御身のように書を一読して十を知る才知は稀《まれ》でございます。御幼少の皇子がたなどは、芝居を通して歴史に親しみ、道徳を学ぶことも肝要かと存じます」

「今の皇宮に幼少の皇族はおらぬはずだが。それに――」

聞き飽きた類《たぐい》の追従に心を動かすことなく、翔雲は冷静に指摘した。

「先日、趙貴妃《ちょうきひ》が抱える役者の一団が、皇太后に一幕献じたそうだな？　その題名と筋を申せ」

「…………」

「どうした？　太監が知らぬはずもあるまい？」

隗長平は、書に埋もれた新皇帝は後宮について何も知らぬとでも思っていたのだろうか。

（ならば舐《な》められたものだな……！）

後宮の——ひいては宮廷の、国の将来を憂える本当の忠臣は、翔雲に期待を寄せてくれている。彼の意志に反した後宮の華美や退廃について、注進に及ぶ者もいるということだ。

翔雲の促す視線を感じてか、隗太監は渋々ながら、といった様子で口を開いた。

「……《狐精酔捕《こせいすいほ》》——美女に化けた狐の精、仙狐《せんこ》を酔わせて正体を暴く、というものであったかと……」

「朕《ちん》が子を儲《もう》けたとして、好んで見せたいものではないな」

無論、場末の見せ物ではないのだから、華劇で役者が肌を見せることはない。だが、件《くだん》の演目は、狐が化けた美女が酔い潰《つぶ》れる様を演じる舞が、たいそうしなやかで艶《なま》めかしく色めいて、伴奏の弦の調べも煽情《せんじょう》的だったと聞いている。

「恐れ入ります……」

「庶民の娯楽のすべてを禁じる気はない。だが、風紀を乱し人心を惑わすいかがわしい見せ物は控えるように命じたばかり。女の芝居など、その最たるものであろう？　後宮が我が意に従わぬようでは民草にも示しがつくまい？」

ひと回り小さくなった気がする隗太監を見下ろして、翔雲は厳しく問うた。もはや反論などないだろう、ほとんど確信していたのだが――

「ですが、恐れながら」

言葉とは裏腹に恐れ知らずに、隗太監はまだ皇帝に抗弁した。不敬と承知してはいるのだろう、額を床に擦《こす》りつけて、自らの衣服で床掃除せんばかりの体勢だ。そこまでしてなお、この宦官は翔雲にもの申そうとしている。

「趙貴妃様は、皇太后様をお慰めしようとしたのでございます。文宗様を亡くされたばかりで、さぞ心細く寂しく思われていることでございましょうから。皇太后様は陛下にとっても実の母君同然の御方、どうか孝心をもって敬ってくださいますように……！」

「む……」

皇太后、つまり先帝の皇后だった御方のことを言われると、少々都合が悪かった。翔雲を皇帝にと望んだのは国を憂えた諸官だが、彼らの上奏を承認したのは皇太后だからだ。皇統を継いだからには、先帝の皇后は母同然というのも間違ってはいない。

（だが、先帝同様の芝居狂いを母と思えるか！）

彼の実母は、息子を帝位に就けんとする父の志を汲《く》んで、彼を厳しく躾《しつ》けてくれた。数十年にわたって華劇を楽しむだけだった皇太后と一緒にされて堪《たま》るか、と。声を大にして叫びたかった。だが、彼の立場では決して口にできないことでもあった。

「……皇太后様は万民の母でいらっしゃる。国庫のために倹約が必要なこと、理解してくださるであろう。我慢もしていただかねばならぬ」

妃嬪に与える手当には、抱えの役者を養うための費用も含まれている。先帝亡き後も、秘華園は存在しているだけで予算を食い潰しているのだ。体面を保つために必要な費用があるのは理解するが、役者が妃嬪の食事や衣装や化粧道具と同等の必需品とは信じがたい。そう、だから秘華園を廃すべきとの翔雲の考えは変わらないが——

「皇太后様は趙貴妃の演目に満足されたのだろう。今いる役者がそれほどに優れているなら、新しい役者は不要だな。選抜試験とやらは取り止めよ」

皇太后への遠慮によって、多少なりとも譲歩しないわけにはいかなかった。翔雲の弱気を目敏《めざと》く察したのかどうか、隗太監はここぞとばかりに甲高い声を張り上げる。

「次の試験は、沈昭儀《しんしょうぎ》様付きの役者を選ぶためのものでもございます！　陛下のご寵《ちょう》愛《あい》を受けながら抱えの役者がいなくては、昭儀様もほかの妃嬪様がたの間で肩身が狭いことと存じます！」

敵もさる者、挙げられた名は、確かに彼が聞き捨てられないものではあった。

沈香雪《こうせつ》。

現在の後宮において、ただひとり、翔雲が自身の意思で召した女だ。

実家を憚《はばか》ったからでも、後見人に推されたからでもなく。清楚《せいそ》な美貌《びぼう》に浮かべる控えめな微笑みと優しげな眼差《まなざ》し、見識高い官である父に教えられたという教養滲《にじ》む受け答えが気に入った。だから傍に置きやすいように昭儀の地位を与えた。

すると、待っていたかのように宦官どもはわけの分からない伝統を教えて来た。

すなわち、四人の貴妃はそれぞれ劇団を、嬪は少なくともひとり以上の役者を抱えなければならない。そうして皇帝を慰めるのが仁宗帝以来の習いである、と。

(たかだか百年かそこらで、何が伝統か……!)

敬うべき祖とはいえ、三代も前の芝居狂いのために、どうして当代の皇帝たる彼が無駄な出費を容認せねばならぬのか。苛立《いらだ》ちのままに翔雲は吐き捨てる。

「くだらん。実にくだらんな」

だが、先ほど隗太監が述べた通り、後宮とは女の嫉妬《しっと》が渦巻く毒の園だ。昭儀への抜擢《ばってき》で、ただでさえ香雪は後宮の注目を集めてしまっている、のだろう。この上、ほかの女たちから攻撃する口実を与えるのは確かに好ましいことではない。

「陛下、何卒《なにとぞ》――」

「……香雪を困らせることは本意ではないな。善処する」

「御意。沈昭儀もさぞ安心なされることでしょう……!」

翔雲が唸《うな》るように告げたのを聞いて、隗太監はあからさまに安堵《あんど》した風を見せた。

縮みあがっていた身体も緩んで、脂肪がぷるんと揺れた気がする。

一仕事終えた気になったらしい宦官《かんがん》が退出すると、翔雲はまた新たな書類の山に取り掛かった。墨痕《ぼっこん》も鮮やかに筆を振るいながら、心の中で彼は吼《ほ》える。

(役者の選抜だと？　勅命で全員落とせば良いのだ。そうして皇帝の意向を知らしめれば、皆、黙るだろう……！)

＊　＊　＊

父、梨詩牙が注いだ酒を、燦珠は白磁の杯を両手で捧《ささ》げ持ってじっくりと味わった。

金木犀《キンモクセイ》の花を漬けて寝かせた桂花陳酒《けいかちんしゅ》。酒自体も甘口なところに、華やかな花の香りが口から鼻に抜ける。

美味《おい》しい。でも、果汁や蜜《みつ》を加えた茶と違って、甘いだけではない。

舞踏に慣れていないころに、くるくると回ってみた時のように、視界がくらりと揺れる。落ち着いて腰を下ろしているはずなのに、ひと芝居演じ切った後のように頬は熱く、胸もどきどきとして──なるほど、これが酔うということか。

(《酔芙蓉《すいふよう》》を舞う時の参考にしよっと)

考えながら、燦珠は空いた杯を卓に置いた。

時が経つほどに色を変える花の姿を、酩酊《めいてい》した美姫《びき》の色香に喩《たと》えた演目だ。幾重にも重ねた衣を脱ぎ捨てながら、あえて身体の軸を揺らがせて舞うのだ。倒れる寸前の独楽《コマ》のような回転は危うく楽しく、けれど舞手としては倒れないようにするのが難しい。

《酔芙蓉》の練習で無様に転ぶと、酔い潰れたと言われて笑われるのだ。その意味では、燦珠はもう数えきれないほど酔い潰れている。でも、実際に酒を飲むのは初めてだった。

役者たるもの、自ら喉《のど》を痛める真似をしてはならないという父の教えに従ってのことだ。

役者が思いのままに演じることができる時間は、花の盛りのごとくに短いもの。老いや衰えへの恐怖ゆえに酒や女や阿片《あへん》に縋《すが》る者も少なくないけれど、それはかえって役者としての寿命を縮める愚行だと、父は断じていた。

(……だから爸爸《パパ》の酔ったところを見るのは初めてだわ、そういえば)

燦珠は、酔いを自覚して最後まで杯に両手を添えていた。いっぽうの父はというと、手から滑り落ちた杯は無残に倒れて卓上に小さな水たまりを作っている。

金木犀の香りがふわりと漂って、燦珠の酔いをいっそう深める。彼女はそれでも心地好《よ》いくらいのほろ酔い加減だけれど、父は——

「良いかあ、燦珠……偉い奴らは糞《クソ》だ。あいつら、役者を人間と思ってない！　劉爺《りゅうじい》さんが何をされたか――」

「あ、うん。知事の禿《ハゲ》をネタにしたら鞭打《むちう》ちの刑になった劉さんね？　風邪だったのに踊らされて、肺炎になっちゃった青蘭小父《せいらんおじ》さんも、刑部尚書《しほうだいじん》の奥方に誘われたのを断ったら襲ったことにされた詩瑛《しえい》兄さんも――三回くらいずつ聞いた、かな？」

燦珠は明朝、家を出て後宮に入る。血の繋《つな》がった家族は父だけでも、兄弟子は大勢いるし、常に家に出入りする役者仲間や裏方、茶園の関係者も多い。そんな家族同然の面々が、別れの宴《うたげ》を開いてくれたのだ。

「ね、爸爸《パパ》。それくらいにしといたら？　宿酔《ふつかよい》って、辛《つら》いんでしょ？」

呑《の》んで食べて、歌って踊っての宴は果てて、父も珍しく杯を重ねていた。酒を呑まなければやってられない、ということだったのかもしれない。

深夜を回って大庁（広間）にはすでに彼女たちのほかに人影はなく、管を巻く父の相手は燦珠の手には少々余る。

（酔っ払いって嫌われるはずだわ……）

同じ話に何度も相槌《あいづち》を打つのは面倒だけど、珍しい父の姿はしっかりと見ておきたいとも思ってしまうから、燦珠はまだまだ休めそうにない。

「役人や金持ちていどで、それだ！　皇帝やその女房や取り巻きなど、もっと質《タチ》が悪いに決まっている……！　あの顔と声が良い宦官が何と言おうと、信用できるか！」

「そうねえ。そうかもねえ」

それにこれは、父が娘を秘華園に行かせたくなかった本当の理由だ。

頑迷なだけではなく、屁理屈《へりくつ》だけではなく、娘を案じる想いもちゃんとあったらしいと分かったから、大虎《よっぱらい》の質《たち》の悪さにも拘《かか》わらず燦珠の機嫌は悪くなかった。

「でも、爸爸《パパ》。それって私には贅沢《ぜいたく》な悩みだわ。そんな怒りも悔しさも、舞台に立てればこそ、じゃない。そう思うのは、私が世間知らずだからかしら？」

きっと答えは是、ではあるのだろう。

燦珠にとって、父たちの演じる姿は誇らしく憧《あこが》れの眼差しで見るものだ。賤《いや》しい稼業と蔑《さげす》み侮る者がいるのは、知識としては知っていても納得はしていない。梨詩牙の娘にそんなことを面と向かって言うほどの無礼者に、御目にかかったことはない。それは、甘やかされてはいるのだろう。

(でも、私が聞くと思ってたら最初から言っているはずだしね？)

役者は苦労するだけだなんて、説得力がないにもほどがある。

父にも分かっていたのだろう。ひどい話は売るほど見聞きして──もしかしたら父自身も味わっているかもしれないのに、それでも演じ続けるのだから。

言ったところで燦珠を止める役には立たないと思っていたからこそ、父はこれまでこの手のことを胸にしまっておいたのだろう。

どうだ、と。卓にでろんと溶けたような有り様の父に胸を張る——と、酒精にとろりとしていたその双眸《そうぼう》が、ふいに冴《さ》えた。

「——千回の鍛錬も一度の実演には及ばない」

泥酔していたはずなのに、舞台の上で唱《うた》うような、厳かな声で明瞭《めいりょう》な発音だった。

燦珠が思わず背筋を正すほどの。

聞くは見るに如《し》かず、見るは鍛錬に如かず、そしていかに鍛錬しても、実際に舞台に立たなければ分からないこともある。その教えは、言葉の上では知っていた。

だから燦珠はまだ、舞台の何たるかを本当には分かっていない。道端や街角で耳目を集めるていどでは、まだ何も。でも、裏を返せば——

「……お前の鍛錬は千では利かないのだから、一度舞台に立てば化けるだろう」

「爸爸《パパ》……！」

「唱《うた》も舞も芝居も、悪いもんじゃない。ましてお前の演技を見て謗《そし》るような奴が皇帝になれるはずがない」

嚙《か》み締めるように、自らに言い聞かせるように。そして、目は真っ直ぐに娘を見て逸《そ》らさずに。父が告げた言葉は、燦珠の胸に染み入った。

「燦珠。お前は後宮でも認められる。この梨詩牙が請け合ってやる」

「ありがとう。そうね、私は梨詩牙の娘。爸爸《パパ》の名を後宮にも轟《とどろ》かせてあげる！」

当代一の名優から、思いもかけない賛辞と餞別《せんべつ》を贈られた。その高揚に駆られて、燦珠は椅子を蹴倒《けたお》して立ち上がった。頭と足もとがふらつくのを堪《こら》えて、拳《こぶし》を握り腹筋に力を入れる。

「私、やってみせるわ。天子様に私の芸を認めさせてやるんだから！」

酔った勢いも手伝って、燦珠の大声は大庁に高く響いて屋敷を揺らした。父の頭も揺らしたようで、苦しげなうめき声が聞こえたけれど——明日《あした》からの日々で頭がいっぱいの燦珠はそれほど気にしなかった。

＊　＊　＊

皇宮の城壁は、高いだけでなくとてつもなく分厚いのだと、そこを通り抜ける時になって燦珠は初めて知った。

（まるで隧道《トンネル》ね……！）

頭上を塞《ふさ》ぐ石材の圧迫感からか、前方に丸く刳《く》り貫《ぬ》かれたような出口の明りは、遥《はる》か遠くに見える。彼女の一歩先を歩く楊霜烈の黒衣も闇に紛れてしまいそうだ。

楊霜烈は、朝早くに梨家の屋敷に燦珠を迎えに現れた。あの市場での出会いから数日が経っているけれど、彼のほうでも、新たに後宮に役者候補を入れるにあたって根回しや手続きがあったらしい。

『外の者を秘華園に入れるのは少々面倒なのだ。だが、そなたならば問題なかろう』

詳しくは後宮に入ってから、と聞いているけれど、霜烈の口振りからは実技試験でもあるのではないかという気配がした。

(それなら確かに問題ないわね！)

燦珠は自分の技量に絶対の自信を持っているし、何であれ演じる機会があるなら望むところだ。いつでもどこでも何の役でも、彼女は演じる準備ができているのだから。

「──そろそろだ」

と、低く抑えても滑らかで柔らかい、天鵞絨《ビロード》の響きをした声が燦珠の耳をくすぐった。暗闇の中にちらりと煌《きら》めいたのは、こちらを振り向いた楊霜烈の流し目だ。陰に沈んでいても分かる整った顔立ちに──それに、新しい世界に足を踏み入れる予感に燦珠の鼓動が早まっていく。

「え、ええ」

強がって頷《うなず》いた瞬間に、眩《まばゆ》い光が燦珠の目を射る。隧道めいた暗い通路を抜けて陽光の下に出たから、だけではない。

「わ──」

遠目にもその至尊の色を空に映していた黄色の琉璃瓦《るりがわら》は、間近に見るとなお明るく眩《まぶ》しく誇らしく輝いている。壮麗な建物の数々が戴《いただ》いた、宝冠でもあるかのように。

真白い石畳、朱塗りの柱、壁を彩る精緻《せいち》な彫刻。いずれも染みひとつなく美しく輝かしく、皇帝の御座所の権威をもの知らずの小娘にも余すことなく伝えていた。

目を瞠《みは》り、口を開けて立ち竦《すく》む燦珠に少し微笑むと、霜烈は恭しい眼差しで、石畳の広場の奥に鎮座する宮殿を示した。

「あれが、外朝の中心たる泰皇殿《たいこうでん》だ。もろもろの式典の際はそこの広場に百官が参じて一斉に拝跪《はいき》するのだ」

「科挙の発表とか、将軍の拝命とかも⁉」

「そう。《探秘花《たんひか》》や《李潤掛帥《りじゅんかいすい》》は、ここが舞台となっているのだ」

燦珠が突然目を輝かせた理由を正しく察して、霜烈は彼女が思い浮かべた華劇の演目を挙げてくれた。

「そっかあ、ここが……！」

今の広場は、建物の巨大さに比すれば蟻《アリ》のような小ささに見える官吏だか宦官《かんがん》だかがぽつぽつと行き交うばかり。それでも、数々の逸話や物語の舞台になった場所だと思うと燦珠の唇からは感嘆の息が漏れた。

「皇宮に足を踏み入れたらここを見ておくべきだろうと思ったのだ。後宮に入れば気軽に出られなくなるからな」

「ありがとう！　とても嬉《うれ》しいわ……えっと、貴方《あなた》のこと、何て呼べば良いの？」

心からの礼を述べながら、燦珠は今さらな疑問を口にした。

楊霜烈の名前は知ってはいても、年上の男の名をそうそう気安く呼べはしない。首を傾げる燦珠に、霜烈は軽く長身を屈《かが》めた。彼女の耳に唇を寄せるようにして、教えてくれる。

「楊奉御《ほうぎょ》、と」

「ほうぎょ？」

「宦官の最下級の役職だ。同姓の者もいるが、まあ秘華園に関わる者と言えば間違いはあるまい」

言われて、燦珠は霜烈の姿を改めてしげしげと眺めた。整った容貌《ようぼう》に、凛《りん》とした佇《たたず》まい――どう見ても偉そうだけど、まあ後宮には色々と事情があるのかもしれない。

(私は芝居ができればそれで良《い》いし……！)

楊霜烈はその伝手《つて》がある人間で、しかも華劇好きの戯迷だ。ならばこれ以上深く考える必要はないだろう。

「では、こちらへ――」

「はあい」

燦珠は足取りも軽く、使用人のためと思《おぼ》しき、装飾の控えめな通路を進んだ。

二章　燦珠、乱麻を断つ

後宮の一角、喜雨《きう》殿の一室にて――平伏する崔喜燕《さいきえん》の頭の上を、ふたつの女の声が行き来している。

「この娘で、本当に大丈夫なの？　陛下はあの、あの調子でしょう？　合格者の数は絞ると思うのだけど？」

やや高い位置から聞こえる涼やかな声は、長椅《ながいす》に身体を横たえた喜雨殿の女主人、趙貴妃《ちょうきひ》瑛月《えいげつ》のもの。

顔を上げることを許されない喜燕には、瑛月の仕草や表情など見えないけれど、声の調子だけでも優美さを極めた貴婦人がしどけなく寛《くつろ》ぐ様が容易に浮かぶ。

「ご心配には及びませぬ。趙家が見つけ出し磨き上げてきた中でも、この娘は出色の玉《ぎょく》でございます。花旦《かだん》（娘役）として秘華園《ひかえん》に花を添えること、間違いございません。あの陛下とて、認めぬことなどできませんでしょう」

対して、低いところから聞こえるやや掠《かす》れた声は、喜燕の隣に同じく平伏した老女が発するものだった。

鞭《むち》や棒で打ったり食事を抜いたり、冷水をかけたり罵《ののし》ったりするのを「磨き上げる」というのかは知らないけれど、確かに喜燕は鍛え抜かれては、いた。

今でこそだいぶ萎《しな》びているけれど、この女もかつては秘華園で皇帝や皇后から称賛を賜ったこともあるのだとか。

長年にわたって女の役者を抱えてきた趙家は、師匠役にもこと欠かない。舞台を退いた女たちは後進の指導に回り、また新たな役者を後宮に、秘華園に送り込むのだ。

そうして趙家の貴妃は常に喜雨殿に君臨する。役者たちに捧《ささ》げられる褒美や称賛や喝采《かっさい》を、吸い上げるようにして。

「なら、良いわ。そなたが言うならそうなのでしょう」

「まだ十七と若輩ですが……仙狐《せんこ》役を舞わせても良いかと存じます」

老女が言うのは、瑛月が皇太后に献じたという《狐精酔捕《こせいすいほ》》のことだろう。《酔芙《すいふ》蓉《よう》》を参考にした、酔った仙狐の振付は難しい役どころと聞いている。

（……踊《や》ってみたいな……）

平伏した体勢のまま、発言はおろか身じろぎすることさえ許されていないまま、喜燕はそれでも手足の指や背や腹の筋肉をぴくりと波立たせた。

唱《しょう》（歌）

念《ねん》（台詞《せりふ》）

做《さく》（仕草）
打《だ》（立ち回り）

華劇の基本である四功《しこう》の中でも、喜燕は打に含まれる舞が得意だった。燕《ツバメ》の名の通り、ほっそりとした身体は軽くしなやかで、手足もすらりと長くて、同輩の少女たちによく妬《ねた》まれた。秘華園の役者にも引けを取らないと自負しているけれど——

「あら、そんな大役はあげられないわ。未熟者をお出しして、皇太后様のご機嫌を損ねるわけにはいかないもの」

高まりかけた喜燕の熱意は、瑛月の軽やかな笑い声によって砕け散った。

「その娘はね、沈昭儀《しんしょうぎ》に貸して差し上げようと思っているの」

「ああ、さようでございましたね」

室内に甘い香りが漂ったのは、身体を温める効果のある竜眼《ロンガン》を使った薬茶だろう。珍奇な果物は、干《ひ》涸《から》びさせられて煮出された後は捨てられるのだ。瑛月にとっての役者など、きっと竜眼の搾り滓《かす》と同じていどのものなのだろう。

「沈昭儀は後宮のことを何もご存じないとのことですから。貴妃様のご厚意にはさぞ感謝なさるでしょう」

「ええ、本当に。色々と、教えて差し上げなければね？　陛下の御心を射止めて勝ち誇れるのも今のうちよ。この後宮で何より重要なのは、秘華園と皇太后様なのだもの……！」

皇帝の寵愛《ちょうあい》争いで遅れを取った割に、瑛月の声に焦りや悔しさは聞き取れない。

栄和《えいわ》国の後宮では、美貌《びぼう》や教養や皇帝からの寵愛よりも、抱える役者の質と数が妃《ひ》嬪《ひん》の力になるからだ。秘華園ができてからの百年弱――ことに、戯迷《ぎめい》――度を超えた芝居好きと名高い先代の文宗帝の御代《みよ》の間にそうなった。

季節の折々に、あるいは慶事を祝うため、後宮では種々の舞台が催される。目の肥えた皇帝を楽しませるため、常に新しい演目を完璧《かんぺき》な練度で献じなければならない。それは、後宮の妃嬪が一丸となって遂行すべき義務であり、携わることができるのは名誉でもある。役者のひとりも出せない癖に妃嬪に名を連ねようとは図々《ずうずう》しいにもほどがある。――と、後宮の習いを知る者はそう考えているのだ。

今上帝の意図はこの際あまり関係ない。即位したばかりの、皇宮育ちでない若造に何ができる、というわけだ。事実、瑛月の嘲《あざけ》りは皇帝にさえも向けられているようだった。

「英邁《えいまい》を謳《うた》われた陛下も、後宮のことはお分かりではないのね。お傍に召しておきながら役者はやらぬ、だなんて――沈昭儀もお気の毒に」

言葉では沈昭儀を哀れみながら、瑛月が内心ではほくそ笑んでいるのが喜燕にもよく伝わってきた。皇帝が、新しい寵姫に信頼できる役者を下賜する気遣いを見せていたなら、きっとそのほうが貴妃にとっては面倒な事態になっていたに違いないから。

(私は沈昭儀の枷《かせ》になり、同時に間諜《スパイ》も務めることになる……)

喜燕の顔見せのはずが、瑛月が彼女に声をかける気配はない。けれど、あからさまに命じられずとも、彼女には貴妃の、ひいては趙家の意図がよく分かった。

後宮でのもろもろの行事には抱えの役者が不可欠とはいえ、すべての妃嬪にその伝手《つて》や財力があるわけではない。だから、裕福かつ伝統ある名家は後宮に入った女に慈悲深くも役者を貸し出すことがある。

無論、額面通りの厚意と受け取る愚か者は、後宮で生き延びられないだろう。

趙家が育てた役者は、趙家の命令しか聞かない。本当の主《あるじ》が禁じれば、仮の主のために演じることはない。

つまり、役者を借りた妃嬪が後宮でつつがなく過ごすには、趙家の顔色を窺《うかが》わなければならず、貴妃を差し置いて寵愛を独占するなどもってのほか、ということになる。当然、役者は貸し出された先での出来事は漏らさず報告する役目も帯びる。

(信頼されて、選ばれた。だから名誉なことだ)

たとえ演じることを期待されていないとしても。ううん、最低限、選抜を通る実力がなければこの役は務まらないのだから、実力も評価されてのことのはずだ。

何より、趙家の屋敷奥でひたすら怒鳴られ打たれるか、あるいは見切りをつけられて放逐されるかするよりは、とにかくも後宮に居られるほうがずっと良い。

精緻《せいち》な敷物の織り目を数えながら、喜燕が自分に言い聞かせるうち、瑛月は何かしらに満足したようだった。滑らかな衣擦《きぬず》れの音が、貴妃が立ち上がったことを教える。

「まあ、試験のことは任せましょう。期待に応《こた》えてちょうだいね」

「は。必ずや……！」

瑛月は最後まで喜燕に話しかけなかった。応えたのも、師である老女だった。舞えとか唱《うた》えとか、命じさえしなかったのは――それは、信頼の証《あかし》だったのだろうか。

貴妃の部屋を辞した喜燕は、殿舎の一角で婢《げじょ》に交ざって休むように言われた。

「試験では、陛下より題が出される。唱《うた》の時もあれば舞の時もあるが、そなたのために、貴妃様は舞をねだってくださるという」

「恐れ入ります」

「たとえ唱でも、そなたならば問題なかろうが」

「はい」

師の言葉は単純な事実だと思ったから、喜燕はやはり単純に頷《うなず》いた。教え子の反応を満足げに見てから、老女は珍しく口の端に微笑みらしきものを浮かべた。

「最後に、そなたに教えることがある」

「はい……？」

さすがにひとり部屋がもらえたが、婢の寝起きする一角は手狭だった。唱や念《セリフ》の手ほどきにしても、大声を出してはさぞ迷惑だろうに。眉《まゆ》を寄せかけた喜燕の耳に、老女は色褪《いろあ》せた唇を寄せてそっと囁《ささや》いた。

「役者同士は仇《かたき》同士と思え。天女のごとき舞姫も愛らしい花旦《かだん》も、気品ある青衣《せいい》（姫君役）も、秘華園では敵なのだ」

何のことはない、華劇の技ではなく心構えの話だったらしい。

（言われるまでもない）

仰々しい前置きの割に、くだらないことを言い聞かされた。拍子抜けして失笑に似た微笑みを浮かべながら、喜燕は頷いた。

「はい。心得ております」

「だろうとも。だからそなたを推したのだ。玲雀《れいじゃく》の足が無事だったなら、また話は別だったが」

けれど、姉妹同然に育った少女の名を出されて、喜燕の笑みは凍り付いた。

玲雀は、喜燕と同じく舞が得意だった。そして、いつも喜燕よりも少し高く跳んで、少し速く回って、それから、残酷なほど明らかに目の演技と指先のしなやかさが優れていた。

ある日の鍛錬で、跳躍から着地しようとした瞬間に均衡を崩し、足の腱《けん》を断つ怪我をするまでは。

「あの子は……運が悪かったですね……」

台詞《せりふ》を諳《そら》んじるつもりで、喜燕は他人の役を演じるかのように嘯《うそぶ》いた。

床の滑り止めの蠟《ロウ》も、塗り過ぎればかえって危ないもの。玲雀が好んで踊った場所に限って、誰かが掃除の加減を間違えたのだ。それに、たまたま玲雀の沓《くつ》がすり減っていたところだったのも災いした。そう、運が悪かったのだ。

「そなたは運に恵まれているな」

かつてなくにこやかに微笑んだ老女に、喜燕は無言で拱手《きょうしゅ》の挨拶《あいさつ》をした。さっさと休ませて欲しい、という意味だ。彼女がしたことを承知している相手と、一秒たりとも同じ部屋にいたくなかった。

喜燕は、彼女が秘華園の選抜試験に推された本当の理由をようやく悟った。

役者同士は仇同士。言われるまでもなくその真理を悟り、しかも実践できているから、だったのだろう。

＊＊＊

霜烈《そうれつ》の背を追ううちに、燦珠《さんじゅ》は後宮に入ったらしい。

外朝《がいちょう》の泰皇殿《たいこうでん》にも劣らぬ壮麗な建物は、皇帝の寝殿である渾天宮《こんてんぐう》。

ひと回り小さい皇后の寝殿、穣地宮《じょうちぐう》は、今は主がいないのだとか。

貴妃以下の妃嬪たちが住まう各殿舎はさらに小さく、似たような造りの建物が軒を連ねる様は延康《えんこう》の都の街並みにも少し似ている。もちろん、庶民の家々とは比べるべくもなく、どの建物も美しく輝かしく贅《ぜい》を凝らした佇《たたず》まいをしているのだけれど。

(それにしても静かね)

後宮に足を踏み入れてからこのかた、宮女《きゅうじょ》や宦官《かんがん》の姿は確かに見るのに、人の声というものを聞かない。足音や衣擦れの音でさえも密《ひそ》やかに、どういう技によってか最小限に留《とど》めているのではないかと思うほどの静かさだ。

風のそよぐ音や小鳥の囀《さえず》りが聞こえなかったら、時が凍りついたと思ってしまっていたかもしれない。

(声を出せないって辛《つら》いわあ……!)

今通り過ぎたのは何という建物なのか。あとどれくらい歩くのか。

霜烈に聞きたいことはたくさんあるけれど、燦珠は小声で話すことに慣れていない。後宮では大声を出してはいけないようだと、さすがに彼女も察している。

静けさのあまり、目線の動きや首を巡らせるだけでも音を立ててしまいそうな気分になるのも落ち着かない。もっと遠慮なく辺りを見渡して、後宮の何もかもを目に収めておきたいのに。たぶん、この場所では禁忌になってしまうのだろう。

「――呼吸をしているか？　初めてだと息詰まるだろう」

燦珠は、急に足を止めて振り返った霜烈の胸に危うくぶつかるところだった。鍛えた身体のお陰でどうにかぴたりと止まると、霜烈の身体の向こうに扉が聳《そび》えているのに気付く。花鳥の彫刻に彩られた風雅なその造りは、後宮の妃嬪の住まいに相応《ふさわ》しい。では、ここが――

「沈昭儀がお待ちだ。そなたはまずは昭儀付きの侍女ということになる」

例によって霜烈が綺麗《きれい》な笑みを見せたのと同時に、精緻な細工の扉が音もなく開いた。彫刻の鳥が左右に分かれる様は、翼を広げて来客を招くかのようだった。

（まるで、待ち構えていたみたい……？）

沈昭儀は、皇帝の寵愛《ちょうあい》を受ける御方だとは聞いている。そんな人が、燦珠を待ち望んでくれているのだろうか。期待に応えられるかどうか、今さら緊張が高まってくる。

玉の象嵌《ぞうがん》の施された鳥の目に見つめられながら、燦珠はその建物の門をくぐった。

建物の内部は、院子《いんし》（中庭）の四方を建物が囲む、市井にもよくある造りになっていた。もちろん、広さと豪華さと美しさについては、よくあるものではまったくない。

（貴妃様の下の昭儀様でもこれ、かあ）

それでも、高い壁の内側に入るとここは「誰かのお家」だった。目を瞠《みは》る豪奢《ごうしゃ》な調度ではあっても、人の息遣いが感じられる。

だから燦珠にも辺りを見渡す余裕ができた。華劇の演目には後宮を舞台にしたものも多い。栄耀《えいよう》栄華を誇ったり、嫉妬《しっと》に身を焦がしたりした美姫《びき》を演じる時は、こんな風景を頭に描いておかなければ。

「阿楊《あよう》、待ちかねたぞ……！」

と、敷地の北側に位置する正房《せいぼう》（母屋）に通された燦珠たちの前に、黒く小さな人影が転がり出た。

（阿楊──楊奉御《ほうぎょ》のこと？　可愛い呼び方……！）

阿、は小さな子供を親しみを込めて呼ぶ時に使う字だ。霜烈の美貌《びぼう》には似合わない呼び方に、燦珠は思わず口元を綻《ほころ》ばせてしまう。

霜烈を子供扱いしたその人の背丈は、霜烈の胸の辺りまでしかない。燦珠と比べても少し低いくらいだろうか。背を屈《かが》めて歩くのに慣れ切った風がする。

深い皺《しわ》が幾筋も刻まれた顔の中、きょときょとと辺りを窺《うかが》う目が目立つ。それに、男とも女ともつかない奇妙な高さの声！

（本物の、宦官だ……！）

失礼だとは思いながら、燦珠は目を輝かせてしまう。

別に、霜烈が偽者だと思っていたわけではないけれど。華劇でよく見る丑《ちゅう》（道化役）そのものの宦官が目の前で喋《しゃべ》っていると、感動めいたものを覚えてしまうのだ。

幸いに、というか、黒衣のふたりは急に熱を帯びたであろう燦珠の目つきには気付いていないようだ。ちょこまかとした足取りで駆け寄ってくる老宦官に、霜烈は長身を曲げて目線を合わせて涼やかな微笑を向けている。

「気を揉《も》ませたな、段爺《だんじい》。だが、待たせただけのことはあると思う」

「そちらが、か——はてさて、救い主になってくださると良いが」

段という らしい宦官の眼差《まなざ》しを受けて、慌てて目礼を返しながら、燦珠は心中で首を傾げた。

（阿《ぼう》に、爺《じい》？　親戚《しんせき》ってことは、ないんだろうけど）

化粧や衣装なしでも舞台に立てそうな霜烈と、皺だらけの段爺は全然似ていない。

（……後宮のしきたり、っていうか？　色々あるのかしら）

同門の役者が兄弟の絆《きずな》で結ばれる、みたいなことが宦官にもあるのかもしれない。

「すぐにも昭儀に会ってもらえるのか？　一服したほうが良いか？」

「要らぬ」

「えっ」

燦珠に尋ねた段爺に答えたのは、なぜか霜烈だった。何を勝手に、と目を見開いた彼女に、例の形の良い唇が悪戯《いたずら》っぽく笑う。

「休息よりも、そなたは早く芝居の話をしたいだろう？」

「芝居の話になるの⁉　もう⁉　じゃあ行くわ！」

見透かされた悔しさよりも、芝居、の一語の魅力が勝った。燦珠の大声は無作法だったのか、段爺が顔中に皺を寄せて渋面になる。

「……まあ、ありがたいことだ。それでは案内《あない》しよう」

でも、新入りゆえに大目に見てくれたのか、霜烈への配慮か、小柄な宦官は咎《とが》めず溜息《ためいき》を零《こぼ》すに留《とど》めてくれた。

「まったく、当代様の御代《みよ》になってからというもの──」

「始まったばかりの御代に、そう悲観するものではない。それを言うなら、先代様も」

「……うむ、まあそれはそうなのだが……」

殿舎の奥へ足を向けながら段爺が、まだ何かぶつぶつこぼしていたのは、燦珠への不平ではなかったようだ。宥《なだ》めるような声音の霜烈と囁《ささや》き交わす、その内容はよく分からないけれど──ただ、皇帝その人について語っているのは、察せられた。

（そういえば、今の天子様って即位されたばかりなんだっけ）

梅の花の下で霜烈と出会った時も、父がそんなことを言っていた気がする。

延康の都が喪の白に染まり、しばらくしてから慶事の紅に燃え上がったのも、確か去年あたりだったような。直にお姿を見ることはなくても、皇帝の存在は確かに民の暮らしを支配しているのだ。

（私、天子様のお傍に来たんだ……！）

今さらながらに気付いたけれど、怖気《おじけ》づいたりはしない。昭儀の部屋に続くという、荘重かつ美麗な黒檀《こくたん》の扉を潜《くぐ》る時も、胸を占めるのは期待と喜びだけだった。

（国のすべてを動かす御方の前で演じるなんて。やっぱりすごいことじゃない……!?）

沈昭儀、香雪《こうせつ》の前に跪礼《きれい》した燦珠は、心の中で本日何度目かの快哉《かいさい》を上げた。

（青衣《せいい》（姫君役）の、本物だ……！）

皇帝の妃のひとり、正真正銘のお姫様に対して、無礼な感想かもしれないけれど。それでも、香雪の美しく優しく儚《はかな》げな容姿は燦珠が思い描く青衣役そのものだった。

（ああ、勉強になる……）

結い上げた髪の豊かさと艶《つや》やかさ。細い項《うなじ》に零れた後れ毛から漂う色香。どういうわけか憂いを帯びた眼差しに、わずかに寄せられた柳眉《りゅうび》に宿る切なげな色。

頰と唇をほのかに染める品の良い紅は、寒中に凜《りん》と咲く梅の花のよう。肌の白さは、名前に恥じず、まさしく香り高い雪に喩《たと》えるのが相応しい。華奢《きゃしゃ》な肩にかかる披帛《ひれ》は天女もかくやに儚く透ける。

美しさと気高さを兼ね備える佇《たたず》まいとはいかなるものか——霜烈が父に語っていた通り、確かにこれは役者として負けてはいられない。

「あの……燦珠？　どうかなさって……？」

「あっ、すみません……！　あの、つい夢中で、というか癖で！」

おずおずと呼びかけられて——美姫は声も麗しかった——燦珠はようやく青衣役の指の仕草を無意識になぞっていたことに気付いた。

舞台の上で、唱《うた》や台詞《せりふ》と一緒なら、恋慕や嫉妬や悲嘆を表す演技になるけれど、今のはただの不審な動きにしか見えなかっただろう。

(ご気分を害されてない……？)

背中に冷や汗をかきながら、霜烈や段爺《じい》の顔色を窺いながらの、苦しい言い訳だったのだけれど。

「そう、なの……？」

香雪は、寛大にもふわりと微笑んでくれた。雪を緩ませる陽だまりのような優しい笑みは、けれど一瞬で曇ってしまう。

「……楊奉御のご厚意には心から感謝しております。わたくし、いったいどうすれば良いのか分からなかったのですもの……！」

そうして、香雪は憂いの理由を語ってくれた。妃嬪《ひひん》が後宮でつつがなく暮らすためには、抱えの役者が不可欠で。けれど秘華園の役者の多くは有力な貴妃の息がかかっていて。後ろ盾の弱い香雪は突然の寵愛に喜ぶばかりではいられなくて――ひと通りの話を聞き終えた燦珠は霜烈を見ながらしみじみと言った。

「華劇でいうなら朱晋《しゅしん》、っていうのは本当だったのね……」

「信じていなかったのか？　どうしてわざわざ嘘を吐くものか」

父の舞台を見下ろしながらの、桟敷《さじき》席でのやり取りを踏まえてのことだ。ただ者ではなさげな霜烈を、華劇の役どころに喩えるならどの役か、という。

「だってすごく企《たくら》んでそうだったじゃない！」

仕える妃のために奔走する道化役、だなんて、常に涼しげな顔を崩さないこの男には似合わない。でも、聞いたところによると香雪は確かに困り切っているらしい。白い頰はより白く、伏せられて震える睫毛《まつげ》や華奢な肩が儚げな風情をいっそう際立たせているのが気の毒だった。

「わたくしの実家には、役者を育て養う余裕など、とても……。そもそも、女の役者なんて聞いたこともございませんでした。貴妃様がたにどんな役者を見せてくれるのかと問われて、どれほど驚いたことか……！」

香雪の実家は学者の家なのだとか。役者の娘の燦珠でさえも、つい先日まで秘華園のことを知らなかったのだから、お固いお家ならなおさらだろう。

そして確かに、役者を育てるのは容易《たやす》いことではない。

父を師にすることができた燦珠は特殊な例外で、良い役者に師事するためには相応の謝礼に加えて伝手《つて》が必須《ひっす》だから。まして女の役者となると、まずは娘を習わせても良いという奇特極まりない親を見つけるところから始めないといけないだろう。

(突然言われても、そりゃどうしようもないわよねえ)

侍女が茶を淹《い》れてくれたけれど、香雪が手をつける気配はない。この分では食事も喉《のど》を通らない有り様なのではないかと、初対面の燦珠でさえも心配になってくる。

(天子様は何をやってるのかしら。この御方を寵愛《ちょうあい》なさってるんでしょう?)

疑問も湧くけれど——後宮というのは、なかなかややこしいところでもあるらしいのだ。

「抱えの役者を貸してくださると言ってくださった貴妃様もいらっしゃったのですが、陛下はそれはならぬと仰《おっしゃ》って」

花が散るように溜息を零す香雪を、燦珠の隣に跪《ひざまず》いた霜烈が宥めた。憂いに押し潰《つぶ》されそうな風情の姫君の心をも慰めるであろう、それは綺麗《きれい》な澄んだ声だった。

「沈昭儀を思われるがゆえでございましょう。貴妃の実家に育てられた役者は、当然その恩義と無縁ではいられませんから」

言われてみれば、なるほど、と思う。役者が主《あるじ》の意向を受けるのも、寵姫への牽制《けんせい》に使われるのも。

華劇の筋書きでも、後宮の寵愛争いは定番だ。抱えの役者を持たせないことで、香雪を後宮の争いに関わらせないと判断したなら、そう不合理ではないのかも。

（でも、戦わずして逃げるのも嫌じゃない！）

後宮での女の争いには、役者同士のそれも含まれるらしい。

これまでの香雪は、戦場にあって徒手空拳《としゅくうけん》だったようなもの。それなら逃げの一手も分かるけれど、燦珠は無類の名剣であるはずだ。彼女を武器にしてもらえれば、香雪が負けるはずはない。

「――だから私の出番、ってわけだったのね？」

無礼かどうかを気にすることはもはやなく、燦珠は声を弾ませて霜烈に問うた。すると、美しくも頼もしい笑みが、しっかりと頷《うなず》いてくれる。

「そうだ。秘華園の役者として合格すれば、禄《ろく》が与えられるから昭儀が不安に思われることはない。衣装も道具も、必要に応じて仕立てることができよう」

「あの、でも、大変なことだと思います。どの貴妃様も、抱えの役者はたいそうご自慢に思われているようで――あの、それぞれ得手不得手があるのでしょう？　たったひとりで、わたくしもどこまで守って差し上げられるか分からないし……」

香雪の狼狽《うろた》えた声は、燦珠の闘志の炎を鎮めるどころか、それに油を注いだ。

(良い方だわ、沈昭儀様って。それに、私は唱も舞も立ち回りも得意だもの！)

初めて会う小娘を案じてくれる香雪は、美しいだけでなく優しい方だ。この方の助けになれるなら願ってもない。

それに――格好良いだろう。

唱に舞に、それぞれの得意で挑んでくる役者たちを、ひとりで相手してやるのは。後ろ盾のない香雪を、女の戦いに勝たせて差し上げるのは。想像するだけで愉快で痛快で、大人しく座っていることなんてできはしない。

「ご心配なく、昭儀様！　私は国一番の花旦です。そうなるために、後宮《ここ》に来たんですから！」

今日の燦珠の装いは、庶民の娘がよく纏《まと》う短い襖衣《うわぎ》と馬面裙《スカート》だった。華劇の衣装とは違って飛び跳ねるようにはできていない、けれど――

(一瞬なら大丈夫大丈夫！)

弾む思いに駆り立てられるまま、燦珠は跳ねるように立ち上がった。その勢いに任せてくるりと回ると、襞《ひだ》を寄せた馬面裙の裾《すそ》が花弁のようにふわりと広がる。

「なんと、はしたない――」

段爺の呆《あき》れたような呟《つぶや》きは、回転の勢いに流されて、遠い。目を瞠《みは》る香雪の麗貌も、愉《たの》しげに口元を緩める霜烈の笑顔も。二度、三度と繰り返す回転の中で溶けていく。

そして、止まる時は一瞬で、ぴたりと、一切ぶれることはなく。片手を高く、片手を胸の前で構える見得は、刀馬旦《とうばだん》（女将軍役）が槍《やり》と馬鞭《ばべん》を構える時のもの。今の燦珠は徒手だけれど、出陣の場面を即興で演じたのだと伝わっただろうか。

「私、誰にも、どんな役でも負けません。どうぞ、信じてくださいませね！」

きっと、伝わったはずだ。燦珠が宣言した時、香雪の頬は明らかに上気して、目元にも笑みと高揚が浮かんでいたから。

「ええ……ありがとう、燦珠……！」

たとえ一瞬の演技でも、化粧も衣装もない普段着でも。燦珠の打（立ち回り）は香雪に憂いと悩みを束の間忘れさせることができたのだろう。

秘華園は、後宮の最奥に位置するとのことだった。沈昭儀香雪の殿舎からは、さらにまた歩かされることになるとか。

「元々は庭園だったのだが、仁宗《じんそう》帝が役者の練習場や宿舎や劇場を集約したのだ。唱《うた》や楽の練習は何かと騒がしくて後宮には似つかわしくないからな、隔離する必要があったのだろう」

「ええ、後宮《ここ》はとても静かで落ち着かないものね」

殿舎の敷地を出る前に、霜烈は燦珠を振り向いて教えてくれた。

ひと晩を後宮の片隅で過ごした翌朝のこと、秘華園の役者を選抜する試験は今日にも行われるのだという。香雪と対面した直後に告げられたものだから、話の急さにはさすがに驚いたものだ。お陰で昨夜は、疲れているのに興奮してしまって、寝付くのに苦労した。

(本当にギリギリだったんじゃない……!)

彼女自身については、いつでも演じたいし常に最高の状態にあるよう自らに課しているから、別に良い。でも、香雪はさぞ気を揉《も》んでいたことだろう。老宦官《かんがん》の段爺《じい》が転がるように飛び出して来たのも納得できるというものだ。

(天子様も、もっとどうにかできなかったのかしら)

皇帝の権限なら、試験日を後ろ倒しにすることぐらい簡単なのではないだろうか。それが無理なら、香雪を見舞って安心させてあげるとか。

それは、栄和国のすべてを預かる御方なのだから、さぞや忙しいのだろうけれど。

「後宮では、婢《げじょ》や宦官は無用の声を出してはならぬということになっている。違反すれば杖刑《じょうけい》(棒で打つ罰)だ。役者はもう少し大目に見られるが、沈昭儀を煩わせぬためには心したほうが良いだろう」

「えっ」

沈黙の掟《おきて》が適用されるのは、殿舎の外に出たら、ということなのだろう。いまだ門内に留《とど》まったまま、霜烈はにこやかに怖いことを言って燦珠の目を見開かせた。

「家具や食器が突然口を利いたら不都合であろう？　秘華園の内ならばその限りではないから、やはり合格せねばな」

「家具や食器、ね……」

鸚鵡《おうむ》のように繰り返す燦珠の頭に蘇《よみがえ》るのは、酔った父が何度も繰り返した話だ。偉い人を揶揄《からか》う台詞《せりふ》で鞭打《むちう》たれた劉《りゅう》さんのこと。貴族や役人は役者など人間と思っていない、と――使用人も同じだということなのか。でも、自身をも卑下しながら、霜烈の態度はごくさらりとしたものだ。

「竹の箸《はし》と青磁の皿では扱いが変わるのも当然のこと。無二の役者は宝物同様に重んじられることだろう」

「そうね。私は、宝珠だもの。大事にしてもらわなきゃね」

燦然と輝く、宝珠。父母は容姿や心ばえがそうあれと願って名付けてくれたのだろうけれど、それだけではない。

彼女の才は誰にも負けずに眩《まばゆ》く光を放つはず。その輝きに相応《ふさわ》しい評価を受けるはず。

そう信じて、燦珠は沈黙が支配する後宮の通路に一歩を踏み出した。


「わ――」

秘華園の門を潜《くぐ》り、木々と花々に彩られた山水の庭を抜けて開けた広場に至った瞬間に、燦珠は喜びの声を上げていた。霜烈の背に従って歩く間、胸に抱えていたもやもやとした蟠《わだかま》りも霧消する。

その名にふさわしく四季の花鳥で彩られた門の内側は、鳥の囀《さえず》りのような高く澄んだ声で満ちていた。先に到着していた役者候補の娘たちが、唱の練習に励んでいるらしい。

燦珠も含めた候補者たちが纏うのは、交領襦《うわぎ》に褲子《ズボン》を合わせた軽装の短褐《じょうげ》だった。市井の役者の練習着とさほど変わりない。

ただ、秘華園の名にちなんでか、色は薄桃色から紅色の淡い赤系に統一されている。近くにいる者同士でおしゃべりしたり、身体をほぐしたり――少女たちの仕草によって様々な赤色が揺らめいて、広場には華やかな花が咲き乱れているかのようだ。

「女の子ばっかり！　みんな、役者を目指してる子なのよね？　唱《うた》って踊れるのよね？」

「そうだ。練度は様々だろうが」

はしゃぐ燦珠に答えながら、霜烈は広場の一角の四阿《あずまや》に向かう。卓を設《しつら》えたその屋根の下では、筆を持った宦官が何やら書き付けていた。候補者の素性や姓名の管理をしているらしい。

梨《り》燦珠、の名が鮮やかな墨痕《ぼっこん》で記されるのを見届けて、霜烈は満足そうに頷いた。

「私がつきっきりでいられるのもここまでだ。娘たちに交ざって順番を待つのだ。陛下より出題があるから、それに沿った演技をすれば良い」

「分かったわ」

霜烈に背を押されて、花のような紅色の衣の娘たちの列に入ろうと駆け出しかけて──燦珠はふと、首を傾げた。

「お題って演目を指定されるの？　それとも即興？　唱と舞、どっち？　台詞は？」

「回によって変わるが、不可能な無理難題にはならぬ。そなたならば合格できる」

では、合格には運も絡むのかもしれない。でも、何であろうとひと通り演じられなければ一人前の役者とは言えないだろう。

そして霜烈の言う通り。唱《しょう》（歌）、念（台詞）、做《さく》（仕草）、打（立ち回り）──四《し》功《こう》のどれに当たろうと、燦珠は誰にも負ける気はない。それなら出題を気にする必要はないということだ。

「そうね。じゃあ、楽しみにしておくわ！」

霜烈に手を振って、咲き乱れる花のように広場を彩る少女たちに交ざった燦珠は、早速、柔軟体操に励んでいる少女に目を留めた。

左右に大きく開脚して、身体で「一」の字を形作っている彼女と目線を合わせるべく、同じ格好になってぺたりと上体を芝の生えた地面につけて——そして、にこりと微笑む。

「ねえ、貴女《あなた》、なんて名前？　私は、梨燦珠。延康の、役者の家の出なんだけど」

図々《ずうずう》しく話しかけたのは、その少女もひとりきりで、ほかの候補者と面識があるようではなかったから。そして、燦珠と同じ十六、七の年ごろで、かつ、とてもしなやかな脚の線が素晴らしかったからだ。

（ほかの子は、どこから来てるのかしら。今までどこで鍛錬してたのかしら。柔軟体操のやり方は、どこも変わらないみたい？）

聞きたいことはたくさんあった。

そうでなくても身体を解《ほぐ》しておくのは大事だし、舌も喉《のど》も温めておきたいし。何より、男の兄弟弟子ではなく、同じ年ごろの女の子と一緒の鍛錬なんて初めてで、好奇心を抑えられそうになかったのだ。

「……崔、喜燕」

くっきりとした目鼻立ちのその少女は、驚いたように目を瞠《みは》りながら、それでもぼそりと答えてくれた。

燦珠はすっかり嬉《うれ》しくなって、声を一段高めて縁起の良い名前と、厳しい鍛錬を窺《うかが》わせる彼女の肢体を褒め称《たた》えた。

「良い名前ね。手足もすらりとしてて筋肉もついてそうだし、舞が得意なのよね？　燕《ツバメ》みたいに軽やかに踊りそう……！」

「……集中したいの。静かにしてくれる」

心からの賛辞で、何なら踊って欲しいとさえ、思ったのだけれど。眉《まゆ》を寄せてそっぽを向いた喜燕の、迷惑そうな横顔が、燦珠の高揚に水を浴びせた。

（そっか、競争相手でもあるのかあ）

女の子同士、ですっかり舞い上がっていたけれど、そういえば市井の役者の間でも役争いは熾烈《しれつ》なものだ。

広場を彩る女の子は、ざっと見たところ二十人くらいはいるだろうか。この中の全員が合格できるということは、たぶんないのだろう。

「ごめんね。えっと、頑張ろうね？」

女の役者なんて、市井には滅多にいないのだから仲良くしよう、だなんて。秘華園《ここ》では通用しないのかもしれない。

しょんぼりしながら声をかけると、喜燕という少女は無言で体勢を変えてしまった。爪先《つまさき》に綺麗《きれい》な弧を描かせて足を揃えて――燦珠に背を向けて。これは完全に嫌われたかもしれない。

（切り替えるしか、ないか）

それこそ燦珠のほうも集中しなければならない。溜息《ためいき》を堪《こら》えて柔軟体操に励むことしばし――宦官《かんがん》の甲高い声が、晴れた空に響いた。

「皇帝陛下のご来臨！」

その声が中空に消えるかどうかのうちに、さざめいていた紅色の衣の娘たちが一斉にその場に平伏した。命じられるまでもない、皇帝の御前では頭《こうべ》を垂れるのは当然のこと。燦珠も周囲の娘たちと列になって、地に額をつける叩頭《こうとう》の礼をした。

最上級の敬意を表しながら、彼女の胸を高鳴らせるのは皇帝と同じ空間に立ち会える光栄が理由では、ない。

（華劇でよくやるやつだ……！）

頭に浮かぶ様々な名場面、その再現のような場面に居合わせたから、だった。

少女たちが頭を垂れる先は、広場の北に位置する殿舎だった。

先ほど見渡したところでは、最貴色の黄色の琉璃瓦《るりがわら》を朱塗りの柱が支え、翡翠《ひすい》や金、青藍《せいらん》色の華やかな装飾が施されていたはず。組み木細工の格子扉が開け放たれ、水晶を連ねた御簾《みす》が下がっていたのも、見た。

では、先ほどまでの喧騒《けんそう》と打って変わった静謐《せいひつ》に響く衣擦《きぬず》れの音は、皇帝と妃嬪《ひひん》たちが殿舎の中に設けられた、広場を望む席に向かっているのを示しているのだろう。

（沈昭儀――香雪様もいらっしゃるのよね）

早く、あの方に燦珠の演技を見て安心していただきたいものだ、と――燦珠が密《ひそ》かに微笑むのとほぼ同時に、沈黙を破って凛《りん》とした声が響いた。

「これがすべて、役者候補か。若い娘ばかりよく集めたものだな」

低い、威厳に満ちた本当の男の声。霜烈とも違った深みのある美声は、後宮の唯一の男である皇帝のものだろう。次いで聞こえた鈴を振るような麗しい女の声は、たぶん、燦珠が知らない妃嬪たちのものだ。

「みんな、陛下からのお題を待ちわびております。どんな趣向になさいますの？」

「舞のお題はいかがでしょう。今の秘華園には舞の名手が足りませんもの」

「あら、わたくしは唱《うた》の上手《うま》い子が聞きたいですわ」

皇帝の御前で発言できるのは力がある妃だけなのか、華やかな声の中に香雪のものは聞こえない。とはいえいずれも紛《まが》うことなき正真正銘の姫君たちのやり取りに、燦珠はうっとりと聞き入った。

「舞の課題にしようと考えていた。瑛月が喜ぶと良いのだが」

「まあ！　光栄でございます……！」

瑛月というらしい妃に頷《うなず》くような間を置いてから、皇帝は額《ぬか》ずく燦珠たちのほうへ視線を向けたようだった。天にも等しい御方の視界に入っているのを感じて、少女たちのあいだにぴりりとした緊張感が走る。そこへ、玉声《ぎょくせい》が響き渡る。彼女たちの命運を分ける出題を告げるために。

「演目は問わぬ。朕《ちん》がこれから述べる条件に沿った舞を見せよ」

＊＊＊

翔雲《しょううん》の宣言を聞いて、叩頭した娘たちから伝わる熱と圧が一段高まったようだった。皇帝の意に適《かな》おうとするその気迫だけなら、野心ある官たちと並ぶかもしれない。彼が感心するかというと、また別の話ではあるが。

（それほど必死なのか。たかが芸事だというのに）

歌舞が供するのは、ほんの一時の夢物語に過ぎない。先帝とは違って、翔雲は絵空事による慰めも享楽も必要としない。娘たちの熱意は、無駄でしかないのだ。

（皇帝たるもの、常に民のために心を砕かねばならぬ。誰よりも法と道を知り、自らの手足のごとくに官を掌握せねば。よそ事にかまける暇は、ない）

心に念じるのは、父が彼に繰り返し言い聞かせた教えだった。

翔雲の父は、皇帝の子として生まれ、才にも恵まれながら、長幼の序によって帝位を望めなかった。兄である先帝が政《まつりごと》を顧みず、国を傾けるのを座視せざるを得なかった悔しさ歯がゆさは、息子である彼に託された。

父にとって、遅くにできた息子であったことも幸いしたのだろう。翔雲が成人するころには、先帝の皇子たちは様々な理由でこの世を去っていた。

それでも、数多《あまた》いる皇族の中から、諸官の総意でもって帝位に迎えられるだけの声望を集めるのは並大抵のことではない。

（芝居などで心を惑わせてはならぬ。先帝の同類だと、欠片《かけら》たりとも疑わせてはならぬ）

いつの間にか、翔雲は固く拳《こぶし》を握りしめていた。

彼がまだ少年のころ、風に乗ってどこからか流れて来た歌舞だか芝居だかの賑《にぎ》わいに、ふと書物から顔を上げたことがあった。そして、父に見咎《みとが》められて掌《てのひら》を鞭打《むちう》たれた。父の教えは、痛みと屈辱と共に彼の心に深く刻まれたのだ。

「──陛下、陛下！」

高い声に呼びかけられて、翔雲は我に返った。父の悲願通り、黄袍《こうほう》を纏《まと》って皇宮にいることを思い出すまでに、瞬き数度の時間を要する。

「その、条件とは何ですの？　何を題に舞わせるのですか？」

咲き誇る薔薇《ばら》に似た華やかな美貌《びぼう》に、ありありと好奇心を浮かべて問うのは、趙貴妃瑛月だ。出題を舞にするよう強請《ねだ》ったのはこの女だった。

恐らく、子飼いの候補者が舞手なのだろう、と。さらに数秒をかけて状況を把握すると、翔雲は密かに嗤《わら》った。

（喜ぶのは、まだ早いと思うが？）

何もこの女の機嫌を取るための出題ではないのだから。皇帝《かれ》の興味を惹《ひ》けたと思ったなら、それは早合点というものだ。

「花鳥風月。四季折々の風光明媚《ふうこうめいび》。神仙に怪力乱神。血湧き肉躍る戦記、美姫《びき》が紅涙を絞る悲恋――」

口元に笑みを浮かべて、翔雲は次々に挙げた。ひと言ごとに娘たちの熱気が高まっていくのが、珠簾《しゅれん》に遮られることもなく伝わっている。

試験の課題になるのはどの要素なのか、習得した演目のどれなら該当するのか、必死に考えていることだろう。――無駄なことだ。

「朕《ちん》は物語に疎く、風雅も解さぬ。よって、迂遠《うえん》な喩《たと》えは見ても楽しめまい。先に述べたのではない主題で舞ってみせよ」

翔雲が言い終えると、しん、と痛いほどの沈黙が降りた。

麗《うら》らかな初春の晴天だというのに、真冬に戻ったかのような。彼は、娘たちの高揚に冷水を浴びせることに成功したようだ。

（幾らでも舞うが良い。条件に沿っていれば、な）

自ら述べた通り、翔雲は華劇の演目にはまったく詳しくない。が、だいたいにおいて花だの蝶《ちょう》だのを演じたり、月やら星やらを称《たた》えたりするものと思って良いだろう。先日の酔った仙狐とやらの演目を思い出して、念のために条件を増やしさえした。これなら該当する演目などまずあるまい。彼の意図も、はっきりと伝わるだろう。

合格者を出すつもりはない。華劇が扱う夢物語には一切の興味がない、と。

それぞれに候補者を出しているはずの貴妃たちでさえ、翔雲の言葉に異を唱えることができずに固唾《かたず》を呑《の》んでいる。美しい顔が白く青褪《あおざ》めているのを小気味良く眺めながら、彼は末席に控えた香雪に微笑みかける。心配いらぬと、伝えるために。

（役者などいなくても何の問題もない。秘華園の習いなど知ったことか）

彼の治世においては、これまでのやり方は通用しない。今日は、それを後宮に知らしめてやるのだ。

薄紅の花霞《はながすみ》のような娘たちの列に目を向ければ、髪一筋ほどにも乱れていない。やはり、誰も名乗り出ることはできぬのだ。翔雲は、御簾の外にも届けるべく声を張り上げる。

「誰もおらぬのか。ならば全員落第となるが――」

構わぬか、と。誇らかに問おうとした翔雲は、しかし、高く澄んだ声に遮られて言い切ることができなかった。

「あ、私、やります。踊って――良《い》いんですよね？」

皇帝の玉声を遮っての発言は、言うまでもなく大罪だ。いや、この場合はそもそも皇帝の出題に応《こた》えたのだから罪には問えぬのか。だが、呆《あき》れた度胸であることには変わりない。

蛮勇の持ち主は、挙手しながら立ち上がると、いまだ微動だにせぬ候補者たちの列から抜け出し、前へ――皇帝と妃嬪《ひひん》が見物している殿舎のほうへと進み出た。

そこは、石畳の上に絨毯《じゅうたん》が敷かれて、露天の舞台となっている。

御簾《みす》越しではその娘の顔かたちは分からないが、さすがに役者候補らしく、すっと伸びた背筋に体重を感じさせない軽やかな足の運びだった。皇帝の御前にあって、怖《お》じ気《け》づく気配は微塵《みじん》も見えない。

「……何者だ、あれは」

無論、翔雲は天晴《あっぱれ》、などとは思わなかった。

不快と不審も露《あらわ》に低く吐き捨てると、宦官《かんがん》が右往左往する足音と衣擦《きぬず》れが聞き苦しく響いた。候補者の記録を照会したであろう間の後、下問への答えが届けられる。

「梨燦珠と申す――沈昭儀様の侍女ということですが」

宦官の奏上に、その場の者の視線が一斉に香雪に集まった。鞭打たれたように身体を震わせた彼女は、長襖《うわぎ》の袖《そで》で顔を隠し、震える声で無言の詰問に答える。

「た、確かにわたくしの侍女でございます。あの……心得があると、いうことでしたから。だから、試験に臨みたい、と……」

「どこから現れた侍女だ。誰に押し付けられた⁉」

突然注目を浴びて怯《おび》えた風情の寵姫《ちょうき》は、哀れだった。だが、声を荒らげずにはいられない。

香雪に役者候補を送り出す伝手《つて》がないのはよく知っている。ならば、貴妃のいずれかが子飼いの娘を侍女ということにして試験に臨ませたのだろう。役者を貸し出すのを禁じたからと、抜け道を探し出したとしか思えない。

(このような真似をしたのは、何者だ……⁉)

翔雲は、頭を巡らせると貴妃たちを睨《にら》みつけた。ひとりひとり、問い質《ただ》したいところではあったが――

「あの、ほかに誰もいないんですか？　私が一番に踊《や》っちゃいますけど」

御簾の外から、場違いに明るい大声が響く。

無理難題を出してやったのに、場の空気が凍りついているのに。誰も答えないのを訝《いぶか》しみ戸惑う気配さえある。まるで、彼の出題がごく簡単なものであるかのように。

疑問の視線が集中するのは、今度は翔雲に対して、だった。

あの娘をどうするのか、踊らせて良いのか、と。妃嬪や宦官の、怯えたような眼差《まなざ》しが煩わしかった。このようなことで無為に時間を費やすのも腹立たしい。

「……好きにさせよ。単に目立とうというだけなら相応の報いを与える……！」

吐き捨てると、香雪が悲鳴のような喘《あえ》ぎを漏らして口元を押さえるのが視界の端に見えた。

守りたい女を、どうして怖がらせてしまうのか——やり場のない苛立《いらだ》ちは、巻き上げられる御簾の向こう側、泰然と立つ役者候補に向けられた。

(何が舞えるというのだ？　見せてみるが良い……！)

切りつけんばかりの鋭い眼差しで、翔雲はその娘を睨みつけた。

＊　＊　＊

地に額をつけたままの少女たちを見下ろして、燦珠は心中で首を傾げた。

示し合わせる時間などなかったのに、誰もまったく同じ姿勢で、ぴしりと乱れない列を作っているのはさすがが、なのかもしれないけれど。

（どうして誰も立たないんだろ？）

不思議に思いながらも足を進めて、石畳の上に敷かれた絨毯を踏む。

緑の芝生に、白い石。そのさらに内側に、深緑色を基調にした蔓草《つるくさ》模様。薄紅の衣を纏《まと》った候補者が舞えば、花が咲いたように見える、という趣向だろう。

我先に名乗りを上げて、一番槍《いちばんやり》は競争になるのでは、と思っていたくらいなのに。

あまりにも誰も立たないのに驚いて、かえって手を挙げるのが遅れてしまった。それはまあ、花鳥風月だのを挙げてどれにするのか、と思わせた上でひっくり返したのだから、最初に浮かんだ演目ができなくなって困っている、ということはあるかもしれない。

（でも、どう考えてもあれをやれってことよねえ？）

天子様はさすがに洒落《しゃれ》た出題をするものだ、と。彼女は密《ひそ》かに感心したのだ。役者の腕を見るのに、これ以上のお題はないと思うから。

もちろん、名高い演目や、技巧を凝らした舞を見せたいという想いは誰しもあるだろう。

さっきの喜燕という少女を見ても分かる。集められた娘たちはどの子も厳しい鍛錬を重ねてこの場に来たのだろうから。燦珠が舞ったことがある《梅花蝶《ばいかちょう》》や、難しい《酔芙蓉》みたいな演目をやりたかったのかもしれない。

（でも、基本が一番難しいって言うし！）

制限を課された中で、うるさい観客を満足させることができたなら――それこそ、役者冥利《みょうり》に尽きるというものだ。

（天子様は、気に入ってくださるかしら？）

一抹の不安さえも、期待を高める妙薬だった。胸が弾み、上がった体温によって手足に血が巡るのを感じながら、燦珠は、その場に寝転がった。

（あっ、演目を宣言しなきゃいけなかったかしら？）

後ろ頭で結った髷《まげ》が絨毯に押し潰《つぶ》されたのを感じた瞬間、しまった、と思う。彼女も試験の緊張に呑まれていたのかもしれない。

指定の演目を舞うのではなく、候補者が出題に沿ったものを選ぶ形式の試験になった。ならば、無言で演技に入っては審査する側も困るのではないだろうか。

皇帝と妃嬪がおわす殿舎には伶人《れいじん》（楽師）も控えていたようだけれど、これでは伴奏もしてもらえそうにない。「やらかした」時の痛みがきりりと心臓に走る――けれど、すぐに意識を切り替える。

（ま、見れば分かるでしょ……！）

伴奏なしでの演技は、街角でももう何度もやっている。庶民の喝采《かっさい》を得た舞は後宮でも通用すると、自分と父の教えを信じるのだ。

第一、これから舞おうとしている振付に、決まった名前なんてないことだし。演奏に備える京胡《きようこ》の糸のような張りつめた緊張をたっぷりと味わいながら、燦珠は絨毯の上に四肢を伸ばした。

さりげなくしどけなく、眠っている時のように。──ううん、彼女は実際夢の中にいて、今まさに目覚めようとしているのだ。これは、そういう演技なのだ。

最初に動かすのは、爪先《つまさき》だ。覚醒《かくせい》を表すために、ぴくりと跳ねさせる。

次いで、少し持ち上げて、宙で伸びをしてみせる。もちろん、布団の中でやる怠惰な仕草とは違う。派手な動きがなくとも、舞踏の一環なのだと見る者に伝えるように、美しく、かつ筋肉のしなやかさを伝える緊張を帯びた動きでなくてはならない。

片膝《かたひざ》を立てて、片足を伸ばして──そして、両脚の爪先は浮かせたままで。腹筋に力を入れて、上体も起こす。

両手を頭上に掲げて、片手は太陽を求めるように五指を広げて翳《かざ》し、逆の手は頭頂をたどってから首筋をなぞる。今の燦珠は髪を結い上げているけれど、寝乱れた髪を梳《す》いてかき上げる仕草だ。

若い娘の寝起きの姿を演じた所作──そろそろ、気付く者も出ただろうか。

「あ──」

好奇心を抑えきれずに目線を上げたのだろう、紅色の衣の候補者の列から喘ぎが聞こえて、燦珠は密かにほくそ笑む。

そう、役者として鍛錬した者なら誰でも知っていて当然だ。ちょっと信じられないことではあるけれど、今になってやっと思い当たった者もいるかもしれない。

(でも、私しか手を挙げなかったものね!)

恨みっこなし! と。心の中で宣言しながら、燦珠はす、と立ち上がる。

掲げていた爪先を地につけて、その一点だけを頼りに直立する。一瞬の動きながら、全身の筋肉が鍛えられていなければできないことだ。身体を持ち上げるために負荷を強いた、足や背や腹の筋肉の痛みが心地好《よ》い。

燦珠は今、寝台から起き上がったところだ。次は、窓辺に寄って時間を確かめなければ。

身体の正面に、掌《てのひら》を掲げる。右手、左手と、平らな壁を見る者に感じさせるように。それから、両掌を押し出しながら左右に開く——開窓戸《かいそうこ》、窓を開ける仕草をする。

両の爪先を跳ねさせて跳ぶのは、思いのほかに高く昇っている太陽を見た時の驚きを示すもの。軽く開いた唇と、くるくると目を回して見せることで、慌てたそぶりを強調する。早く早く、顔を洗って着替えなければ。

ちょこまかと回転するたびに、燦珠は髪を結い上げ、顔を洗い、着替えている。——そのように、舞と仕草で表現している。時おり止まって見得を決めるのは、愛らしく装った喜びが溢《あふ》れたものだ。

軽やかに、誇らかに。

皇帝は花や鳥の演技を禁じたけれど、若い娘を演じようと思ったら、花のように瑞々《みずみず》しく美しく、鳥のように囚《とら》われず、唱《うた》わずともあらゆる仕草が囀《さえず》り出すに決まっている。燦珠が演じる舞に、あえて名をつけるなら——

《清晨家務《せいしんかむ》》——朝のお仕事。

花旦《かだん》に求められる所作を繋《つな》げて、即興でひとつの舞踏に仕上げたもの。ひとつひとつの動きなら、候補者たちも演じたことがあるに違いない。

花旦は、青衣《せいい》（姫君役）とも刀馬旦《とうばだん》（女将軍役）とも違う、庶民の娘の役どころも多い。よって、演技上で要求されるのは日常の暮らしを活《い》き活《い》きと写し取ったものになる。若い娘が日々従事する家事は、その最たるものだ。

観客の妻や娘もやるような何気ない動きを、芸として舞踏の域に昇華する——王侯貴族の生活の華やかさや戦いの激しさを演じるのとはまた違う、花旦の真髄、その難しさは題材のささやかさにあるだろう。

誰もが知っている動きだからこそ、誰が見ても分かるように本質を捉《とら》えなければならない。それでいて、演技として認めさせなければならない。

余計なものは削《そ》ぎ落して、どこまでも滑らかにしなやかに、鍛えた身体の能力を誇示するために。そのために、女形《おんながた》の小父《おじ》さんや兄さんたちは、わざわざ厨房《ちゅうぼう》を覗《のぞ》いたり針と糸を手に取ってみたりするのだ。

『燦珠は……花嫁修業をしたほうが良いんじゃないかね』

『行く気はないわ!!』

……花旦の名手の青蘭《せいらん》小父さんに、くっついて小麦粉の塊になった香椿《シャンチュン》の木の芽揚げを見られた時のことを思い出して、一瞬だけ体幹がぶれたりもしたけれど、それはそれとして。

(次は、給鶏餌《きゅうけいじ》!)

開門《かいもん》──門を開ける動きで外に出ながら、燦珠は次の振付に移る。

指先で宙を摘《つ》まんで、馬面裙《スカート》の生地を摘まむのを表現する。そこに入れた米粒を撒《ま》いて、鶏に餌をやる場面の表現だ。

足を跳ねさせるのは、纏わりつく鶏を避けてのこと。合間合間にあたりを見渡して、花の香りを嗅《か》いだり小鳥の囀りに耳を傾けたりもする。

もちろん、実際に花が咲いたり鳥が歌ったりしているわけではないけれど。目に浮かぶ、耳に聞こえると、見る者に思ってもらうのだ。

回転しながら身体を屈《かが》めて卵を拾って──朝ご飯の粥《かゆ》に入れよう。唱《うた》も台詞もない代わり、卵を包み込む手の仕草と満面の笑みを、若い働き者の娘の声にする。

米と水を火にかけたら——その演技をしたら——待つ間に裁縫だ。このころになると、女の震える歌声のような京胡と、やや低い音でその調べを彩る月琴の音が聞こえてきた。

伶人が気を利かせてくれたらしいのを知って、燦珠は口元をほころばせる。

（ありがと！）

即興での舞に、即興での演奏。嬉《うれ》しい心遣いだ。とはいえ合わせて舞うのは難しいから——では、止まった動きで魅せてみようか。

（椅子がないけど——頑張る！）

燦珠は、片足を軽く曲げて立つと、逆の足を浮かせてその上に絡ませた。椅子にごく浅く腰掛けて、足を組んだような格好だ。

もちろん座面に体重を預けることはできないから、座っているという体を見せるだけ、軸足と体幹にかかる負担もすさまじい。ともすれば震えてよろけそうになるけれど——耐える。あくまでも笑顔を保つ。

下半身で不安定な体勢を保つ間に、上体で演じるのは布を繰《く》って針を動かす、裁縫の所作。両手を掲げて刺繡《ししゅう》の出来栄えを見て、首を傾げたり微笑んだり。ぴんと手を伸ばして、糸を引っ張る演技を見せて。糸を歯で嚙《か》んで立つ仕草の時に、月琴が弦《げん》を弾《はじ》く音で合わせてくれるのがさすがだった。

もちろんその間も地に着いた片足は小揺るぎもしない。額に汗が滲《にじ》んで、腹筋に刺すような痛みが走っても宙に座った姿勢を崩さぬ燦珠に、妃嬪の席から控え目ながら拍手が起きた。

（香雪様かなあ？）

演技ではない笑みを漏らしながら、燦珠はようやく立ち上がる。

首を巡らせた隙に殿舎のほうを見ようとするけれど、一瞬のこと、それに皇帝と妃《ひ》嬪《ひん》が纏《まと》う煌《きら》びやかな衣装や装飾は眩《まぶ》しい色の輝きと溶け合って、誰が誰やら分からなかった。まあ、感想なら後で伺うこともできるだろう。

（後は、最後の見得！）

そうこうするうちに、粥も煮えるころだ。もちろん、絨毯《じゅうたん》を敷いただけの舞台にそんな小道具はなく、燦珠が仕草で見せるだけのものだけど。とにかく——味見をして、ほど良い加減に仕上《く》がった粥の美味に喜び踊る演技をひとしきり。

彼女の意図を汲んで、楽の調子も早く軽やかに、囃《はや》し立ててくれるかのよう。応《こた》えようと思うと、回転はますます早く、跳躍は高く、手指の動きはしなやかになる。

くるくると回り、跳ねて——皇帝の真正面に来た瞬間に、ぴたりと止まって見得を決める。腕を掲げて、満面の笑みで。

誇らかに張った胸は、即興の舞をやり終えた高揚と、激しい動きの名残で激しく上下している。息は苦しいし、胸がどきどきとして痛いくらいだし、全身の筋肉が悲鳴を上げている。でも――燦珠の胸を占める想いは、ただひとつ。

（ああ、楽しかった……！）

正式に演じることを許された。観客には、この国で最も尊い皇帝もいた。即興とはいえ伴奏さえあった。

これが、本当の舞台。役者の本当の喜び。なんて素晴らしく楽しいものだろう。

滴る汗を拭《ぬぐ》うこともせず、息を弾ませたまま、燦珠は長く舞台の真ん中に留《とど》まり続けた。

＊　＊　＊

趙貴妃瑛月の甲高い声が、翔雲の頭に突き刺さる。

「あのていど、わたくしのところの子でもできますわ！　ほかの者にもあれを舞わせてくださいませ。でなければ不公平というものです！」

では、梨燦珠とかいう娘は趙家の送り込んだ駒ではなかったようだ、とだけ翔雲は心に留める。瑛月の訴えについては、取り合うまでもない。

「ならばなぜ立たなかった？　朕は出題に沿って舞えと命じていた」

「それは——思いつかなかったのでございましょう。役者の試験で機転を問う必要はございませんわ。技量を見てやらなくては……！」

「まあ、趙貴妃様ったら大胆なことを仰《おつしや》いますのね」

瑛月の苦しい言い分を切り捨てたのは、軽やかな女の笑い声だった。

瑛月が棘《とげ》のある薔薇《ばら》ならば、こちらは牡丹《ぼたん》といったところか。ふんわりとした雰囲気ながら華やかな美貌《びぼう》のその女は、謝《しや》貴妃華麟《かりん》という。

「あの子以外の者たちは、その機会を放棄したのではございませんの？　わたくし、あの子の勇気は報われるべきだと思いますわ」

「蛮勇と呼ぶべきですわね。花旦の基礎の基礎を、陛下の御前で演じるだなんて！」

「でも、みんなその基礎の基礎さえ見せられませんでしたのよ？」

謝家は、趙家と同様に長年にわたって後宮と秘華園に君臨してきた権門だ。

だから瑛月と華麟のやり取りに棘が見え隠れするのも当然だし、華麟を信用するのも危ういだろう。試験の名目で、香雪のもとに間諜《スパイ》を送り込もうとしているのは謝家かもしれないのだから。

「ね、そなたたちはどうして弾いてあげたの？」

疑惑に眉《まゆ》を寄せつつ沈思する翔雲を余所《よそ》に、華麟は脇に控えた伶人《れいじん》たちに声を掛けた。黒衣を纏った宦官《かんがん》たちのうち、特に京胡と月琴を担当していたふたりに対して。

（命じてもいないのに余計なことを）

彼らの勝手な演奏もまた、翔雲の不機嫌の理由だった。

燦珠という娘の舞に花を添えるものだったのは、分かる。実際、演奏が始まると、娘の舞は水を得た魚のようにいっそう活《い》き活《い》きとしていたのだ。

皇帝の不興を感じてか、予期せぬ貴妃の下問に狼狽《うろた》えたのか、宦官の伶人は恐懼《きょうく》の体で身体を床に投げ出した。

「それは──唱《うた》も舞も、演奏あってのものでございますから」

「あの舞に伴奏がつかないのは……その、惜しいと、存じました」

秘華園に仕える以上、伶人の技量も見る目も確かなものなのだろう。その彼らも、あの娘の演技を認めていると言われたも同然で、翔雲の口中に酢でも呑《の》み下したような不快な味が満ちる。いっぽうの華麟は、我が意を得たりとばかりに声を弾ませた。

「お聞きになりまして、陛下⁉　伴奏も待たずに舞い始めるなんてよほどの熱意と自信ですわ。あの子は秘華園の役者に相応《ふさわ》しいと、わたくしは思います！」

相応しいも何も、翔雲はそもそも秘華園の存在を認めていない。無邪気に見えても、華麟の真意も知れたものではない。だが、瑛月と違って彼女の進言は無下にできなかった。

皇帝とは自身の発言に対して責を負うものだ。気に入らぬからと言って簡単に前言を翻すことは許されない。

（そもそも演じる機会を与えたのが間違いだった……！）

後悔に歯噛みしながら、翔雲は溜息《ためいき》と舌打ちを堪《こら》えて宣言した。

「綸言《りんげん》は汗のごとし。あの者は朕の出題に沿って演じた。合格させせぬ理由がない」

あの娘の合否は、いったいどれだけの関心を集めていたというのか。張り詰めていた空気が一気に緩んで、一堂が沸いた。

驚く者、喜ぶ者。貴妃たちはさすがに簡単に表情を崩さず、瑛月はほんのわずか眉を寄せ、華麟はおっとりと微笑むだけ。

香雪は――ひとまずは安堵《あんど》の表情を見せている。皇帝と貴妃たちの間に漂う険悪な気配が、よほど恐ろしかったのだろうか。

「陛下、合格者には御言葉を賜りますように――」

「うむ。呼び寄せよ」

雑な命令で宦官を走らせてから、翔雲は椅子に身体を沈み込ませつつ、記憶を手繰る。

先日の夜、隗太監《かいたいかん》が申し述べた、秘華園を維持すべき理由――そのひとつが、今になって蘇《よみがえ》ったのだ。

（市井の暮らしを演じて後宮の者に見聞を広げさせ民心を知らしめる、か……）

彼は、皇宮の奥深くで育てられる皇子たちとは違って、父の封地でそれなりに民の暮らしに接してきた。燦珠という娘が見せた舞というか演技は、まさしく庶民の女の仕事を描き出したものではなかったか。

（……時間の無駄だ。役者ごとき、舞ごときに拘泥してはならぬ）

自分に言い聞かせようとしても、それでも考えずにはいられなかった。荒唐無稽《こうとうむけい》な夢物語ではなく、猥《みだ》りがましい出し物ではなく。ともすれば浮世離れした皇宮の住人に、民の暮らしという現実を見せる——そんな演目を、否定する理屈はあるのだろうか。

＊＊＊

「梨燦珠。そなたを秘華園の役者として召し抱える。沈昭儀に仕え、引き続き研鑽《けんさん》に励むように」

皇帝は、短く告げると香雪を含めた妃嬪《ひひん》を引き連れて退出していった。

これから、秘華園の別の場所で宴《うたげ》が催されるのだとか。余興として女の役者が舞い唱《うた》うはずで、燦珠も観たかったし何なら出させてもらいたかったけれど、新入りの身でそこまで望めるはずもない。

だから——豪奢《ごうしゃ》なのに閑散とした大庁《だいちょう》（広間）にぽつんと取り残されて、平伏した体勢から上体だけを起こして、恐る恐る辺りを見渡して。燦珠は呆然《ぼうぜん》と呟《つぶや》いた。

「合格、したのよね……？」

「うむ。見事な演技だった。働き者の娘の姿が目に浮かぶようだったぞ」

「わ!?」

独り言のつもりが、背後から不意に答えがあって、燦珠は跳ねるように立ち上がった。

もはや耳に馴染《なじ》んだ涼やかな声の主は、振り向くまでもなく分かる。霜烈も、彼女の演技を見てくれていたのだ。

「ほんと!? あんまり長いこと呼ばれないから、私、天子様が鶏をご存じなかったらどうしようかと思ってたわ！」

とてつもなく高貴な御方は、庶民の暮らしを演じてもぴんと来なかったのでは、とか。自信満々で舞い始めた癖に、不安になり始めたところだった。

高揚に熱くなった頬は、紅《あか》く染まっているだろう。拳《こぶし》を握って訴える燦珠に、霜烈はふわりと微笑んだ。ただでさえ眩《まばゆ》い室内をいっそう明るく照らすような、それは美しく晴れやかな笑みだった。

「まさか手を挙げる者がいるとは思っていらっしゃらなかったのだろう。全員を落とすための無理難題のおつもりだったはずだ」

「……はい？」

満面の笑みのまま、燦珠は実にさらりと述べた霜烈と見つめ合った。

あまりに予期せぬことを聞くと、人は表情を動かすことすら忘れてしまうものらしい。固まった彼女に、霜烈は白々しく首を傾げた。

「言っていなかったか？　今上の陛下は華劇も秘華園もお嫌いだからな。沈昭儀に役者をつけなかったのもそのためだろう」

「言ってないし聞いてない！」

ようやく我に返った燦珠の大声に、霜烈は一歩退いた。耳を塞《ふさ》ぐ仕草をするけれど、問い質《ただ》したいことはまだまだあった。

皇帝は華劇嫌い、と。改めて聞くと、色々心当たりがあってしまうのだ。父が演じた《雷照出関《らいしようしゆつかん》》は、言ってしまえば古臭い演目だった。客入りも不安だろうに興行主が選んだのは、そういうこと、だったのか。

（天子様は、国のすべてを動かすもの……）

そこには、皇帝の好き嫌いが反映されることだって当然あるだろう。

「最近、変だと思ってたのよ！　古くてお堅い演目ばっかり！　お上が気に入るって──気に入らない演目だと、どうなるの⁉」

天井が高い大庁に、燦珠の声はよく響き渡った。言い終えてもなお、残響が耳の奥で微《かす》かに鳴るほど。それを振り払うように、眉を寄せて軽く首を振りながら、それでも霜烈は聞かれたことに答えてくれた。

「風紀を乱す演目は取り締まる、との仰せが出たばかりだ。茶園の経営者などは頭を痛めていることであろう」

「そんな。爸爸《パパ》も知ってたの？　それで、あんなに……!?」

「恐らくは」

あっさりと頷《うなず》いた霜烈に、燦珠は目を剝《む》いた。

思えば、父は燦珠の秘華園入りをやたらと嫌がっていたし、霜烈にも敵意を剝き出しにしていた。新しい皇帝が何とか、とも言っていた。あの時の霜烈は——英邁《えいまい》にして公明正大とか何とか良いように答えていたのだったか。

（……知っていたのに言わなかったの!?）

燦珠の不信の眼差《まなざ》しを受けても、霜烈は動じなかった。憎たらしいほど整った唇は美しい笑みを保ったまま、涼やかな声を紡ぐ。

「お上の勘気に触れれば上演中止の上で杖刑とのことだ。だが、何がどこまで許されるかはまだ誰も知らぬ——取り締まる側の匙《さじ》加減次第になりかねないからな」

「どうしてそんなことするの？　天子様は、どうしてそんなに華劇がお嫌いなのよ!?」

　父から聞いた、権力者の横暴の数々を思い出して、燦珠は震えた。思い切り舞った高揚も、合格の喜びも凍り付いてしまったかのよう。

　頰を強張《こわば》らせる彼女を前に、霜烈はやっと、気の毒そうに眉《まゆ》を下げた。

「奢侈《しゃし》にしか見えぬから、であろうな」

「奢侈、って──」

「芝居や役者に大金をつぎ込むのは惜しい、と──まあ、一理あることではある」

「そんな……」

　気付けば、大庁にいるのは彼女たちふたりだけ。結構な大声を出してしまったのに、咎《とが》められる気配はない。宦官《かんがん》も宮女も皆、皇帝の移動に従ったのか、それとも、霜烈が何かしらの手回しをしたのだろうか。

　たとえ人目はなくても、危うい話題の予感がしてならなかった。広々とした空間に、押し潰《つぶ》されそうな気がして、燦珠の背に冷や汗が浮かぶ。踊った後の爽《さわ》やかな汗と違って、心地好《よ》いとはお世辞にも言えない。

「陛下は真面目な御方だ。公明正大であらせられるのも間違いではない。ただ、華劇に関してはど素人なのだ」

「ど素人……」

　だって、こんな不敬な単語がさらりと交ざるくらいだし。絶句する燦珠に、けれど霜烈の声も笑みもどこまでも甘く優しく、うっかりすると見蕩《みと》れて聞き惚《ほ》れてしまいそうだ。

「だから、華劇といえば絢爛《けんらん》豪華な演目ばかりと思い込んでいらっしゃるだろうと予想していた。そして、ほかの候補者たちも。花旦《かだん》の基本を知らぬはずもないが、皇帝の前で演じるならば、やはり絢爛豪華な演目でなければと思い込んでいた。――合格できるとしたら、そなただけであろう」

言われてみれば、何もかも腑《ふ》に落ちる。

燦珠を試験間近になって後宮に入れたのは、皇帝に知られることがないように。皇帝が、寵愛《ちょうあい》する香雪を積極的に守ろうとしないのも、不審に思ってはいた。でも、華劇嫌いなら役者も当然嫌いなはずで、役者をつけて穏便に過ごさせよう、という発想にならないのは当然だった。何もかもはっきりした……のだ、けれど。

「結局、私を嵌《は》めたんじゃない！」

納得にはほど遠くて、燦珠は吼《ほ》える。とてつもなく高価なのであろう敷物の上で、地団太を踏む。

お前ならできると言われて喜んだのが、馬鹿みたいだ。結局のところ、大事なところを伏せられて、上手《うま》く踊らされていただけだったのだ。

高揚が萎《しぼ》んだ代わり、不安がむくむくと頭をもたげる。

「……後宮なら女でも演じられる、って嘘だったの？　天子様は華劇嫌いなのに？　私、爸爸《パパ》についていってあげないと。街の芝居もどうなるか分からないんじゃ――」

家に帰る、と。口にしかけた燦珠の唇を、霜烈は指先で縫い留めた。紙一枚分の隙間を残して、直《じか》に触れることはないけれど、綺麗《きれい》な人は指先までも整っていて、息も言葉も呑《の》み込まされてしまう。

「梨詩牙《しが》はそなたを信じて送り出したのに？　沈昭儀のことは？　引き受けておいて見捨てるつもりか？」

「それは――でも！」

「陛下の華劇嫌いも、今のところは、の話に過ぎない」

唇を尖《とが》らせる燦珠に軽く笑って、霜烈はその場に跪《ひざまず》いた。高貴な人に対するように。

「そなたはすでに陛下の想定を超えたではないか。華劇など絵空事ばかりを扱ったくだらぬもの、という蒙《もう》を啓《ひら》いて差し上げたのだ。後宮にいて秘華園を愛する者としては感謝に堪えない」

いつもは見上げる場所にある綺麗な顔を、見下ろすというのはひどく居心地が悪かった。しかも、恭しく揖礼《ゆうれい》なんてされて、率直な感謝の念を表されては。

「ちょっと……止めてよ……」

これも、霜烈の策のような気がしてならない。小娘には不釣り合いな敬意を見せて、狼狽《うろた》えさせて、うやむやにしようというのでは、と。

でも、霜烈の甘い囁《ささや》きは、燦珠の警戒を軽々と越えて彼女の心に忍び寄るのだ。

「このままでは、陛下は秘華園を廃してしまわれる。市井の華劇も、いっそう厳しく規制されるかも。国の頂点にある御方が、華劇を不要のものと思い違いされたままになってしまう。それは、そなたも望まぬであろう?」

「それは――そう、よ。そんなの、嫌……」

「そなただけが頼りなのだ」

燦珠を襲った目眩《めまい》のような感覚は、知ったばかりの酔いに似ていた。霜烈の声も、それが語る言葉も耳に心地好くて、不信も怒りも警戒も蕩《とろ》かされてしまう。乗せられている、とも言えるかもしれないけれど。

「後宮の者たちは、秘華園を寵愛争いの道具にするのに慣れ切っている。役者でさえも、心から華劇のため、演じるために動く者はごく少ない。そなたは、そのような者たちに負けるはずがない。違うか?」

「……違わない」

言わされていることに気付きながら、それでも燦珠の口は勝手に動いていた。

彼女なら絶対にこう思うだろう、こう動くだろう、と。霜烈は見透かしている。

演じるのは楽しくても、演じさせられるのはまったく違って面白くないし腹立たしい。でも――それでも。燦珠の想いは本物で、心からのものだった。

（私は――華劇が好き。唱《うた》うのも踊るのも演じるのも。取り上げられたく、ない……！

……！）

だから、反発を呑み込んで、彼が望むことを言ってあげる。彼女自身の、標《しるべ》にするためにも。

「……分かったわよ」

絞り出したのは、霜烈に対しては降参の証《あかし》。でも、それ以外のすべてに対しては宣戦布告だった。

「天子様に華劇の良さを教える。取り締まりなんて撤回していただかなくちゃ。それから、貴妃様たちの役者にも負けないで、香雪様を安心させて差し上げる。……これが貴方《あなた》の本当の目的!?　良いわよ、やってやろうじゃない……！」

燦珠の声は、大庁を揺らした。壁や天井を飾る龍《りゅう》や鳳凰《ほうおう》が、驚いて飛び上がるのではないか、と思うほど。

唱《うた》でも台詞《せりふ》でもない、ほとんど怒鳴り声の宣言なのに、霜烈は軽く目を閉じて聞き入っている。その表情が、また彫刻のように隙なく整って実に絵になる。

「頼もしいことだ。そなたならばやってくれると、信じている」

そうして浮かべた彼の笑みは嬉《うれ》しそうで晴れやかで、うっとりするような麗しさで

――でも、彼の言葉を額面通りに受け取ることはもうできなかった。見下ろす眼差しは、どこか疑《はら》いを孕んでしまう。

(本当でしょうね……?)

どのように答えられようと、それこそ信じられないからあえて聞かないけれど。

(でも、秘華園を愛してる、って――)

男でも女でもない宦官が、愛を語るのは不思議な気もする。恋も結婚もあり得ないからこそ芝居そのものを、ということがあり得るのかどうか。

(……芝居好きなところだけは、信じても良いのかしら?)

いくら考えても、確かな答えが見つかるはずもない。ただ、信じたい、とは思う。

至尊の皇帝を、後宮の在り方を、芝居の未来を。たったひとりの小娘が変える、だなんて。とても畏《おそ》れ多い難題で――だからこそ楽しそうだと、思ってしまうから。

三章　秘華、輝きに翳《かげ》の落つ

選抜試験から一夜明けた、翌日のこと。秘華園《ひかえん》にて、燦珠《さんじゅ》は古参の役者《やくしゃ》と卓を挟んで向かい合っていた。秘華園の役者になるにあたって、新入りに必要な心構えや注意事項の伝授があるようだ。

「──そなたはこれからは秘華園《ここ》に住まうことになる。婢《げじょ》もつくから身の回りのことは心配いらぬ。沈昭儀《しんしょうぎ》は後宮に不慣れでいらっしゃるゆえ、戸惑われることも多いであろうが。早く馴染《なじ》めば、昭儀の支えにもなれよう」

「はい」

「気になることは？」

「ありません。大丈夫です！」

燦珠の住処《すみか》として見せられた建物も、案内が終わってから通されたこの部屋も、豪《ごう》奢《しゃ》さよりも実用を旨としているようだった。居心地は悪くないようだから安心したし、何より、芝居に専念できる環境だというならこれ以上は望まない。

（なってやるんだから。国一番の、花旦《かだん》（娘役）に……！）

なれるだろうか、なんて迷ったことはそもそもないけれど、霜烈《そうれつ》のお陰でその夢は一段と重みを増した。燦珠の唱で舞で、皇帝の心を変える——そんな大それたことをやり遂げようというなら、ただひたすらに精進あるのみ、だ。

燦珠の気合を見て取ってか、対面に掛けた女は頷《うなず》いた。

「では、これを」

燦珠の手に授けられたのは、翡翠《ひすい》を彫り込んだ牡丹《ぼたん》の細工だった。生花にはあり得ない色なのに、花弁の一枚一枚は瑞々《みずみず》しく象《かたど》られていて、掌《てのひら》の熱を吸い取る石の冷たさが不思議なほどだった。燦珠の口から、思わず感嘆の溜息《ためいき》が漏れる。

「すごい……」

宝玉そのものの価値に加えて、この細工！　硬い翡翠を、こうも精緻《せいち》に彫るなんて。娘の手に収めておくのはもったいない逸品なのに、この牡丹はさらに重要な権威を帯びているのだそうだ。

案内役を務めていた女は、目を丸くする彼女を見て満足そうに微笑んだ。

「翠牡丹《ツイムータン》、と呼ぶ。秘華園の役者の身分を証明するものゆえ、常に身に着けておくのが良いだろう。後宮のたいていの場所は通れるようになる」

「はい。とても大事なものなんですね」

よく見れば、牡丹の裏側には蕚《がく》の代わりに穴が開けられている。紐《ひも》を通して佩玉《はいぎょく》として帯から下げたり、髪飾りや瓔珞《ようらく》（首飾り）にも使えそうだ。

目の前の女の髪にも、とろりとした深緑の艶を帯びた牡丹が咲いている。

ただ、彼女の髪型は優雅に結い上げたり、簪《かんざし》を何本も挿したりするような華やかなものではない。小さく、そしてしっかりと結う男の形の髷《まげ》だ。

（素敵……）

宋隼瓊《そうしゅんけい》と名乗ったその女性の年齢は燦珠には窺《うかが》い知れない。小娘ではないのは確かだけれど、髪は黒く、化粧っ気も薄いのに肌には張りがあって、年老いているとも思えない。

何より、官のように身体の線を隠す円領《まるえり》の袍衣《ほうい》を纏《まと》っているからさらにややこしい。

分かるのは、凜《りん》とした雰囲気の綺麗《きれい》な人だ、ということくらいだ。

（楊奉御《ようほうぎょ》みたい……だけど、女の人、よね？）

見る者に男女の別を迷わせる妖《あや》しく不思議な美しさは、霜烈と似ている。けれど、翠牡丹を帯びている以上は、この人も秘華園の役者で、れっきとした女性なのだ。

きっと唱も上手《うま》いのだろう、女にしては低く、男にしては高い声も抑揚が豊かで、普通に話しているだけでも聞き入りそうになってしまう。

霜烈の声が滑らかな天鵞絨《ビロード》なら、この人の声は琥珀《こはく》の深い艶を思わせる。

「妃嬪《ひひん》様がたの無聊《ぶりょう》や憂いをお慰めするためには秘華園に留《とど》まってはおられぬからな。

むしろ、おひとりで過ごす夜にこそ唱や舞を所望されることもある。そう、だから常に万全の体調を整えておくように」

「分かりました」

隼瓊が語る内容も、役者の心得としてもっともなことだった。燦珠は大人しく頷き——でも、好奇心を抑えられずに図々《ずうずう》しく切り出した。——切り出そうと、した。

「あの——」

けれど、どう呼び掛けて良いか分からない。霜烈の時と同じだ。性別も年齢も超越した綺麗な人に相応《ふさわ》しい語彙《ごい》を、燦珠は持っていない。

新入りが困っている気配を感じたのだろうか、隼瓊は小さく笑った。

「老師《せんせい》と呼びなさい」

「——宋老師《せんせい》は、男を演じるっていう役者ですか⁉」

燦珠がめげずに問い直すと、隼瓊は口元を少しほころばせた。

「そう。若いころは生《せい》（二枚目役）を演じたものだ。最近は、浄《じょう》（豪傑役）が多いかな。瞼譜《くまどり》をすると皺《しわ》が隠せるから、良い」

「そんな。とてもお綺麗なのに」

長い指が触れる隼瓊の頬に、皺なんて見えない。年齢による翳りがまったくないはずはないけれど、この人にとっては時の流れも美を洗練させるだけのようだ。

演技でもお世辞でもなく目を瞠《みは》った燦珠に、不思議な美を纏う人はさらりと頷いた。

「ありがとう」

短く端的な礼は、燦珠の言葉をそのまま受け止めたからだろう。隼瓊は、たぶん年齢による変化を嘆くことなく、自身の今の美に自信を持っているのだ。実に格好良い。

(爸爸《パパ》に見せてやりたいわ……！)

隼瓊は、父の梨詩牙《りしが》よりも年上だと思う。女の役者なんて、とか貶《けな》してた父が、自分よりも長い年月鍛錬を重ねてきたかもしれない女性を見たらなんて言うだろう。

「──昨日、女の子がたくさんいるって感動したんです。でも、きっとあの子たちの中にも、男をやりたいって子がいた、んですよね……？」

なぜか得意な気分になりながら、燦珠の口は止まらない。出された茶菓に手を付ける暇もなかった。

秘華園とその役者について、聞きたいことは山ほどあった。皇帝の胸ひとつで存続が危ういとは知っていても、女が芝居をやることが当たり前に許され、男を演じることさえできる世界がどんなものか、気になってしかたないのだ。

「練習は、どのようにするんでしょうか。娘役と男役では違う場所でやるのかしら。それとも一緒に？　老師《せんせい》ということは、教えていただけるんですか？　演目は、街の茶園でやってるのと同じですか？　人前で唱《うた》ったり踊ったりできるのは、いつになりますか⁉」

「落ち着きなさい」

「はい！　でも、ずっと女は出しゃばるなって言われてきたから、これからは堂々と練習し放題で舞台にも立てると思うと私――」

「落ち着きなさい」

燦珠が本当に落ち着いたのは、二度窘《たしな》められてからやっと、だった。

隼瓊は苦笑してはいるけれど、頭ごなしに叱ったり小娘のはしゃぎようを嗤《わら》う気配はない。順々に答えを与えてくれると直感したからこそ、この麗人が首を傾けて言葉を選ぶのを待つ気になれた。

燦珠の熱い眼差《まなざ》しを浴びながら、隼瓊はゆっくりと唇を開く。

「貴妃様がたはそれぞれ劇団を抱えておられる。通常は抱えの役者の得意に合わせて演目を考えることが多い。沈昭儀に格別に親しくしておられる御方がいらっしゃらないなら、まずは端役から声が掛かることであろう」

「なるほど……」

燦珠の相槌《あいづち》に、隼瓊は試すような微笑で応じた。

「がっかりしたか？　若者は主役をやりたいものだろう」

「いいえ！　いつも父の舞台を見ているだけだったんです。昨日は衣装も伴奏もなかったけど、とても楽しくてどきどきして――だから、演じられるだけで嬉《うれ》しいです」

「ああ、そなたは役者の家の出だったな。阿楊《あよう》――楊奉御《ほうぎょ》の、贔屓《ひいき》の」

「はい。なので身内優先なのは分かりますししかたないですし」

金や茶園を持っている興行主がいなければ芝居は成り立たないし、客は有名な役者を見るために集まるのだ。よく分からない新参者に大役を任せられないのは当然だ。

それに――

「私は、天子様に認めていただきたいんです。それなら、端役でも目立つくらいじゃないと、話にならないですよね……⁉」

大言壮語を口にするのは、勇気が要った。耳に蘇《よみがえ》るのは、玲瓏《れいろう》玉のごとき霜烈の声だ。

『役者でさえも、心から華劇のため、演じるために動く者はごく少ない』

彼の名を親しげに呼んだ隼瓊は、ごく少ない者のひとりであってくれるだろうか。これほど綺麗で凛とした人は、外見だけでなく心も美しくあって欲しいものだけれど。

手の中に抱えたまま、体温ですっかり温まった翡翠《ひすい》の牡丹《ぼたん》を握りしめながら。挑むように祈るように隼瓊を見つめると――思いのほかに柔らかく優しい眼差しが返ってくる。

「そなたの舞は確かに見事だった。陛下は全員落とすつもりでいらっしゃったのだろうに」

「……天子様は、やっぱり秘華園を廃するおつもりなんですか？」

役者の大先輩からの称賛も、手放しで喜ぶことはできなかった。隼瓊が見ても、皇帝の出題は無理難題だった。皇帝は、決して燦珠を歓迎したわけではないのだ。

「若い者が憂える必要はない。陛下は――今は、気負っておられるのもあるだろう」

前途多難を思って溜息《ためいき》を吐く燦珠に、隼瓊は励ますように明るい声を上げた。

「私が言いたいのは、そなたはとても目立った、ということだ。端役と言わず、すぐにでも指名がかかるやも――」

「隼瓊老師《せんせい》！」

と、隼瓊の艶《つや》のある声を遮って、扉を開く音が響いた。同時に、これもまた張りのあるのびやかな声が。

「新しく入った子のことでお話が――ああ、ちょうど良かった」

扉のほうを見やれば、長身の人影が佇《たたず》んでいる。隼瓊と同じく、細くしなやかな身体を袍衣《ほうい》に包み、髪を男の髷《まげ》に結った、男装の麗人が。

帯に下げた綬《くみひも》には翠牡丹《ツイムータン》が艶やかに咲いている。では――この人も、秘華園の役者だ。それも、男を演じる。

燦珠の姿を涼やかな双眸《そうぼう》に認めて、彼女はふわりと微笑む。この短い間によく見るようになったけれどまだ慣れない、美しく妖しく、胸が騒ぐ綺麗《きれい》な笑みだ。

(なんか、また出てきた！)

燦珠の心中の叫びは聞こえていないのだろう、新たに現れた綺麗な人は、軽やかに長い脚を操ると、ごく滑らかな所作で座る彼女の傍らに跪《ひざまず》いた。

間近に見下ろすと、整った白皙《はくせき》の顔立ちは意外と若く、燦珠よりほんの少し年上なだけではないか、と見える。とにかくも、朝日を浴びて伸びる若竹のような、爽《さわ》やかで凛《りん》とした美しさの人だ。

その美人が、燦珠を見つめて囁《ささや》きかける。

「君と、踊りたいと思ったんだ」

燦珠を誘った男装の麗人の名は、秦星晶《しんせいしょう》。

永陽殿《えいようでん》を賜る謝《しゃ》貴妃華麟《かりん》のお抱え役者で、見た目通りの男役ということだった。

「永陽殿には、今は良い娘役がいないんですって。で、私の演技を見て、貴妃様が気に入ってくれたそうなんですけど」

燦珠はいったん秘華園を出て、香雪《こうせつ》の殿舎に参上している。

ひとりで辿《たど》り着けるか甚だ不安だったけれど、そこはさっそく翠牡丹がものを言った。彼女が携えた翡翠細工を見るなり、侍女も宦官《かんがん》も恭しく道順を教えてくれたのだ。

秘華園の役者というのは、今上帝の後宮でも敬意を払われているらしい。

「まあ、それで早速……？」

「はい。なのでお許しをいただければ、と……」

でも、香雪が燦珠にも席と茶菓子を用意してくれたのは、役者として取り立てられたからではないだろう。これは、この方がとても優しくて身分低いものにも分け隔てがないからだ。霜烈と、老宦官の段爺《だんじい》が部屋の隅に立ったままなのは、ふたりが固辞したからに過ぎない。

（一緒にお茶にしたら良いのに）

甘酸っぱい山査子《サンザシ》の、赤く色鮮やかな甘露煮を楽しみながら、燦珠は例によって麗しく涼やかな霜烈の顔を窺《うかが》う。

彼も話に参加しているのだから、立っていられるとこちらは居心地が悪いのに。跪いていないだけ、まだマシなのかもしれないけれど。

この場の主導権を握るのは、華やかに装った香雪ではなく、黒一色に影のように装った霜烈のほうだ。話を聞き終えた香雪は、縋《すが》るような眼差しで霜烈へ軽く身体を傾けている。

「謝貴妃様は、確かに試験の時も燦珠の味方をしてくださいましたわ。翔雲《しょううん》様——陛下は、貴妃様がたとのお付き合いは重々注意するように、との仰せなのですが」

燦珠と同じく、香雪もこの話を受けて良いか判断できないのだ。

「四貴妃様がたのご実家は、いずれもご息女を皇后に、と切望していることでしょう。沈昭儀をすぐに害するとは言わずとも、利用しようと考えるかもしれません」

香雪の不安も、霜烈の指摘もよく分かるから、燦珠としては気が気ではない。

(受けて良いって、言ってくれますように……!)

あの男装の麗人──星晶の、願ってもない誘いに一も二もなく頷《うなず》かなかったことは、褒めて欲しいと思う。

たとえ後宮の偉いお妃《きさき》に何らかの思惑があるのだとしても、燦珠としては踊れるならそれで良い。相手役がいるのも初めてなら、女同士で演じるのも初めてだから、是非ともやってみたい。貴妃様のお気に入りの相手役なら、良い役だってもらえるかも。

でも、香雪のお抱えという名目で翠牡丹を得たからには、勝手な真似はできなかった。万が一にも、この方の不利になることはしてはならないだろうから。

事情は、重々分かった上で──それでも、できることなら霜烈には頷いて欲しい。

「星晶は、貴妃様は良い方だって……」

「まあ、当然そう言うであろうな。主《あるじ》なのだから」

おずおずとつけ加えた燦珠を、霜烈はあっさりとばっさりと斬り捨てた。けれど、しばし考えるような素振りを見せた後、彼は香雪に向けてふわりと微笑んだ。

「とはいえ、永陽殿の御方は、純粋な華劇好き——というか役者好きでいらっしゃいます。牽制《けんせい》でも罠《わな》でもなく、真実、名手同士を共演させたいということかと存じます」

「ほんと⁉」

霜烈は、さらりと燦珠を名手と評してくれた。しかも、この言い方はとても期待ができそうだ。香雪も、安堵《あんど》したように柔らかな笑みをこぼしている。

「では、お引き受けしましょう。燦珠の舞はとても素敵でしたから。謝貴妃様のお誘いを、わたくしも誇らしく思います。……あの、名ばかりの主なのに図々《ずうずう》しいのですけれど」

「いいえ！　香雪様がいなければ私は後宮《ここ》に入れませんでしたし！」

嬉《うれ》しい方向に流れが傾いた興奮のまま、燦珠は拳《こぶし》を握って明るい声を上げた。燦珠が演じるのは、香雪のためでもある。彼女が上手《うま》く演じれば演じるだけ、香雪の後宮での地位も確かなものになるのだろう。か弱い佳人のために、だなんて。それこそ華劇の筋書きのようで血湧き肉躍る。

「相手がいれば、この者の舞はいっそう際立つことでしょう」

山査子の実のごとく頰を紅《あか》く染めているであろう燦珠を余所《よそ》に、霜烈の表情は凪《な》いだ水面《みなも》のように変わらない。ただ、香雪に向ける眼差《まなざ》しはかなり優しいものに見えた。

「秦星晶も良い役者です。秘華園ならではの美を堪能《たんのう》なさいますように」

「楊奉御《ほうぎょ》も燦珠も、わたくしのために心を砕いてくださって……！　何とお礼を申し上げたら良いか──」

感激したように目元を押さえる香雪に、霜烈は恭しく揖礼《ゆうれい》して目を伏せた。

「後宮の安寧は、奴才等《わたくしども》宦官も求めるところでございます。しょせん、卑しい者の保身に過ぎませぬゆえ、お気になさいませんように」

妃同士が争ったり虐められる御方が出たりすれば、仕える宦官もまあ巻き込まれるのだろう。だから香雪に加勢する、というのは、一応もっともらしくは、あるけれど。

(相手に合わせて調子の良いことを言うのね、この人)

試験の後の一幕によると、霜烈の「一番」は秘華園ということだった。燦珠をまんまと乗せた口の上手さを思うと、香雪についてもどこまで本気か知れたものではない。

だから、すこし揺さぶってみたくて、燦珠はなるべくさりげなく、言ってみる。

「あ、あとね。宋老師《せんせい》が阿《あ》楊によろしく、って」

秘華園を辞する時に、あの艶《つや》やかな琥珀《こはく》の美しさを持つ人が言っていたのだ。あの人の口からぼうや、を意味する砕けた言葉が零《こぼ》れるのは、とても意外なことだった。

親しげな呼び方以外にも、このふたりの繋《つな》がりを察する手掛かりはあった。隼瓊が、燦珠は役者の家の出だと知っていたのは霜烈が教えたからだろう。

(でも、どういう知り合いなの⁉)

いつも涼しげな顔をしているこの男を、少しは狼狽《うろた》えさせてみたい。そう思うと、燦珠の期待はいやが上にも高まった。

「……そうか」

けれど、霜烈が固まったように見えたのも一瞬のこと。すぐに冷静に頷かれてしまったからつまらない。思わず、燦珠は唇を尖《とが》らせた。

「ねえ、宦官は舞台に立たないの？　老師《せんせい》と知り合いなのに？」

彼女の感覚では、背が高くて顔と声が良い者が役者でないのはものすごく惜しいのだ。

秘華園は女の役者のためのものとは言うけれど、宦官は男でも女でもないのだから良さそうなものなのに。霜烈が舞い唱《うた》う姿を、ぜひとも見てみたいのに。

「翠牡丹《ツイムータン》の効果は見たであろ。後宮で役者とまったく関わらずに暮らすのは無理というものだ。特に先代様の御代《みよ》はそうであった」

すかさず口を挟んだのは、段爺だ。そしてすぐに、霜烈も言い添える。

「宦官に丑《ちゅう》（道化役）を演じさせることもある。が、私の任ではないだろう」

「ふーん……」

翠牡丹を帯びる役者が目立つのは当然として、宦官と知己を得るかはまた別のはずだ。

そして、確かに道化役は霜烈に合わないかもしれないけれど、青衣《せいい》(姫君役)や、普通に(?)生(二枚目役)ならどうなんだ、という疑問に答える気はないらしい。

(またはぐらかしたわね……)

霜烈の澄ました顔を軽く睨《にら》んで、燦珠はとろりとした甘露煮をまたひと匙《さじ》味わった。隠し事をされて、気分が良いはずはない。

とはいえ、知り合ったばかりの相手だし、恩もあるし。今のところは追及しないでおいてやるか、と思う。

何しろ、彼女は役者の道をようやく歩き始めたばかり。彼とは長いつき合いになるはずだから。

＊　＊　＊

趙《ちょう》貴妃瑛月《えいげつ》が投げつけた杯は、恐らくは狙い過たず平伏する喜燕《きえん》の頭にぶつかった。ごつ、と鈍い音が頭蓋《ずがい》に響き、痛みが彼女の脳を揺らす。

「──役立たず」

瑛月は苛立《いらだ》ちを酒精で宥《なだ》めていたらしく、杯に入っていたのは、幸いに熱い茶ではなかった。ただ、零れた酒が頭から滴って喜燕の頰を伝う。

酒精が這《は》った肌がべたついて、痒《かゆ》みと不快を覚えるけれど、もちろん彼女が拭《ぬぐ》うことなど許されてはいなかった。

「あの娘は、卑しい市井の役者の娘だということじゃない。趙家の育てた役者が下賤《げせん》の者に出し抜かれるなんて——いいえ、そなたは役者なんかではないのかしら」

瑛月の鋭く尖った声が、容赦なく喜燕に突き刺さる。

喜雨殿《きうでん》は今宵《こよい》も一分の翳《かげ》りもなく豪奢《ごうしゃ》に輝いているけれど、その主の機嫌は晴れやかさとはほど遠いようだった。

「申し訳ございませんでした。あのような舞は、陛下の御前で演じるのに相応《ふさわ》しくないと思ったので——」

喜燕の弁明は、嘘だった。彼女はあの試験の時、戸惑うばかりで何を演じれば良いか、見当もついていなかった。

馴《な》れ馴《な》れしく話しかけてきた梨燦珠が立ち上がった時も、目を瞠《みは》って見送るだけだった。皇帝の出題は無理難題だと思い込んで、石になったように動けなかったのだ。

(負けた。あの子に、完全に負けた……!)

唱《うた》や舞で競った上での結果ならまだしも、喜燕は舞台に上ることさえできなかった。

主の勘気には関わりなく、屈辱感と敗北感が、喜燕の頭を重く押さえつけている。

「そうね？　あの娘が度を超えた恥知らずだったとも言えるでしょう。けれど、役者とはなべて恥を知らないものなのではないかしら。人前で大声で唱ったり、脚を上げたり広げたり——そなたの恥など大したものではなかったのではなくて？」

「仰《おつしや》るとおりでございます。私の不明でございました」

瑛月の叱責《しつせき》は、本当は支離滅裂だ。燦珠の舞が後宮に相応しくなかったというなら、喜燕が同じことをすれば趙家の面目を潰《つぶ》すことになってしまう。

とはいえ指摘する勇気はない。何より、彼女の失態は弁明しようのないことだと、自分自身が誰よりもよく分かっていた。

（卑しい舞なんかじゃなかった。……すごかった）

確かに、基本の動きを組み合わせた即興の演技だった。描き出すのも庶民の女の日常で、衣装も、ほかの候補者と同じ簡素な短褐《じようげ》でしかなかった。

それでも、燦珠という娘の舞は見る者を魅了しただろう。太陽の光に、鶏の鳴き声。朝の情景が、活《い》き活《い》きとして愛らしくて、愛嬌《あいきよう》があって。それに何より、触れるものすべてを愛《いと》おしんで、仕事のひとつひとつを楽しむ娘の姿が。

皇帝が合格を出したのは、そこを認めたからではないのだろうか。

（……そうだ、楽しそうだった）

もう何度目だろう、目蓋《まぶた》に焼き付けた燦珠の舞と笑顔を思い起こして、喜燕はひっそりと得心した。

あんな無理難題を課せられて、皇帝の御前で。それでもあの娘はとても楽しそうだった。

喜燕は、あれほどの笑顔で演技に臨んだことがあっただろうか。どうしてあの娘は、あんなに――

「本当に分かっているのかしら。役者は、口も上手いものなのでしょうね？」

針を突き立ててから抉《えぐ》るような調子の瑛月の声に嬲《なぶ》られて、喜燕の考えは纏《まと》まらずに霧消した。

「正直に答えなさい。陛下の出題が悪かっただけ、よね？　まともなお題でまともに踊れば、そなたはあんな娘に劣ったりしない。そうよね？」

「はい。もちろんでございます」

燦珠という娘と張り合って勝つ自信など、欠片《かけら》もなかった。けれど喜燕は嘘を重ねた。それ以外の答えなど、求められていないからだ。

「では、もう一度だけ、そなたに機会をあげましょう」

瑛月は、例によって喜燕に実際舞ってみせろとは言わない。彼女が肩に感じた重圧を知るのは、喜燕自身だけだ。

これでまた失態を演じたら、いったい何が起きるのだろう。

（でも、これでまた舞える……？）

不安と恐怖に目の前が暗くなる中、それは一筋の希望であり光だった。

喜燕は、まだ踊りたかった。燦珠の舞を、あの弾《はじ》けるような笑みを見た後で、自分に何ができるのかを試したかった。

瑛月の機嫌を損ねぬよう、指一本たりとも動かせないけれど、喜燕の体温は高まり、鼓動も速まって全身の筋肉が動きたいと訴えている。

でも——無言で控えていた師の老女が、ここにきて口を開く。

「梨燦珠には秘華園で婢《げじょ》がつけられる。だが、沈昭儀には役者のために人を雇う余裕はおありではないだろう」

「後宮の習いはおろか、礼儀も知らない下賤の娘よ。ちゃんとした者をつけないと可哀想でしょう。同じ年ごろなら、より気安いでしょうねえ」

言葉では慈悲を垂れながら、瑛月ははっきりと燦珠を嘲《あざけ》っていた。

確かにあの娘は後宮のことも秘華園のことも何も知らないのだろう。競争相手の喜燕に、満面の笑みで話しかけたくらいなのだから。彼女の名前を褒めたりして——あの娘のほうこそ、誰よりも喜びを溢《あふ》れさせて軽やかに舞ったのに。

「私は、梨燦珠の婢になるのですね……」

それに比べて、喜燕の役のなんと惨めなことか。人を陥れるために演じるなんて。

秘華園で、翠牡丹《ツイムータン》を帯びる役者たちが研鑽《けんさん》するのを横目に、清掃やら洗濯やらの雑事に励まなければならないのだろう。そのほかに何をさせられるのか——知りたくもないけれど、瑛月と老女が得意げに教えてくれる。

「謝貴妃があの娘に目をつけたそうよ。ご寵愛の秦星晶と組ませるのでしょうね」

「振付は、宋隼瓊に依頼するであろう。それで、皇太后様に取り入ろうというのだ」

「はい……」

謝貴妃に愛され、すらりとして麗しいと評判の秦星晶。かつて後宮で名声をほしいままにしたという宋隼瓊。

きらきらしい名前を立て続けに聞かされて、喜燕の目の前で火花が閃《ひらめ》いた気がした。

皇太后は、亡くなった先帝に劣らぬ戯迷《ぎめい》（芝居好き）と聞いている。燦珠の舞は、きっと老いた高貴な未亡人を慰め喜ばせるだろう。

（でも、それでは皇帝の不興を買うのでは……？）

あの無理難題を目の当たりにしておきながら、謝貴妃とやらはどうしてそんなことを企《たくら》むのだろう。でも、喜燕が覚えた疑問を、瑛月たちはまったく抱いていないようだった。

「そなた、梨燦珠の舞を盗みなさい。そうして、あの娘をどうにかするのよ。代役で上手《うま》く踊れば、皇太后様のお褒めの言葉はわたくしのもの……！」

「皇太后様の御言葉があれば、翠牡丹を得ることも容易《たやす》かろう」

ふたつの声に命じられて、否を言わせぬ圧に頭を押さえられて。喜燕が疑問を口にすることなどできるはずもない。

（皇太后様は、老齢なのに）

先帝は、四十年にわたる長い治世を敷いた――それだけの年月、華劇をたっぷりと楽しんだ末に崩御した。その皇后であった御方は、すでに齢《よわい》七十に手が届くだろう。皇帝の御代《みよ》と皇太后の余命と、どちらが長いかは自明のことだろうに。

（貴妃様たちが考えていないはずもない、けど）

胸中に、出過ぎた不安を弄《もてあそ》ぶ喜燕に、老女は低く囁《ささや》いた。唱《うた》えば鳥の囀《さえず》りのような高音も巧みに操る癖に、こういう時の声は醜く掠《かす》れて耳に障る。

「教えたことは、忘れてはおらぬな？」

「……はい」

いちいち問われるまでもなく、老女の教えは、忘れもしない。

役者同士は仇《かたき》同士。

婢に扮《ふん》する喜燕はもはや役者ではないかもしれないけれど、大筋では変わらない。

彼女は、人懐っこく話しかけてきた燦珠という娘を、騙《だま》し欺き、陥れなければならないのだ。

＊＊＊

謝貴妃華麟と香雪は、それぞれ八人の宦官《かんがん》が担ぐ輌子《こし》で秘華園に乗り入れた。

赤を基調に、黄金の鳳凰《ほうおう》が優雅に翼を広げる意匠の輌子の上で、華麟は位に相応《ふさわ》しく悠然と寛《くつろ》ぎ、香雪は落ち着かなげに担ぎ手の宦官たちに視線を落としているようなのが御簾《みす》越しに見える。八人もの人間をお尻《しり》に敷くのは、きっと楽しくはないだろう。

(何人か減らしても大丈夫なんじゃないかしら?)

華麟も香雪も、細身に見えるのに——と、燦珠が余計なことを考えているうちに、二台の輌子は床に降ろされた。金銀の刺繡《ししゅう》を施された、一対の美麗な沓《くつ》が、燦珠が跪《ひざまず》く床を踏みしめる。後宮の中では珍しいほど飾り気のない、木材を敷いただけの床だ。

彼女がいるこの大庁《だいちょう》(広間)は、秘華園の中に幾つもある練習場のひとつなのだ。

立ち回りで思い切り飛び跳ねたり駆けたりしても支障のない広さと、唱《うた》や念《ねん》(台詞《せりふ》)を響かせるための高い天井。

背景の幕を用意するまでもなく、院子《いんし》(中庭)には小川が流れ花々が咲き誇っている。壁の一面が、燦珠が見たことのない大きな鏡で占められているのは驚いたし感動した。見得の形や目の演技を、鏡に映して確認することだってできるのだ。

(いよいよ、なのね……！)

香雪が華麟の申し出を受けてから、驚くほど早くことが進んでいる。今日から、秘華園の役者としての練習が始まる。星晶を相手役にして、隼瓊に振付をつけてもらって。そして、皇帝と皇太后の御前で舞わせてくれるのだという。皇帝に舞を披露する機会が、こんなに早く巡ってくるなんて！

(相手役がいるのも初めてだし、新しく振付をつけてもらえるなんて……！)

期待と喜びと緊張とで、燦珠の心臓は躍り続けて休まる暇がない。夢の中でも唱うか踊るかしているから、いつか弾けてしまうのではないかと思うほどだ。

燦珠の興奮を知ってか知らずか、華麟は軽く指先を動かしたようだった。空気の流れによって、貴妃が纏《まと》う良い香りが漂ってくる。

「楽になさい。わたくしたちはいないものと思って、のびのびと練習して良いのよ」

「はい……！」

言われて顔を上げて初めて、燦珠は華麟の容姿をじっくりと見ることができた。

(ああ……後宮って姫君がいっぱい……！)

楚々《そそ》とした白菊の美しさの香雪と比べると、華麟の美しさは咲き誇る八重の牡丹《ぼたん》といったところだ。裙《くん》を胸元まで引き上げた斉胸襦裙《せいきょうじゅくん》は、数代前の王朝の様式だけど、古臭さなんてまったく感じさせない。胸元から足先へ、流れる絹の波が実に優美だった。

帯が押さえる胸元では、薄絹の上衣に玉の肌が白く透けて瑞々《みずみず》しくて麗しい。まるで、華劇の舞台から姫君が抜け出したかのような――と、思ったところで、燦珠の脳裏にある演目が閃いた。

「あの……もしかして、《夢境夜話《むきょうやわ》》ですか？」

古《いにしえ》の王朝の後宮で、皇帝の寵愛《ちょうあい》を独占した美姫《びき》を題材にしたものだ。華麟の装いは、主役の美姫の姿そのものだ。燦珠の指摘に、華麟はぱっちりとした目を嬉《うれ》しそうに輝かせた。

「そう！　分かるの？」

詰め寄る華麟に、燦珠は拳《こぶし》を握って大きく頷《うなず》いた。

「もちろんです！　満月よりもなお眩《まばゆ》い玉の美貌《びぼう》、後宮の花たちが見上げるは⁉」

「眼差《まなざ》しひとつで星さえ落ちる、地上の月～～！」

燦珠が歌詞を唱《とな》えれば、華麟も淀《よど》みなく続きを吟じてくれる。立つ者と跪く者、貴妃と役者、立ち位置も立場も越えて、戯迷の心が通じた瞬間だった。

「あの、謝貴妃様……？　燦珠……？」

気付けば、香雪は戸惑うように首を傾げては目を瞬かせている。置いて行かれてしまった彼女にそつなく説明するのは、燦珠と並んで跪いていた星晶だった。

「華劇の演目でございます。華麟様がとてもお好きなので、あやかった衣装を好んで召されるのです」

常日頃から華劇の衣装を纏うなんて、貴妃でなければできないだろう。戯迷といっても、華麟は芝居に迷うというよりは、ひたすら我が道を突き進む御方のようだ。

「ああ……とてもお綺麗《きれい》だと思っておりましたが、それで。得心しました」

香雪が納得の微笑を浮かべたところで、星晶は立ち上がり、恭しく礼をする。

役者だけあって少々大仰だけど、でも、だからこそ彼女のすらりとした肢体がよく映える動きだった。綺麗な人は何をしても綺麗なものだ。

「秦星晶と申します。燦珠を貸してくださり、沈昭儀様には心から御礼申し上げます」

「貸す、だなんて……。わたくしは、燦珠に心のままに舞って欲しいだけなのです。貴女《あなた》の演技も楽しみにしておりますね、星晶」

「光栄でございます」

星晶の爽《さわ》やかな笑みに、香雪はほんのりと頬を染めていたし、星晶のほうも初対面の嬪《ひん》の言葉を喜んで受け止めたようだった。燦珠としても嬉しく誇らしいことだ。

「──それでは、始めようか」

主《あるじ》と役者の間でのやり取りが一段落したのを見て取って、ここまで脇に控えていた隼瓊がぱん、と手を叩《たた》いた。

燦珠も星晶も隼瓊も、動きやすい短褐を纏っている。花旦《かだん》か男役かを区別するのは髪型だけだ。汗をかくのも想定しているから、三人とも化粧はごく薄い。

「まずは燦珠、毯子功《たんしこう》をどこまでやれるか見せておくれ」

「はい、老師《せんせい》！」

見せ場とばかりに、燦珠は張り切って手を挙げた。

毯子功は、立ち回りには必須《ひっす》の動作の一群だ。武術を取り入れた動きもあって、激しく、かつ高い身体能力と筋力を求められる。鍛錬のていどによって、やらせてもらえる舞の難易度も変わるのだろうから手は抜けない。

走空頂《そうくうちょう》──逆立ちをして、腕の力で歩く。

倒三丁《とうさんてい》──前転をしてから後ろにとんぼ返り、地についた腕を矯《た》めて、背を地につけずにもう一度跳ね起きる。

連環小翻《れんかんしょうほん》──身体が環に見えるくらい、手を足の傍につけるバク転を、連続して。

飛腿上台《ひたいじょうだい》──回転しながら跳んで、台上に立つ。

台上前倒《だいじょうぜんとう》──台上から、宙返りしながら飛び降りて、着地。

最後のは、《梅花蝶《ばいかちょう》》を演じた街角でもやった動きだから、踏み切りやすい台から平らな床に着地すれば良いのは簡単なくらいだった。

「まあ、すごい……！」

「やはりね。わたくしが見込んだ通りよ！」

香雪と華麟の、感嘆や称賛の声が間近に聞こえるからなおのこと、燦珠の筋肉も関節もよくしなりよく動く。

「――どうですか、老師《せんせい》!?」

「そうだね……」

息を弾ませる燦珠に、隼瓊も満足げな表情で長い指を顎《あご》にあてている。些細《ささい》な仕草のひとつひとつまで、どこまでも格好良い人だ。

隼瓊は、どの演目にするかを考えていたのだろう。軽く目を伏せると、長い睫毛《まつげ》が影を落とす様を、燦珠が息を整えながら見蕩《みと》れていると――隼瓊はおもむろに口を開いた。

「《鳳凰比翼《ほうおうひよく》》を、やってみようか」

「《鳳凰比翼》……？」

隼瓊に告げられた演目の名を、燦珠はそっと繰り返した。

聞いたことはないけれど、とにかく華やかで縁起が良い気配がする。

（どんな舞なのかしら!?）

尋ねようと燦珠は大きく息を吸った――けれど、練習場の隅で座っていた華麟が椅子を蹴立《けた》てる勢いで立ち上がって、高く声を上げるほうが早かった。

「隼瓊！　それは、そなたと驪珠《りじゅ》が舞ったという演目かしら!?　文宗《ぶんそう》様の六十の賀で、喝采《かっさい》を浴びたという……！」

「残念ながら違います、華麟様。それは《鶴鳴千年《かくめいせんねん》》でございますね」

長い裙の裾《すそ》を翻して、役者たちのほうへ足を進める貴妃を、隼瓊はその両肩に手を置いて宥《なだ》めた。

男ならあり得ない距離の近さも接触も、女の役者だと許されるのだろう。端整な容貌の隼瓊と可憐《かれん》な華麟が並ぶのは、実に絵になる光景だった。

「なんだ……わたくしの星晶を、そなたの後継と認めてくれたかと思ったのに」

「認めておりますよ。ただ、燦珠は驪珠に比べるには若すぎますから」

知らない演目に知らない人の名が続いて、燦珠と、そして香雪は首を傾げた。新参者が置いて行かれているのを察してか、星晶がまたも良い間を見計らって説明してくれる。

「喬驪珠《きょう》なる花旦（娘役）の名手が、かつて秘華園にいたのですよ。隼瓊老師《せんせい》と組んだ舞台の数々は、私たち後輩の憧《あこが》れです。……この目で、見てみたかった」

「《鶴鳴千年》と言ったかしら、中でも文宗様の六十の賀は伝説よ。当時の皇帝陛下と皇后陛下が涙を流して絶賛されたそうなのだもの！」

「へえ……！」

熱のこもった星晶の語り口に、華麟のうっとりとした眼差しに、がぜん、燦珠の興味もかき立てられる。

長寿の象徴である鶴は、姿も優美だし鳴き声も美しいし、なるほど慶賀の席の演目には相応《ふさわ》しい。きっと、神々しく清雅な舞なのだろう。

（それは私も見たいわね……！）

当事者の意見は、と。わくわくしながら隼瓊に視線を向けると、彼女は苦笑して軽く首を振った。

「あの時の私は、ただの添え物でしたから。《鳳凰比翼》も華やかな演目でございますから、星晶に合うでしょう。私と驪珠が演じたことがある演目でもございます」

「それなら、良いけれど。わたくしね、皇太后様に今の秘華園にも良い役者がいると分かっていただきたいのよ。そのために、星晶にお嫁さんを見つけてきたのだもの！」

白く細い指を拳に握った華麟が高らかに宣言した。前半は分かるとして——最後は、何と言っただろう。

燦珠と香雪は同時に、かつ同じ角度に首を傾けた。目を合わせれば、互いに同じ疑問を抱いているのも、分かる。

「……およめさん？」

「ええ、そうよ！」

恐る恐る尋ねた風情の香雪に、華麟は一分の迷いも躊躇《ためら》いもなく大きく頷《うなず》いた。燦珠たちの戸惑いは、気付いていただけていないらしい。胸の前で手を組み合わせた貴妃の、夢見るような目が捉《とら》えるのは、彼女の役者、星晶だけだ。

「舞台の上で何度も共演する男役と女役は、夫婦のようなものでしょう？　わたくしの星晶に相応しいお嫁さんが現れるのを、ずっと待っていたのよ！」

分かったような、分からないような演説を聞いて、燦珠はそっと星晶を窺《うかが》った。

（──と、仰《おつしや》っているけど？）

いくら格好良くても星晶だって若い女の子だ。夫婦扱いは困るのではないだろうか。燦珠の困惑を読み取ってか、星晶は口の端を少しだけ持ち上げると、声に出さずに合わせて、と囁《ささや》いた。どうやら、いつものことらしい。

なので、燦珠は華麟に恭しくお辞儀した。

「ええと……光栄でございます、謝貴妃様。星晶の邪魔にならないよう……魅力を引き立てる、よう？　鋭意、精進いたします」

「ええ！　よろしくね、燦珠」

「は、はい」

未婚の身で姑の圧を負わされたのをひしひしと感じながら、燦珠はどうにか笑みを保った。父が懸念していた偉い方々の無理難題にも、色々な形があるらしい。

（謝貴妃様は……確かに良い方のようね。少なくとも、企《たくら》んではいないみたい？）

星晶が主を評した言葉は、本心なのか苦肉の策なのか――役者と主の関係に思いを馳《は》せながら、燦珠は隼瓊にも問いかけてみた。

「――あの、喬驪珠という方は、もう秘華園にはいないんですか？　そんなすごい方なら、是非とも教えていただきたかったんですけど……！」

隼瓊の言葉によると燦珠は驪珠なる名優に及ばないのだとか。どこがどれだけ足りないのか、手本を見せてはもらえないか、気になってしかたがないのだけれど――

「ああ……」

隼瓊が吐息のように呟《つぶや》き、華麟と星晶がそっと視線を交わした。秘華園を知る者たちの表情が一様に強張《こわば》ったのを見て、燦珠は何かいけないことを聞いてしまったのを知った。

「あのね、燦珠。驪珠は亡くなっているんだ」

声を潜めた星晶が、燦珠のやらかしを教えてくれる。形良い唇が耳に寄せられるのに照れる余裕もなく、燦珠は口を押さえて飛び上がった。

「ご、ごめんなさい！　私――」

「知らなかったのだからしかたない。驪珠を気にかけてくれて嬉《うれ》しいよ」

寂しげに微笑む隼瓊に、燦珠を責める気配はなかった。でも、その眼差しは、ここではないどこか彼方《かなた》を見つめているのがありありと分かる。

「《鶴鳴千年》を披露してからほどなくしてのことだった。彼女の最後の晴れ舞台だったからこそ、いっそう名を残している面もあるだろう。以来、その舞を演じた者はいない」

隼瓊はきっと、驪珠という人が舞っているのを時を越えて見ているのだ。

どれほど美しく妙なる舞だったのだろう。どれほどかけがえのない存在だったのだろう。

だって、華麟の言葉を借りるなら、夫婦のように近しい関係だったに違いないのだ。妃嬪《ひひん》も今の教え子たちも、一切目に入っていないかのような焦がれる眼差しがどんな唱《うた》や台詞《せりふ》よりも雄弁に語っていた。

「……すみませんでした。大切な方、だったんですよね……」

燦珠がおずおずと謝って初めて、隼瓊は今に立ち返ったようだった。この娘は誰で、どうしてここにいるのだろう、と言いたげに軽く眉《まゆ》を寄せてから――微笑む。

「彼女の名が今も語られるのを聞くのは私にとっても嬉しいことだ。そう……ちょうど、名が一文字重なることでもあるし。驪珠を目指して励むのは良いことだろう」

燦珠の頭を撫《な》でる隼瓊の手が、彼女の肩にまたひとつ標《しるべ》を乗せた、と思った。

(亡くなった後も語り継がれる名優は、そうはいないわ……!)

男だろうと女だろうと関係なく。燦珠が究めようとしている道の遥《はる》か先に、水袖《すいしゅう》を翻す女の姿が遠く見えたようだった。

《鳳凰比翼》は、番《つがい》の鳳凰《ほうおう》が泰平の下界を寿《ことほ》ぐ様を描いた舞曲ということだった。これもとてもめでたい内容だから、何らかの慶賀の席のために作られたのかもしれない。妃嬪たちが――というか、主《おも》にひと通り熱弁して気が済んだらしい華麟が、練習場の隅に着席したのを見計らって、隼瓊は舞の伝授を始めた。

「燦珠は柔軟性も筋力も十分、いっぽうでしなやかさはまだ途上だから、回転や跳躍を増やす振りにしてみようと思う」

「はい、老師《せんせい》」

では、伝説の娘役の驪珠は、潑溂《はつらつ》さよりも嫋《たお》やかさが持ち味だったのだろうか。父に跳ねっかえりと言われた彼女には確かに足りないところだから、心しなくては、と。真剣に頷き、師の動きを食い入るように見つめながら燦珠は肝に銘じた。

「まずは上空を舞う振りからだ。鳳凰が追いかけっこをするように時間差で回転する。番なのだから互いを見つめ合って――」

燦珠の力量を確かめた後だからか、隼瓊の授業の進みは容赦なく早い。でも、舞台の袖《そで》から父たちの演技を見て盗むよりはよほど分かりやすいし正確に覚えられる。

だから、星晶と並んで舞い始めて燦珠が目を瞠《みは》ったのは、また別のところに、だった。

（ああ——私、誰かと踊るのも初めてだった！）

速く回れば良いというわけでもないし、ただ高く跳べば良いというわけでもない。隣で踊る星晶と、同じ速さと同じ角度、同じ高さでなければならない。走る歩幅も調節して、距離も近すぎず遠すぎずを保たなければ。

自分ひとりの見た目を気にするよりも、ずっと難しいのは確かなのだけれど——

（でも、楽しい！）

翼に見立てた腕を伸べたまま回れば、その風を受けたかのように星晶が跳ぶ。宙に浮いた両脚を時間差で回転させる、それこそ空中で遊ぶ鳥さながらに軽やかな、見事な飛旋脚《ひせんきやく》だ。

着地した星晶を追って燦珠も跳び、相手役に受け止めてもらう。立ったところから、指先が床につくくらい背中をしならせ、反らせる落腰《らくよう》——でも、星晶の支えがあれば次の動きに繋《つな》げるのも簡単だった。

互いの動きが連動して、場面を作り上げていく。絡み合い、交錯する手や脚が物語を紡いでいく。ひとりで踊るよりもふたりで踊るほうが、舞が生み出す世界はずっとずっと大きく高く広がっていく。

弾む呼吸の合間、跳躍や回転のすれ違いざまに囁き交わす距離は近く、吐息は熱い。

胸が弾むのは、激しい運動が理由に決まっているのだけれど、それだけではないと、思い違いをしてしまいそう。

舞や芝居の相手役のことを妻や夫に喩《たと》えるのも、そう的外れではないようだった。

「星晶こそ……！」

「燦珠、さすが」

＊　＊　＊

たっぷりした湯に浸《つ》かりながら、燦珠は機嫌良く声高く唱《うた》っていた。

一天四海一望無翳　　見渡す限りの四方の海に影ひとつなく
満風受翼飛高到天　　翼は風に乗って空高く舞い上がり
万里遥遠翼翻一動　　千里の彼方もひとっ飛び！

星晶と演じることになった《鳳凰比翼》の歌詞だ。

題材に沿った雄大な詞を唱って舞うと、本当に空を飛んでいる気分になるからとても楽しい。練習を終えた今も、その爽快《そうかい》さの余韻に浸りたくなってしまうほどに。

(声域も広がったんじゃないかしら!? 前よりも高い声で唱えてる……!)

星晶は、いくら理想の男役を絵に描いて綺羅《きら》で飾ったような見た目をしていても、女の子だ。だから唱う声も男の役者に比べれば、高い。

その星晶と組むためには燦珠はさらに高い声を出さなければいけないので、舞と同様、唱についても毎日が修業だった。

(楊奉御《ほうぎょ》が言っていた通りね)

父の説得に、霜烈が使った理屈を思い出して燦珠は微笑む。女が演じる男をより男らしく見せるには、より可憐《かれん》で嫋《たお》やかな娘役が不可欠、というやつだ。

実際、星晶と練習を始めてから、唱も舞も格段に進歩しているのが自分でも分かって怖いくらいだ。次に霜烈に会ったら、御礼を言わないといけない。

実家では考えられない大きな湯桶《ゆおけ》で思い切り手足を伸ばして寛《くつろ》いでいると——横から、澄んだ声が掛けられる。

「——燦珠様。お召替えをこちらに置いておきます」

「え、ええ。ありがとう……!」

盛大に飛沫《しぶき》を撥《は》ね上げながら燦珠が身体を起こしたのは、覗《のぞ》きを警戒したからでは、もちろんない。実家にいたころからして、男所帯ではあっても梨詩牙の娘を覗こうという勇者はいなかったから。

「お召しになったらお髪《ぐし》を整えますので。外で、お待ちしております」

着替えを差し出して平伏する婢《げじょ》は、燦珠と同じ年ごろの少女だった。それも、厳しい鍛錬を積み重ねてきたと分かる、すらりとしなやかな肢体の。

快適な湯浴《ゆあ》みの時間を燦珠が慌てて中断したのは、彼女が理由だった。本来なら同じ目線で話すべき相手にかしずかれる気まずさには、いまだに慣れない。

「う、うん。すぐに上がるわ」

その少女は、燦珠に何も言わなかった代わり、着替えの一番上で艶《つや》やかに輝く翠牡《ツイムー》丹《タン》に切なげな眼差《まなざ》しを投げてから退出していった。

燦珠が合格を勝ち取ったあの日——皇帝の出題がもっと親切というか易しいというか、分かりやすいものだったら、彼女も翡翠《ひすい》の花を勝ち取っていたのかもしれない。それを思わずにはいられないのだろう。

燦珠につけられた婢の名は、崔《さい》喜燕。役者の選考試験の日に顔を合わせた少女だった。

婢として引き合わされた少女が知っている顔だったのに気付いた時、燦珠は喜びの声を上げた。同じ年ごろの少女ならそれほど気兼ねはいらないし、あわ良くば仲良くなれるかもしれないと期待したのだ。

『喜燕！　喜燕、だったわよね。試験の時に会った！　良かった、私、何も知らないでここに来たから――』

友達が欲しくて、とか。話し相手になってくれたら、とか。

燦珠はそんなことを言おうとしたはずだ。同じ時に試験を受けた、いわば仲間を平伏させる申し訳なさに、手を差し伸べて立たせようとして――

『翠牡丹を得た方は、華劇に専念してくださいますように。ご不便がないように、誠心誠意お仕えします』

でも、喜燕が築いた見えない壁に阻まれて、燦珠の手は虚《むな》しく宙に浮いた。

喜燕は顔を上げることさえしてくれなかったから、彼女の視点から見えるのは髷《まげ》を包む巾幗《きんかく》だけだった。

燦珠の腰に咲いた翠牡丹――香雪から賜った綬《くみひも》で、佩玉《はいぎょく》に仕立てていた――を見たくないのではないか、と気付いた瞬間、燦珠は珍しいことに言葉を失ってしまった。

（そっか、もし踊れてたら、きっとこの子も……）

喜ぶ燕《ツバメ》という素敵な名前のこの少女は、さぞ軽やかに楽しそうに踊るのだろう。あの場で出題に沿った演技を思いつけなかったのだとしても、それは喜燕の技量が劣るということにはならないはず。

一瞬の閃《ひらめ》きが試験の成否を分けたなら、この少女は燦珠を恨んでいたりするのだろうか。

『ええと……でも、喜燕は役者でしょう？　翠牡丹をいただいたかどうかじゃなくて、唱《うた》ったり踊ったりする——したいん、じゃないの？　あ、秘華園だと、婢も練習できるの⁉』

『いいえ。婢は婢です』

何とか歩み寄りたくて、共に研鑽《けんさん》する相手を増やしたくて。懸命に明るい声を出そうとした燦珠の努力は、喜燕のどこまでも硬い声に切り捨てられた。

『とはいえ、役者の方々の間近にお仕えすれば学ぶことも多いかと。ですから、お気になさいませんように』

気にしないなんて無理難題というものだろうに、喜燕は言葉と態度の両方で燦珠を拒んでいた。だから、燦珠はそれ以上何も言えなかった。少なくとも、その時は。

喜燕は、水を含んだ燦珠の髪を丁寧に拭《ふ》いて、お団子を頭の左右にふたつ作る双髻《そうけい》に結ってくれている。華劇の姫君役の、豪華な鳳冠《ほうかん》に比べれば地味だけれど、自分ではやりづらい髪型を、綺麗《きれい》に手早く作ってもらえるのは嬉《うれ》しいものだ。

それに——この状況なら、話しかけても逃げられることはないだろう。

「ねえ、喜燕はどの演目が得意とか、あるかしら。やっぱり舞が好きなの？」

髪を梳《す》く喜燕の手が止まった気配がするけれど、気付かない振りで燦珠は続ける。

「私は、《梅花蝶》が好きよ。唱《うた》もあって、水袖《すいしゅう》を使うのも楽しいから。でも、《酔芙《すいふ》蓉《よう》》みたいに回るのも良いいし、今やってる《鳳凰比翼》も、いっぱい跳ぶから空を飛んでるみたいで──うん、やっぱり楽しい、わよね？」

話しかけても喜燕は多くを答えてはくれないけれど、それでも身体を見れば役者、それも舞手だということは分かる。演目の名を挙げれば目が動くところも見たことがあるし、この子も絶対に踊るのが好きだと、燦珠は信じているのだけれど──

「《梅花蝶》も《酔芙蓉》も、やったことはありますが、正確に舞うのに必死で、楽しいという境地には至れませんでした」

喜燕の声はいつも淡々としていて冷めていて、踏み込まれることを拒んでいる。だから、燦珠の言葉は独り言に転じて虚しく消えていくだけだ。

「……楽しく踊るから上手《うま》くなるんじゃないかと、思うんだけど……」

正確さも大事ではあるけれど。父たちの見よう見まねで始めた燦珠と、師について教わったらしい喜燕ではまた話が別なのかもしれないけれど。

（正確さが第一、なんて教えるのはどこのどいつよ……？）

父たちの姿を見るに、たとえ師弟の間でも教えるのは技だけではない、はずだ。

舞台に立つ時の心構え、演目を読み解く知識、唱や仕草に乗せる情感。

どうも、喜燕の師の姿勢は燦珠が知る役者たちとは違う気がしてならないけれど——流派への批判はさすがに失礼だろうから口にするのを控えては、いる。

(役者同士なんだから、もっと仲良くできれば良いのに……！)

喜燕だけの話ではない。星晶とは練習の合間や前後に雑談もできるようになったし、隼瓊も厳しい中に優しさがあるのがよく分かる。

でも、それ以外の役者仲間——仲間のはずだ——とは、いまだにあまり話せていないのがもどかしい。

難試験をただひとり合格した新参者であること。星晶、ひいてはその後ろにいる貴妃の華麟の覚えがめでたいように見えること。あの伝説の娘役、喬驪珠の相手役だった隼瓊に師事できていること。

その辺りが組み合わさって、嫉妬《しっと》というかやっかみの目で見られているような気がする。

(遠巻きにしてるより、正々堂々、競ったほうがお互い良いんじゃないの……⁉)

戦を待ちわびる武人さながらに、燦珠は受けて立つ気満々でいるというのに。聞こえるような聞こえないような、絶妙な加減の囁《ささや》き声だけが届くのは鬱憤《うっぷん》が溜《た》まってしかたない。

「燦珠様、出来上がりました」

「ええ……ありがとう、喜燕」

喜燕に声を掛けられて、燦珠はやっと渋面になっていたことに気付く。慌てて笑顔を纏《まと》って振り向けば、仲良くなりたい相手はあっさりと余所《よそ》を向いていたけれど。

「こちらをどうぞ。謝貴妃様と星晶様がお待ちでしょう」

喜燕が差し出したのは、紅色の生地に金の草花模様が鮮やかな比甲《ベスト》だった。後宮に相応《ふさわ》しく装うべく、長襖《うわぎ》の上に羽織るよう、香雪が貸してくれたものだ。躑躅《つつじ》をかたどった髪飾りを髷に挿せば、ちょっとした姫君にも見えるだろう。

燦珠は、香雪と共に華麟に招かれて永陽殿を訪ねることになっているのだ。


永陽殿は、貴妃の住まいだけあって美しく華やかな装飾を施された殿舎だった。主《あるじ》の位相応に使用人も多いのだろう、殿舎自体も庭園も、昭儀である香雪のそれよりずっと広い。

そして華麟の住まいだけあって、客間から望む庭園の眺めは、華劇の舞台を忠実になぞっていた。舞台の背景がそのまま実現したかのような光景に、燦珠は内心で感嘆せずにはいられない。

(池を望む高台に、月見の四阿《あずまや》、近くに滝が流れて水音が茉莉花《まつりか》の香りを際立たせる

──《夢境夜話》の歌詞通りね……！）

華麟は戯迷《ぎめい》（芝居オタク）ぶりを遺憾なく発揮して、今日も古風な斉胸襦裙《せいきようじゆくん》を纏《まと》い、織手に携えた絹の団扇《うちわ》を優雅にそよがせていた。

古《いにしえ》の美姫《びき》が蘇《よみがえ》ったかのように、華やかに微笑んで燦珠と香雪を迎える彼女の横には、盤領袍《ばんりようほう》姿の星晶が控えている。まるで、美姫を守る武官のように。訪れた者に古代の宮廷に迷い込んだ気分を味わわせるのが、永陽殿の趣向らしい。

「練習ばかりで根を詰めるのも良くないでしょう？　今日は息抜きしなさいな」

「お招きとお気遣い、誠にありがたく存じます、謝貴妃様」

もちろん、当世風に襦裙に薄織りの背子《はいし》を重ねた香雪も華麟に劣らず美しい。華劇の物語から抜け出たような麗しい三人と囲む卓は、燦珠にとって大変な眼福だった。

「華麟と、名で呼んでちょうだい。──わたくしも、香雪様とお呼びして良いかしら」

「もちろんでございます。光栄に存じます」

「もう、堅苦しいんだから」

和やかな会話が交わされる卓に並ぶ茶菓も、庭園同様に精緻《せいち》に整えられた、手の込んだものだった。

花鳥が細やかに描かれた茶器からは芳《かぐわ》しい香りが立ち上る。

各種の餡《あん》や木の実や果実を贅沢《ぜいたく》に使って作られた菓子は、どれも形も美しく、花園や宝石箱を卓上に再現したかのよう。口にすればなくなってしまうのが惜しいような、芸術の域に達した品々だった。

「燦珠が星晶のお嫁さんなら、わたくしたちは陛下にお仕えする姉妹のようなものではなくて？　だから、仲良くしたいのよ」

そんな、触れるのが怖くなるような菓子を無造作に摘《つ》まみながら、華麟は香雪に微笑みかけた。少々怖い話の切り出し方では、ある。

（これが、寵愛《ちょうあい》争いというやつ⁉）

香雪は燦珠のことを気に掛けてくれるし、翠牡丹《ツイムータン》のお陰で香雪の機嫌を伺いに訪ねるのも難しくない。そうして燦珠が見聞きする限り、香雪への皇帝の寵愛は確かに篤く、三日とあけずに皇帝の寝殿である渾天宮《こんてんぐう》に召されているらしい。

それはつまり、ほかの妃嬪《ひひん》が召される機会は少ないか——もしかしてなかったり、するのだろうか。

「そのような——畏《おそ》れ多いことでございます。わたくしは……あの、たまたま一時だけ僥倖《ぎょうこう》に恵まれたものとばかり」

「安心なさって。わたくしは、毎日のように華劇三昧《ざんまい》と聞いて後宮に上がったの。だから寵愛なんてどうでも良いのよ」

頬を強張《こわば》らせた香雪に、華麟は実に羨《うらや》ましいことをさらりと述べた。ちらりと星晶に送った視線の熱さを見れば、説得力もある。確かに、この御方にとっては、華劇嫌いの皇帝は魅力的ではないのかもしれない。

（でも、ご実家もそれで良いの？　本当に？）

霜烈だって言っていた。貴妃たちは皇后になることを望まれているとか何とか。星晶ばかりに夢中になっていて大丈夫なのだろうか。

燦珠にだって分かることは、香雪だって気に掛かるだろう。美しい微笑に困惑の翳《かげ》りが差すのに気付いたのか、華麟は団扇で口元を隠し、内緒話のように声を潜めた。

「永陽殿の前の貴妃はわたくしの大伯母《おおおば》様だったの。お話によると、文宗様の御代《みよ》なら、良い役者さえいれば、妃嬪の美醜や才知に拘《かか》わらずお渡りが望めたそうよ」

「そう、だったのですか」

香雪が微《かす》かに眉《まゆ》を寄せたのは、先帝の妃嬪たちを憐《あわ》れんだからだろう。

（お渡りって言っても、お妃《きさき》に会いに行ったんじゃないってことだものね……）

優れた役者がいると聞けば、一度は見てみたいと思う気持ちはよく分かる。先帝も、きっと相当な戯迷だったのだ。でも、戯迷という言葉には、単なる芝居好きに留《とど》まらず、やるべき務めを疎《おろそ》かにしている、という含みもあるのであって。

黒子《くろこ》のように扱われて見向きもされない妃嬪たちにとっては酷な話だっただろう。今上帝に愛される香雪はなおのこと、どんな顔をすれば良いか分からないに違いない。

「皇太后様には、御子がいらっしゃらないのだけれど。驪珠と隼瓊のお陰もあって、後宮の女主人として面目を保ったということよ」

「宋隼瓊は、確かにとてもお綺麗《きれい》でした。あの方は、皇太后様の――」

「そうね、わたくしにとっての星晶のような存在だったのではないかしら」

ほかの三人の視線を一身に浴びて、星晶ははにかんだように微笑んだ。とても眩《まぶ》しく麗しい笑みは、隼瓊の清冽《せいれつ》な姿とも重なって、さらに驪珠と言う知らない役者の面影をいっそう輝かせる。

皇后の権威を支える唱《うた》や舞は、いったいどれほどの技量があれば演じられるのだろう。

（私、秘華園のことを何も知らない。何があったか、これからどうなるか……）

華麟の話の行き先は見えないまま、それでも燦珠は聞き入っていた。

妃嬪同士の交流の場に、添え物として呼ばれたとばかり思っていたけれど、これは聞いておくべきことだと思う。秘華園の役者として、研鑽《けんさん》を積むつもりなら。

「――だから、わたくしの実家は星晶がいれば安泰だと考えたようね。時代が変わったのに気付いていないのよ。陛下を甘く見たものだと思わない？」

白魚の指で茶器を優雅に持ち上げて、華麟は朗らかに笑う。香雪に同意を求めるかのように。でも――彼女のぱっちりとした目は笑っていないない気がしてならなかった。

（香雪様に探りを入れてる？　謝貴妃様の本当の狙いはそこ……？）

霜烈の涼やかな美貌《びぼう》と美声がまた頭を過《よ》ぎって、燦珠は膝《ひざ》の上で拳《こぶし》を握った。

（……天子様は、華劇嫌い……）

香雪の気遣うような視線が、燦珠と星晶をそっと撫《な》でた。小さく形の良い唇が、躊躇《ためら》いがちに、開く。

「陛下は……燦珠を合格させてくださいましたわ」

「ええ、それが良い兆候であればと願っているの。陛下は、華劇も秘華園も無駄だと思っていらっしゃるようなのだもの」

精いっぱい言葉を選んだらしい香雪の答えは、華麟を納得させるものではなかったようだ。仕える御方が問い詰められる気配を察して、そして、聞き捨てならないことを聞いて、燦珠は思わず声を上げる。

「――私は、天子様に華劇の良さを教えて差し上げたいと思ってます」

怯《おび》えを含んだ香雪に、好奇心を帯びた華麟、純粋な驚きを湛《たた》えた星晶。三者三様の視線を集めるのは、今度は燦珠の番だった。

（う……唐突だったかしら……）

似たようなことを言った時、霜烈が微笑んでくれたのは、彼が燦珠の想いをよく分かってくれていたからこそ。そうでない香雪たちには、脈絡のない宣言に聞こえたかもしれない。でも――引き下がったりは、しない。

「せっかく女でも演じられる場所に来たのに、すぐになくなってしまうなんて嫌です。それに、天子様は市井の芝居も取り締まるおつもりだって。私の父も役者なんです。だから、絶対に考えを変えていただかないと！」

燦珠の必死の訴えは、意外にも笑われることも咎《とが》められることもなかった。驚きから立ち直ったらしい星晶が、くすり、と漏らした控えめな笑みも、温かなものだ。

「燦珠は野心家だね。私は……そこまでの覚悟も気概もなかったかもしれない」

「星晶はあんなに格好良いのに。天子様の御前で演じたことがないの？」

目を瞬かせる燦珠の疑問に答えてくれたのは、香雪だった。

「陛下はお忙しいから。ご即位以来、季節ごとの後宮の行事も祝宴も、規模を抑えられていると仄聞《そくぶん》しておりますが……？」

「そうね。わたくしの星晶を自慢したいのにつまらないこと」

寵愛よりも華劇と星晶、を早くも言葉で表してから、華麟は華奢《きやしや》な拳を握り固めた。

「でも、だからこそ《鳳凰比翼》は好機よ！　皇太后様をはじめとして、陛下も、ほかの皇族がたも列席される席だもの。星晶はもちろん、燦珠も注目されること間違いなしよ！」

「あの。皇太后様は、私をお気に召してくださいますか!?　隼瓊老師《せんせい》は、私はまだ驪珠には及ばないって……」

　華麟の期待は嬉《うれ》しいけれど、さすがの燦珠も自信満々ではいられない。驪珠という、かつて後宮で燦然《さんぜん》と輝いた娘役の話を聞かされたばかりなのだ。

「燦珠なら大丈夫だよ」

　と、星晶が頼もしく請け合ってくれる。華麟がうんうんと頷《うなず》いているのは、言わんとすることが分かるのか、それとも星晶の笑みに見蕩《みと》れているだけなのか。

「皇太后様は、たいそう目が肥えておられるのは間違いない。けれど、役者を公平に評価してくださる御方でもいらっしゃる。何しろ、驪珠を重用し続けたくらいなんだから」

「……なんで？　驪珠は皇太后様を支えたんでしょう？」

　華麟の話によれば、皇太后が驪珠をおろそかにする理由はまったくないだろうに。疑問に眉を寄せる燦珠に、今度は華麟がごくあっさりと告げた。

「ああ──驪珠は、文宗様のご寵愛《ちょうあい》を受けて皇子を儲《もう》けたのよ」

「え──」

　目を見開いた彼女の顔がおかしかったのか、驚かせたのに満足したのか、華麟は楽しそうに華やかな笑い声を上げた。そして、夢見るようなうっとりとした眼差《まなざ》しで、続ける。

「天子たる御方が、軽々に妃嬪《ひひん》以外を召すのは、本当は感心できないことよね。でも、驪珠がそれだけ美しかったということでしょう。容姿も、舞も。文宗様のお心を捉《とら》えた上に、皇太后様がお許しになったほどに」

つまりは、夫の心を奪い、子まで生《な》した女を許すほどの公平さ、ということらしい。役者の主《あるじ》としては、理想的な寛容さだと言えるのだろうか。でも——当の驪珠の思いはどうだったのだろう。

「燦珠も、ご寵愛なんてどうでも良いと思っているようね」

悪戯《いたずら》っぽい笑みで尋ねた香雪は、燦珠の戸惑いを汲《く》み取ってくださったようだった。

「そうですね、私は華劇のほうが——っと、すみません……！」

役者としての本音を言うなら、観客として以外の皇帝になんて興味がない。寝所に呼ばれるくらいなら練習させて欲しい。

はっきりとは言わずと、心の声は漏れてしまっていただろう。慌てて両手で口を塞《ふさ》いだ燦珠に、でも、香雪は儚《はかな》くも美しい笑みを湛えて首を振る。

「良いのよ。多くを望んではいけないのは分かっているけれど、華麟様や貴女《あなた》のように、眩《まばゆ》い方々ばかりを見ると、不安になってしまって……今のお話を聞いたら、つい……」

恋慕と羨望《せんぼう》と、希望と不安と。切々とした想いがこもった香雪の声も表情も、青衣《せいい》

（姫君役）の演技のお手本にしたいくらいだった。

どんな名優が演じるよりも、本当に恋に悩む美姫《びき》の姿は人の胸に迫るものなのかもしれない。華麟も、笑みを消した真剣な表情で、香雪のほうへ身体を傾けている。

「香雪様は、陛下をお慕いしているのね」

「出過ぎたことでございます。でも……ええ、はい」

頬をほんのりと染めながら、小さく――けれど、確かに頷いた香雪の恥じらいもまた、愛らしく健気《けなげ》な美しさだった。

絶対に演技としてものにしたい、と。燦珠は目に焼き付けようと息を呑《の》んで見つめる。

「そんなこと……！　香雪様はお綺麗《きれい》で清廉な御方。陛下のご寵愛も納得というものよ。さらに加えて皇太后様の覚えがめでたくなれば、誰もおろそかにはできないわ」

「そう、でしょうか……」

「そうよ！」

香雪の姿は、きっと華麟の目にも好ましく映ったに違いない。この御方なら、香雪を題材に新しい演目を作らせさえするかもしれない。

新参の嬪を慰め力づける貴妃の声は、偽りなく真摯《しんし》なものだと聞こえた。

「だからね、後宮での振る舞いもわたくしが教えて差し上げる。役者ともどもずっと仲良くしていただきたいもの」

団扇《うちわ》を放り出して、華麟はそっと香雪の手を握った。恐らくは皇帝への想いとは違う理由で、香雪の頬がより紅《あか》く染まり直す。

「もったいないお心遣いでございます。お恥ずかしいことですが、わたくしの実家は財力も伝手《つて》もございませんで……」

「それも立派なことよ。だからこそわたくしも仲良くしたいと思ったの。助けて差し上げられると思ったから」

華麟は、香雪の手をよりいっそう力をこめて握ったようだった。妃嬪同士で見つめ合う形になって——そして、華麟の艶《つや》やかに紅を差した唇が、囁《ささや》く。

「見事な演技を見せれば、役者にはご祝儀がいただけるの。陛下はさておき、皇太后様や皇族がた、貴顕の方々からも。それをどう使うかは、主の妃嬪にかかっているのよ。香雪様や燦珠の装いはもちろん、ご実家だって、高い官位を望めるでしょう」

「それは、あの」

香雪が——傍で聞いている燦珠も——目を見開くのを余所《よそ》に、華麟はどこまでも晴れやかに微笑み、首を傾げる。

「お父上は有徳《うとく》の学者と伺ったわ？　ご出世なさるのは陛下のためにもなるのではないかしら。わたくしたち、実家ともどもお付き合いできると思うわ」

華麟は、贈賄による買官を仄《ほの》めかしているのだ。そして、後宮の内外で便宜を図り合おう、と。それでいて、決して悪びれていない。それは――彼女にとっては当然のことだから、なのだろうか。

（芝居好きも、良い方なのも間違いないんだろうけど……！）

心の中で叫びながら、世事に疎い燦珠もさすがに察してしまう。

祝儀とやらが、演技だけに対して贈られるなんてあり得ないこと。どの役者が、どの家のどの妃嬪に仕えているかを承知の上で、見返りを計算しながら贈られるに違いないのだ。

そんなことが、長年まかり通っていたのだとしたら。皇帝がそれを知っていたとしたら。

（華劇がますます嫌われちゃうじゃない！）

心の底からの悲鳴も、貴妃に対して役者の小娘が口に出せることではなかった。香雪も。絶句して何も言えないでいるようだった。

「燦珠も星晶も安心してちょうだいね。陛下もきっとすぐにお気づきになるもの。数多《あまた》の権門も高官も、皇族でさえ、秘華園を通じて結びついているの。たとえ至尊の位にいる御方でも、無視できるものではないわ……！」

つまり、秘華園に蔓延《はびこ》る贈収賄はそれだけ深く広く根を張っているということだ。

恐ろしいことを晴れやかに言い切った後——華麟の笑みが、初めて憂いを帯びて翳《かげ》った。

「だって、お気づきにならなかったら、それはそれで大変なことになるでしょうから。陛下は聡明《そうめい》な御方だもの。折れることを知ってくださると思いたいわ」

華麟の声も表情も、真摯なものだった。この御方は、本当に、偽りなく優しいのだろう。

そしてだからこそ、不安になる。皇帝があくまでも秘華園を廃そうとした時に、何が起きるのか。華麟は何を案じているのか。

(だって。天子様は偉いんでしょう?)

それは、ものすごく当たり前なことのはず。なのに、なぜか燦珠の背に冷や汗が伝う。きっと、香雪も同様だ。名前の通りに雪の顔色になった彼女の手を、華麟はどこまでも優しくさする。

「わたくしたち、何があっても仲良くしましょうね」

華麟がどんな事態を想定して言っているのか——考えるのが、怖かった。

＊　＊　＊

栄和国《えいわ》の皇宮、皇帝の寝殿である渾天宮は、今宵も遅くまで灯《あか》りが灯《とも》っている。とはいえそれは皇帝が政務に励んでいるからではなく、寵妃を召しているからだった。

香雪の清らかな微笑を見ると、翔雲はいつも疲れが溶ける思いを味わう。

美酒美食や歌舞音曲よりも、愛する女の控えめな気遣いこそが、若くして玉座に登った彼を癒《いや》してくれるのだ。

「今日は、謝貴妃様に永陽殿にお招きいただきましたの」

「そうか。楽しかったか？」

金泥で大きく描いた双喜《そうき》の文字に、福に通じる音を持つ蝙蝠《こうもり》、多産を表す葡萄《ぶどう》――種々の吉祥の意匠に彩られた寝室に酒肴《しゅこう》を運ばせて、翔雲は香雪と寛《くつろ》いだ時間を楽しんでいた。

新参の寵妃《ちょうひ》が貴妃の殿舎に呼ばれたなどと聞けば不安もあったが、楚々《そそ》とした美貌《びぼう》に翳りは見えず、香雪の声も明るかった。だから、翔雲も笑顔で聞いていられる。

「お庭がとても素敵でした。夏が一番美しいそうですので是非また、と仰《おっしゃ》っていただけました。あの……翔雲様も、いずれお運びくださいますように」

「考えておこう」

香雪が一瞬だけ言い淀《よど》んだのは、彼が永陽殿に足を運べば、自然とその女主人のもとで夜を過ごすのだろうと考えたからだろう。あるいは、謝貴妃華麟に言わされているのか。

不安や嫉妬《しっと》を覚えているのかと思えばいじらしいし、それでも彼のために美しい景観を勧めてくれる心は嬉《うれ》しい。永陽殿を訪ねるなどほぼあり得ないと分かっていたから、謝貴妃を立てて翔雲は含みのある相槌《あいづち》を打つにとどめた。

(謝貴妃は華劇を好むのだったな……)

その一点で、華麟は彼の興味の外だった。例の選抜試験での言動を思い出せば、不快と警戒におのずと眉《まゆ》が寄る。香雪を秘華園から遠ざけていたかったというのに、結局新しい役者を後宮に受け入れることになってしまっていた。

「……役者も、一緒だったのか。あの娘はどうしている」

「はい。燦珠と星晶はすっかり仲が良くなったようでございます。舞も、見るたびに息が合っていって——見ていただくのが、とても楽しみですわ」

梨燦珠とかいう娘は怪しい動きをしていないか、という意図だったのだが。香雪は何も疑っていないのか、目を輝かせている。

(下手なことを言っては、かえって怯《おび》えさせてしまうな)

さしあたり、香雪の身に危険が迫っていないのなら、良い。翔雲はそれ以上は踏み込まず、玉の杯を干して間を持たせた。

「そうか」

短すぎる相槌に、香雪は不安を覚えたらしい。柳眉《りゅうび》が寄せられ、空いた杯を満たす間、室内には沈黙が降りる。香雪がおずおずと口を開いたのは、翔雲がもう一度酒杯を空にしてからだった。

「あの、謝貴妃様から伺いました。秘華園には感心できぬ習いがあるのだと。翔雲様は、華劇というよりも、その習いがお気に召さぬのだと推察いたしました」

「ああ……」

香雪の言は、半ば当たって半ば外れている。翔雲は、元来夢物語が性に合わない。秘華園の悪習がなかったとしても、華麟や——そして、先帝のように唱《うた》や舞に溺《おぼ》れたりなどはしない。より正確には、してはならないのだ。

(俺は、先帝とは違う。だからこそ帝位にいることができる)

父の教えと諸官の期待を噛《か》み締めれば、両肩に鉄の重りを載せられた心地がして、軽い酩酊《めいてい》の心地好《よ》さは消え失《う》せた。

皇帝とは天から国を委ねられた至尊の位、けれどその権威は民や諸官に認められてこそのもの。相応《ふさわ》しくない者が長く玉座にあることは、本来は許されないことなのだ。とはいえ、後宮に巣食う宿痾《しゅくあ》は、確かに華劇そのものではない。秘華園の腐敗は後宮のそれに繋《つな》がり、さらには外朝《がいちょう》へ、地方の政《まつりごと》へと広がっていくのだろうから。

(道理でたかが芝居に拘泥する者が多いと思った……!)

調べさせてようやく把握した事実に、翔雲は心底呆《あき》れたし慨嘆したものだ。役者への祝儀を隠れ蓑《みの》にして、皇族や名家や顕官の間で贈収賄が横行している、などと。

先帝が気付いていなかったなどということはあるまい。気付いた上で、華劇の振興に繋がるならそれで良しと放置したに違いない。

「そなたは、どう思った。過ぎた祝儀を贈られたらどうするつもりだ」

自身の快楽のために不正を見過ごすなどと皇帝にはあってはならないこと。先帝が長年にわたって犯し続けた過ちを、彼はこれから正そうとしているのだ。

「秘華園を利用して甘い汁を吸い続けたいと思う者は多い。腐敗を一掃したいとは思っているが、なかなか苦労しそうだと懸念している」

香雪は不正を良しとするような女ではないと信じている――信じたいが。何を思って切り出したのか見極めようと、翔雲は鋭く寵妃の一挙一動に目を凝らした。

試されているのを知ったのか、香雪は背筋を正した。

「燦珠とはすでに話しました。演技に相応しい代価と彼女が考えた分だけをいただいて、あとはお返ししようと思います。――そのようにしても、よろしいでしょうか」

言葉の上では問いながら、香雪は真っ直ぐに彼を見つめていた。それによって真摯《しんし》さを示そうとする姿勢は好ましかった。賂《まいない》を受け取る気はないと断言したのも。

だが、彼女の答えは翔雲を完全には満足させなかった。

「それでは、そなたが祝儀を贈った者から憎まれることになるではないか。あの娘が法外な代価を要求しないとどうして信じられる？　そもそも、役者を抱えなければ済む話ではないか？」

「翔雲様――」

立て続けに問い詰められて、香雪は困ったように微笑んだ。

（……違う。そなたに怒っているわけではないのだ）

構えなくて良い、と示すために、翔雲は卓に並んだ点心に視線をやった。食べながら話して良いのだ、と。応《こた》えて、香雪は蓮花《れんか》をかたどった酥《す》（パイ）をひと口だけ齧《かじ》る。点心に残った小さな歯型ですら愛《いと》しいと思うのに、どうも上手《うま》くいかない。

「……何もあの娘を追い出せとは言わぬ。嫁の貰《もら》い手でも探してやろうか」

香雪は優しすぎるのかもしれない、と思い立って尋ねてみる。経緯はどうあれ、迎え入れたのを拒めないとか、華麟の圧力を断り切れないとかいう事情があるのかも。ならば、こういう時こそ皇帝の権力の使い時であろうと、翔雲は考えたのだが。

「謝貴妃様曰《いわ》く、燦珠は星晶のお嫁さんなのだそうですわ。引き裂いたりしてはお叱りを受けてしまいます」

香雪は、袂《たもと》で口元を隠してくすくすと品良く笑った。菊花が蕾《つぼみ》をほころばせるような、匂い立つような美しい微笑だ。彼の言葉の何がおかしかったのか分かれば、素直に見蕩《みと》れることもできただろう。

「……女同士だろう？」

「はい、もちろん舞台の上だけの話です。けれど、本当に番《つがい》の鳳凰《ほうおう》のように美しく華やかなふたりなのです。軽やかでしなやかで——五色の翼が見えるかのようで」

うっとりと夢見るような面持ちで香雪が語るのが、どこか面白くなかった。

（人の娘が鳳凰に見えるはずがないだろう）

わけの分からないことを言うのも、役者を褒めるのも。華麟に気を遣わなければならないとしても、今は翔雲とふたりきりだというのに。

「あの子たちから歌舞を取り上げるなんて、ひどいこと。可哀想なことですわ」

あげく、香雪は聞き捨てならないことを言い出した。

「先帝が政を放棄した、その元凶が秘華園だ。芝居などがあるから裁かれるべき汚職が蔓延《はびこ》り、救われるべき民が捨て置かれた。憐《あわ》れむなら民のほうであろう」

磁器が触れ合う音が、高くうるさく鳴り響いた。その音によって、翔雲は卓に掌《てのひら》を叩《たた》きつけたのに気付く。

（俺としたことが……！）

皇帝たる者が、怒りに任せてものに当たり散らすなど。いや、何よりも香雪だ。優しくか弱い彼女を、怯えさせてしまわなかっただろうか。

恐る恐る、香雪を見ると──だが、雪を耐える菊花のように、凛《りん》と背筋を正して彼の視線を受け止めている。

「畏《おそ》れ多いことを申し上げます。お望みならばどうぞ罰してくださいますように。──仄聞《そくぶん》した限り、文宗様の御代《みよ》の時の秘華園は、良い在り方ではなかったと存じます」

香雪の言葉は、まさに彼の意に適《かな》うことだった。分かってくれているのだと、安心さえした。どうして咎《とが》めたりするだろう。

「罰したりなどしない。続けよ」

翔雲が促すと、香雪は細い顎《あご》を小さく頷《うなず》かせた。

「ですが、わたくしには華劇が悪いものとは思えません。役者たちも、わたくしが見た限りでは、ひたむきに己の技を研鑽《けんさん》する者たちでした」

「たかが芝居に研鑽だと？　書画なら極める道もあろうが、唱や舞だぞ？」

大げさな物言いに目を剥《む》く翔雲に、香雪は宥《なだ》めるように微笑んだ。

「わたくしは、妃嬪《ひひん》や皇族がた、高官までもが、誰も文宗様をお諫《いさ》めしなかったことにこそ驚きました。その方々と、役者たちと──非があるのはどちらでしょうか」

皇帝の非を諫めるのが近くに侍《はべ》る者たちの義務であることは言うまでもない。翻って、役者が皇帝に直言するなどあり得ぬこと。かえって罪にすらなり得るだろう。

（役者どもは、分を弁《わきま》え生業に励んだだけだ、と？　だが……！）

丸め込まれている気がしてならなくて、翔雲は杯に手を伸ばした。役者に、秘華園に非がない、などと考えたのは気の迷いだ。酒精で洗い流さねば、と。

「俺は――朕は、先帝とは違うのだ」

「存じております」

優しく頷きながら、香雪は翔雲の手から杯を遠ざけた。呑《の》み過ぎを案じる眼差《まなざ》しは、まるで姉か母のよう。これが彼の実母なら、皇帝に相応しからぬ振る舞いを嘆き、叱《しっ》責《せき》していただろうが――香雪はそうはしないようだから、つい、子供っぽく言い張ってしまう。

「口先だけでは足りぬ。行動で示さねばならぬ。秘華園に甘い顔を見せては――」

「とはいえ、至尊の地位にいらっしゃる御方の御心を慰めることは、必要かと存じます。例えば、成宗様は格別に華劇をお好みではなかったはずです」

香雪が挙げたのは、秘華園を開いた仁宗の次の皇帝だ。翔雲にとっては祖父になる。先帝と違って名君と讃《たた》えられ、彼も尊敬する祖父が、なぜ秘華園を廃さなかったのか、確かに疑問には思っていたのだが。

（それは、華劇に慰められたからだと……？）

まさか、と思う。そして、仮に祖父がそうだったのだとしても、彼には無用のことだ。

「香雪。慰めなら、そなたが与えてくれれば良い」

翔雲は、立ち上がると香雪を椅子の背ごと後ろから抱き締めた。恥じらうように小さく首を振る仕草によって、髪や衣装に焚《た》かれた香が芳《かぐわ》しく立ち上る。

「わたくしは、舞も唱《うた》も才がございません。ですから、燦珠を通してお仕えできれば、と思いました。燦珠の技を、政や後宮の争いに使うのは忍びないですし……。わたくしには、心正しくあること、後宮でもそのようにあれるのだと、示すことくらいしか
──」

「しか、などとは言うな。そなたの心は何より尊い」

結局のところ、誰も彼を無条件に信じてはいないのだ。何かひとつでも落ち度があれば、父はともかく官の忠誠は容易《たやす》く失われるだろう。

（だが、そなたは迷わず俺を支えてくれるのだな）

先帝とは違う、と。まだ根拠を示せない新帝に言ってくれた。先帝の後宮の非を指摘した上で、身をもってそれを正すと言ってくれた。役者の力など借りずとも、この短いやり取りで、彼は十分に癒《いや》されたのだ。

掌の動きで立つように命じ、翔雲は香雪と間近に見つめ合った。唇を重ねれば、酒精がいっそう酔いを深め、体温を高める。寝台を目で示して首を傾げれば、香雪は耳

まで真っ赤に染めながら頷いてくれる。

軽く細い身体を抱き上げて、褥《しとね》に沈めると、香雪は翔雲の背に腕を回しながら囁《ささや》いた。

「燦珠に会えて良かったと思っております。わたくしひとりでは、翔雲様を支えられたかどうか。楊奉御《ほうぎょ》にも、感謝いたしませんと……」

役者の話の続きだ。あの娘をそこまで高く買っているのか、と思うと嫉妬《しっと》の炎がちらりと胸を焦がす。だが、それよりも、香雪が挙げた役職が聞き捨てならない。

「奉御？　宦官《かんがん》か？　あの娘は宦官が手引きしていたのか？」

香雪の侍女にたまたま役者の才があったなどと、もともと信じてはいなかったが。謝貴妃はどうやら違うようだとは察したものの、梨燦珠なる娘がいったいどこからどうして現れたのかは気懸りだった。

(宦官どもも秘華園からは蜜《みつ》を吸っているはず……)

隗《かい》太監が秘華園での息抜きを執拗《しつよう》に勧めてきたのも、どうせそれが理由だろう。あるいはいずれかの貴妃の意向を受けたか。その宦官を探れば、黒幕まで辿《たど》れるかもしれない。

「は、はい。あの……娘ながらに華劇を志す者に、心当たりがあると仰《おっしゃ》ってくれて……。それで、燦珠も乗り気で来てくれたので、つい」

翔雲の表情が強張《こわば》ったのを感じてか、香雪は不安げに見上げてくる。

「翔雲様……？」

「何でもない。……悲しい顔をするな。そなたには関わりのないことだ」

だが、宦官が何を企《たくら》んでいたとしても、香雪は知らぬことだろう。彼女を信じると、翔雲はもう決めている。後宮にあっては、無条件に信じる者がいなくては息をすることさえ儘《まま》ならぬだろう。だから、あとはいかに彼女を守るか、だけだ。

そしてそれも夜が明けてからのこと。怪しい宦官の調査はひとまず忘れよう。

「そなたは何よりも誰よりも俺を安らがせてくれる。──安らがせて、くれ。何も言わずに……」

「──はい。翔雲様……」

今はただ、愛する者の温《ぬく》もりを感じて眠りたい。そう囁《ささや》くと、香雪は微笑んで彼を抱き締め、その願いを叶《かな》えてくれた。

＊　＊　＊

翔雲が日常の政務を行うのは、外朝の最奥に位置する濤佳殿《とうかでん》においてだった。皇宮の中では比較的こぢんまりとした、集中するのに向いた殿舎といえよう。

後宮の渾天宮からもさほど遠くはないのだが、秘華園に玉璽《ぎょくじ》を持ち込んだ先帝文宗の逸話を聞くに、公私で場所を使い分けるのは必要なことだろうと考えている。

一品《いっぽん》を表す仙鶴《せんかく》の補子《ほし》（記章）を誇らしく袍《ほう》の胸に縫い留めた首輔《しゅほ》（宰相）が、また新たな書簡を恭しく翔雲に差し出した。

「陛下――秘華園の華劇の会の席次でございます」

「うむ」

皇帝と首輔の関係は、宦官の長である隗太監よりは遥《はる》かにマシだ。

先帝時代から長く政《まつりごと》の中枢に携わる海千山千の曲者は、若造に大人しく使われてはくれないが、この書簡については彼を試す意図はないだろう。老いた皇太后の機嫌を取るために華劇の会に付き合わなければならない苦々しさは、お互いに共有している。

「また錚々《そうそう》たる面々だな」

あるていど聞いていたが、皇族の面々までもが列挙された紙面は眩《まばゆ》く、翔雲をうんざりさせた。皇太后が招きたがる者たちは、彼が会って楽しい相手では決してない。

「たかが芝居に大げさなものだ。これで義母上《ははうえ》も少しは収まってくださると良いが」

顔を顰《しか》めつつこぼしたのは、華劇嫌いを見せつけるためというより、偽らざる彼の本音だった。書簡を首輔に突き返すと、相手も同情を込めた面持ちで頷いた。

「残念ながら、先帝の御代ではさほど珍しい規模ではございませんでした。皇太后様がご満足なさるとしても、ほんの一時かもしれませぬ」

かように火の消えたような後宮では文宗帝に申し訳が立たぬ、と。亡夫さえ口実にして華劇を催そうとする皇太后の芝居狂いは翔雲には理解しがたい。倹約を理由に諫めると、信じ難い不孝者のように詰《なじ》られ嘆かれるのも。

芝居そのものよりも溺《おぼ》れる者やそれを諫めない者にこそ非がある、という香雪の説にも一理あるのだろう。皇太后の承認によって帝位を得た身ではあるが、あの御方さえいなければ、という黒い考えを完全に退けるのは難しい。

「我慢していただくほかないな。諸官が朕を推挙する理由を、どうお考えになったのだか」

仮にも至尊の地位に登る者のことなのだ。為人《ひととなり》や志は当然確かめるものだろうに。数多《あまた》いる皇族男子の中から彼が推挙されたのは、先帝のごとき放漫な統治を続けさせぬため。皇太后の暮らしもこれまで通りにはいかぬと、分かりそうなものだろうに。

「恐れながら推察いたしますれば、陛下は陽春《ようしゅん》皇子と同い年でいらっしゃるからかと存じます」

意味ありげに告げた首輔は、彼が知らない後宮の授業を始めるつもりのようだった。翔雲は持っていた筆を置いて、受講にあずかることにする。

強張った五指を広げれば、初春のひんやりとした風が窓から入って心地好《よ》い。後宮ほどの華美はなくとも、外朝にもどこかに梅が咲いているのだろう、芳しい香りも漂っていた。

「そのようなお若い皇子がおられたか？」

先帝の皇子たちが数を減らしていくのを、父は息を詰めて見守っていた。甥《おい》にあたる方々の悲運を嘆きつつ、それでも期待を抑えられない様子だった。だから、彼らの名や年ごろや――いつ、どのように亡くなったかについては、翔雲も把握しているはずなのだが。

(母君はどなただ……？)

いずれも皇太后と似たり寄ったりの面倒さの太妃《たいひ》たちを思い浮かべていると、首輔は声を潜めて教えてくれた。

「文宗陛下が、秘華園の役者に御手をつけられて御生まれになった御方でございます」

「ああ……」

翔雲の相槌《あいづち》には、呆《あき》れと嫌悪と納得が等分に混ざっていた。

決して感心できない上に、確実に後宮に要らぬ不和の種を撒《ま》く所業だが、いかにもありそうなことだった。

「母親に似たのでしょう、見目麗しく利発で――当時皇后であらせられた皇太后様は、いたくお気に召してお手元で養育なさっていたということでございます」

「役者腹の御子を？　それは——荒れるだろう」

実子に恵まれなかった皇太后は、その陽春皇子とやらを手元に置くことでほかの妃嬪に対抗したのか。それとも、夫の寵愛《ちょうあい》を奪った役者への意趣返しなのか。

いずれにしても、役者を代理に競わせれば妃嬪《ひひん》同士の嫉妬や諍《いさか》いが止むなどと、しょせん欺瞞《ぎまん》に過ぎなかったということだ。先帝は自らそれを証明したことになる。

「ええ。それはもう。陽春皇子に対する文宗様のご寵愛も目に余るものでございましたからな。その御方を笑わせただけで褒美が出ることもあったほどで」

「皇子、なのだよな？　公主ではなく」

傾国の美女もかくやの逸話に、翔雲は思わず首を傾げた。が、首輔は大真面目に頷《うなず》く。

「それだけ美しい御子だったそうです。文宗様が掌中の珠《たま》と隠されたために、官でお姿を知る者は少ないのですが。ですから、王に封じて皇宮から出すなどあり得ないのでは、ともっぱらの噂でございました」

二十年以上前の話だろうに、首輔の声にはいまだ深い憤りが滲《にじ》んでいた。つまり、当時の官たちはそれだけ切実に憂えたのだろう。成人した皇子が皇宮に残れば、擁立しようとする者が現れるのは必定だから、当然ではある。

「そんなことだから皇嗣が絶える事態になるのだ」

顔を顰めて吐き捨ててから――翔雲は、気付く。

皇帝となるのに母の血筋は関係ない。皇帝の血を受け継いだ御子は、その事実のみで尊いのだから。帝位を継ぎ得る御方を、今まで存在すら知らなかったのは――

「だが、その皇子は早くに亡くなったのだな？」

当然の推論だったからだろう、首輔もあっさりと頷いた。

「厳密には、行方不明、ということなのですが。十になるかならぬかの御年の時に、後宮から姿を消された、と」

「そのようなことが――いや、あり得るか」

後宮の庭園には、池や小川だけでなく、地方の絶景を模した小さな山や滝まである。数知れぬ建物の中には長く使われていないもの、手入れが行き届いていないものも多い。

十歳かそこらの子供が迷えば、誰にも気づかれることなく水底や木の葉の下に朽ち果てる悲劇も起きるだろう。助けを求める子供を無視する者がいたのかもしれないし、あるいは、そもそもその皇子は暗殺されて遺体を隠されたのかもしれない。

「痛ましいが、迂闊《うかつ》なことだ」

冷酷だとは知りつつ、翔雲は突き放した感想を漏らした。そんなに大事な美童なら、先帝も皇太后も、もっとちゃんと見ていてやれば良かっただろうに。

「まことに」

恐らく首輔も同じ意見なのだろう、相槌には万感がこもっていた。

「ともあれ、皇太后陛下は、いまだその陽春皇子の齢《よわい》を数えていらっしゃるのだとか。悲しみと愛着のあまりの深さに、墓さえ作られていないほどだと――同じ御年の陛下が玉座に登られるのも、ひとつの縁だと思《おぼ》し召《め》しになったのではないでしょうか」

首輔の授業は、ようやく翔雲の先の疑問に繋《つな》がった。

「つまりは、朕は死んだ子の代わりに帝位を得たということか」

皇太后に政への見識を期待していたわけではない。だが、単に年齢だけで選ばれたとなれば、さすがに不快に口元が歪《ゆが》んだ。

「陽春皇子が生きておられれば、と思わずにはいられぬのでしょう。何しろご遺体も見つかってはおりませんので」

だが、老練な官は穏やかな微笑を浮かべてゆるゆると首を振るだけだ。

「臣らは僥倖《ぎょうこう》であったと考えております。陽春皇子は、死をもって栄和に賢帝をもたらしてくださいました」

昔話と追従を兼ねた体で、首輔は翔雲に圧をかけたようだった。

すなわち、彼が帝位にいるのはいくつもの偶然に助けられたからに過ぎない。先帝や皇太后の自儘な振る舞いは、官たちの記憶に深く刻まれている。ゆえに心せよ、と。

(やはり、信じられていないのだな)

ささくれた気分は、翔雲に悪趣味な冗談を口にさせた。

「その御方にお会いできぬのは残念なこと。今からでも姿を見せていただきたいものだな。義母上を宥《なだ》めるには適役だったろうに」

「以前は、陽春皇子の消息を知っていると称する者も時おり現れたようですが、さすがにもう叶《かな》いますまい。もはや十五年も前のことですから――」

ふたり分の乾いた笑い声が、決裁を待つ書類の間にひそやかに響いた。

陽春皇子が生きていては困るのは、お互いに百も承知。

先帝の御子は、翔雲よりも正統な皇嗣に当たるのだから。万が一にも姿を見せようものなら、彼は玉座を降りなければならなくなってしまう。

子供の死を踏み台にして皇帝に選ばれた者と、選んだ者と。彼らは共犯者でもあるのだ。

首輔が辞去した後――書類の山をあるていど崩したところで、翔雲はある者を執務室に召し出した。
香雪に梨燦珠なる役者の娘を引き合わせたという、楊霜烈なる宦官《かんがん》だ。

本来は彼の視界に入ることさえないはずの宦官、それも奉御《ほうぎょ》なる最下級の地位にある者に直《じか》に声を掛けるなど異例中の異例のことである。皇帝自ら秩序を乱すということ、念入りに人払いをした上であっても、何となく後ろめたさを覚えずにはいられなかった。

（いや、俺は皇帝だ。何をしようと、咎《とが》める者はいないではないか）

平伏する黒衣の背を見下ろしながら、誰に対するともなしに心中で言い訳しつつ、翔雲は口を開いた。

「そなたが、楊霜烈か」

「は――」

声をかけておきながらすぐに続けないのは、彼は宦官という存在が苦手だからだ。

皇宮に入って以来、常に視界の端を蠢《うごめ》く影のような者たち。男のようでいて男の機能を失っているという歪《いびつ》さも、隗太監のように後宮や秘華園に巣食って私腹を肥やそうとする強欲さもおぞましい。

だが、香雪に良からぬことを企《たくら》んでいる可能性がある者とあっては苦手などとは言っていられない。嫌悪感を殺して、翔雲は短く告げる。

「構わぬから顔を上げよ」

「御意」

構わぬと言われても、普通は恐縮して押し問答するものだろうに。その時間が惜しいとばかりにあっさりと頭を上げた楊霜烈の顔を見て、翔雲は内心で唸《うな》った。

美しかった。

下手をすると、美姫《びき》を取り揃えたはずの彼の後宮の妃嬪たちよりも、よほど。

切れ長の目はどこまでも涼やかで、整った鼻梁《びりょう》は一分の歪みもない。肌は雪のように白く、化粧などしていないだろうに、形の良い唇がやけに紅《あか》い気がして。

男とも女ともつかない宦官の容姿は、おおむね見る者に嫌悪や不安を抱かせる類《たぐい》のものだ。このように妖《あや》しい美が成り立つのは奇跡のようなものではないだろうか。

(見目の良さゆえに宦官にさせられた、のか?)

あらかじめ調べさせたところによると、楊霜烈は十歳にして自宮——刑罰によってでなく、自らの意志によって去勢して後宮に入ったということだった。

自らの意志といっても、好き好んで宦官に堕《お》ちる者はいない。食うに困った貧しい親が我が子を売った、ということだ。皇帝や妃嬪に取り入った宦官には財を成す者もいないではないが、我が子の身体を傷つけてまで富貴を望む親の心は翔雲には理解できない。

(いずれかの権門が手駒として送り込んだ、というほうがいくらかマシだな)

遠慮ない品定めの視線を受けて、楊霜烈はそっと目を伏せた。わずかな動きで、睫《まつ》毛《げ》の濃さと長さを見せつけるのが何となく腹立たしい。

「ご龍顔《りゅうがん》を直に見ては目が潰《つぶ》れます。もう、よろしいでしょうか」

謙《へりくだ》っているようで、楊霜烈の態度には皇帝を畏《おそ》れる気配が微塵《みじん》もなかった。美しい唇が紡ぐ声も、真夏に氷を削らせたかのように涼しげで耳に心地好く、かつ平静だった。

「……うむ」

乞《こ》われて素直に頷《うなず》くのも業腹だった。が、それこそ目を痛めんばかりの眩《まばゆ》い美貌《びぼう》を長く視界に入れたくないという思いが勝った。乱れる心を鎮めるため、翔雲は深く呼吸をした。

（しょせんは卑しい宦官だ。礼を弁《わきま》えぬのも当然、いちいち咎める必要もない）

用件はさっさと済ませるに限る、と決めて、翔雲は単刀直入に切り込んだ。

「沈昭儀のために役者を探してくれたとか。気遣いは感心だが、女の役者などよく都合良く見つかったな？」

「まことに良い時宜でございました。食材などの買い付けに市井に下りるのも奴才等《わたくしども》の務めでございますが、市場で舞を披露する娘の噂を聞いて珍しいと思っていたところ、沈昭儀様がお悩みと伺いましたので」

すらすらと答える霜烈の言葉の真偽を判じる術《すべ》は、翔雲にはない。ただ、あからさまな破綻《はたん》がないのは認めざるを得なかった。

「その娘はなぜ大道芸のような真似を？　父親は止めなかったのか」

「父親が高名な役者とのことで、憧《あこが》れたようでございます。父のほうも、娘の才を認めて惜しんだのでございましょう」

非常識な父娘《おやこ》だな、と翔雲は内心眉《まゆ》を顰《ひそ》めた。だが、それは楊霜烈の咎ではないし、嘘だと決めつけるだけの証拠もなかった。

「そなたが——宦官が声を掛けて、すぐに後宮に上がったのか？　普通は怪しむだろうに」

「ごもっともでございます。が、秘華園のほかに女がまともに舞台に立てる場はございません。件《くだん》の娘は、後宮云々《うんぬん》というよりは単に演じる場を求めただけかと存じます」

無欲を主張したげな楊霜烈の答えが癇《かん》に障って、翔雲は一歩切り込むことにした。

「……先帝は、秘華園の役者に子を産ませたことがあると聞いたが」

「存じております」

恭しく答える霜烈の黒衣の背が、軽く緊張を帯びた気がした。

知っているなら——知らない振りをしないのなら、話は早い。翔雲の詰問は勢いづく。

「そなたが見出《みいだ》した娘を、朕が気に入ったらどうする。妃嬪《ひひん》に上れば、その娘はそなたに感謝するであろうな」

「いいえ、怨《うら》まれましょうな」

役者の娘を通して皇帝に取り入り、権勢を振るおうというのではないか。そう質《ただ》したつもりが、思いもよらぬ答えが返された。それも、無礼なほどに強く、鋭く。

「……なぜだ」

虚を衝《つ》かれて、翔雲は瞬いた。間の抜けた反問に対する答えもまた、素早く容赦がない。

「練習の時間が減るから、でございます。まして、万が一にも懐妊すれば、一年は舞うことはできませぬ。役者にとっては演じることが最大の幸せ、たとえ妃嬪の位であろうと比べようがございません」

楊霜烈の言葉は、香雪が梨燦珠を評したものとほぼ同義であることに気付いて、翔雲は密《ひそ》かに狼狽《うろた》えた。

役者とは、ひたむきに己の技を研鑽《けんさん》する者たちだ、と。

急に思い立って召したのだから、この宦官が香雪と口裏を合わせることができたはずはない。では──その娘は、本当にそう、なのだろうか。

仮にも皇帝の寵愛《ちょうあい》を迷惑なもののように語られて混乱しながら、翔雲は口を動かした。

「先帝の例は──」

「奴才などが文宗様のご宸襟《しんきん》を拝察し奉るなどと大罪とは存じますが、あえて申し上げるならば、御子によってその役者を本当に我が物にしようとなさったのであろう、と考えております」

「我が物、とは？　後宮に皇帝の所有物でないものがあるというのか」

宦官などと話をするつもりはなかったのに。好奇心に駆られて、つい、翔雲は尋ねてしまった。すると、楊霜烈は、ふ、と笑い混じりの吐息を漏らした。伏せた面が、ひどく冷ややかな笑みを浮かべるのがちらりと見える。

「役者にとっては、舞うことと唱《うた》うことと演じることがすべてです。文宗様は、その女の心に華劇以上の位置を占めたいと願われたのでございましょう」

後宮の奴婢《ぬひ》に過ぎぬ者が、先帝を嘲《あざけ》り侮蔑《ぶべつ》している。そう気付いて、翔雲は愕然《がくぜん》とした。

（何たる不敬、何たる不遜《ふそん》……！）

先帝を批判することで彼の歓心を買おう、という肚《はら》でもなさそうなのが空恐ろしいほどだった。

翔雲が絶句する間に、楊霜烈はいっそう低く、床に身体を擦りつけんばかりに平伏した。

「役者が思いのままに演じられる時間は短いものでございます。沈昭儀様をはじめ、陛下にはすでに数多《あまた》の妃嬪がおられます。お戯れで才を摘むことがなきよう──」

「才、だと？　たかが芝居に大げさな」

床に張り付いたような楊霜烈の黒い背を、翔雲は苦々しく見下ろした。

芝居の才など、惜しむほどのものとは思えない。香雪から心変わりするのか、と言わんばかりのもの言いも翔雲の癇に障った。

皇帝が不快を覚えたというだけでも、宦官《かんがん》風情を罰するには十分な理由になる。だが、彼のほうから役者に手を出すことを仄《ほの》めかしたのも事実。たとえ宦官相手でも、正当な諫言《かんげん》を容《い》れぬようでは彼に冕冠《べんかん》を戴《いただ》く資格はないだろう。

「聞きたいことは聞いた。……下がって良い」

「御意」

しかたなく退出を命じると、楊霜烈は来た時と同じく音もなく彼の前を辞した。

腰をかがめて這《は》うように移動する多くの宦官と違って、すっと背筋を伸ばしての足取りは、優雅ささえ感じられるものだった。纏《まと》うのが黒衣ではなく、補子《ほし》を帯びた官の礼服であれば、さぞ颯爽《さっそう》と威厳に満ちていただろう。

と、埒《らち》もないことを考えているのに気付いて、翔雲は慌てて首を振った。

（梨燦珠なる娘もあの宦官も、とりあえず二心はないようだ。それは、確かめられた……）

自分に言い聞かせてみても、なぜか胸は晴れなかった。懸念は完全には解けないいま、新たな疑問が浮かんだのだからいたしかたあるまい。

（……華劇とは、かように大事なものなのか……？）

梨燦珠の舞を見れば、その疑問への答えを得られるのだろうか。

四章　宝珠、闇を照らす標《しるべ》となるか

今日の練習は、燦珠《さんじゅ》ひとりきりだった。

隼瓊《しゅんけい》はほかの役者の指導があるし、星晶《せいしょう》は永陽《えいよう》殿を訪ねている。

華麟《かりん》は、燦珠を星晶のお嫁さんと認めてくださったけれど、それはそれとしてあの凜《りん》とした美貌を間近で愛《め》でたい日もあるようだ。

もちろん、主《あるじ》としては当然の権利というものだし、燦珠のほうも、ひとりで復習の時間を持てるのは願ってもない。秘華園《ひかえん》の一角、壁の一面を鏡張りにした練習場を独占できるのは、贅沢《ぜいたく》でさえあるだろう。喜燕《きえん》がいてくれたら心強いな、とは思うけれど、ほかの仕事が忙しいようだからなかなか難しい。

とにかく──準備運動で十分に身体を温めたところで、燦珠は《鳳凰比翼《ほうおうひよく》》の振付のおさらいを始めた。

「──一、二、三、四、転《まわって》、転《まわって》、跳《とんで》……」

節をつけて唱うように口ずさみながら。足を運び腕を舞わせ、爪先《つまさき》を宙に蹴《け》り上げる。鏡を見て、動きのひとつひとつの見え方を確かめながら。今日の練習着は緋色《ひいろ》の短褐《じょうげ》、回転するたびに裾《すそ》が躍る様は、同じ色の花が開くようだ。

ひとしきり踊ってみてから、燦珠は首を傾げた。

（うーん……？）

さすが、後宮にある鏡は一分の歪《ゆが》みもなく、軽く眉《まゆ》を顰《ひそ》めた彼女自身の姿と向かい合うことになる。……と、いうことは、鏡に映った動きに間違いはない。身体は思い通りに動いているし、振付もきちんと覚えている、はず。

（星晶とやった時と、終わった時の身体の向きが違うわ？　なんで？）

どこで何がずれたのか――検証すべく、もう一度、と。燦珠が最初の立ち位置に戻ろうとした時だった。水晶を打つような澄んだ涼やかな声が響いた。

「秦《しん》星晶がいないな」

鏡に映る像だけでも、燦珠の目を見開かせる眩《まばゆ》い美貌《びぼう》の主は、もちろん霜烈《そうれつ》だ。くるり、とその場で回転して声のほうへ向き直れば、本物の彼が練習場の入り口に佇《たたず》んでいる。

「え――ええ、そうね。星晶は謝《しゃ》貴妃様のところよ？」

駆け寄った燦珠と、ゆっくりと歩を進めた霜烈と。ふたりは、練習場の真ん中で鉢合わせることになった。

（宦官も秘華園に来ることがあるんだ？　何かのお使いとか？）

彼を秘華園で見るのは、そういえば選抜試験の時以来だ。これは何か大事な用があるのかもしれない。思いつくまま、燦珠は次々に問いかけた。

「あの子に用事？　それとも隼瓊老師《せんせい》？　老師も、他の子のとこだそうだけど？」

「いや、そうではなくて」

苦笑しながら、霜烈は長い指を顎《あご》にあてて、何か考える素振りを見せた。切れ長の目が軽く伏せられ、練習場を見渡す——その視線の動きだけで胸が苦しくなるような色気を漂わせるのが凄《すさ》まじい。

「そなた、今、ひとりで踊っていただろう」

ややあって、霜烈は足を踏み出しながら口を開いた。軽く腕を掲げたり、ゆっくりと身体を回転させたりしてなぞるのは、紛れもなく《鳳凰比翼》の振付だった。ごく簡単に省略した動きでも舞と分かるほど、彼の所作は優雅で洗練されて美しかった。

「こう——真っ直ぐに駆けたのでは、相手役の居場所がない。だから本来とは違う位置まで行ってしまったのだ」

霜烈が指で示したのは、先ほど燦珠が辿《たど》った経路。お手本を見た後だと、確かにいるはずの星晶を無視した動きだったとよく分かる。霜烈の美しい動きと的確な助言、その両方に対して、燦珠は感嘆の息を漏らした。

「あ——さっきのだと、星晶を突き飛ばしちゃってたわ。自分勝手はいけないわね……

……」

相手役がいる演技は、楽しいと同時に難しい。ひとりで練習する時でもそれは同じ、と。燦珠は心に刻んだ。彼女がうんうんと頷《うなず》くのを見て、霜烈も柔らかく微笑んでくれる。

「慣れないうちは、よくあることだと思う。次からは何か目印を置けば良い」

「楊奉御《ようほうぎょ》、それじゃ、星晶の代役をお願いできない？　立っているだけでも良いから！」

ふたりが言ったのは、ほぼ同時。だから、燦珠としては何も霜烈を椅子か何かの代わりに使おうと思ったわけではなかったのだけれど。

「ご、ごめんなさい。だって、動きが分かってるみたいだったから」

不躾《ぶしつけ》なおねだりに、霜烈は軽く目を瞠《みは》っている。申し訳なさに燦珠が肩を落とすと、けれど、彼は声を立てて笑った。

（嘘……この人、こんな顔もするんだ……）

氷のような美貌の人の、屈託ない笑顔を見て、目を瞠るのは今度は燦珠のほうだ。

涼やかな目が細められると、三日月のよう。自然に緩んで持ち上がった口の端が、冴《さ》え冴《ざ》えとした印象の、整い過ぎた横顔に温《ぬく》もりを添える。声も、銀の鈴に宝珠を入れて転がすかのような、澄んだ柔らかい響きがする。

笑顔ひとつで国を傾ける美姫《びき》を目の当たりにしたようで、胸がざわついて落ち着かない。なのに、霜烈は燦珠の動揺など気付かぬように、ごく軽く頷いてくれるのだ。

「見よう見まねで良ければ、務めよう。《鳳凰比翼》の、最初のところだな？」

「ええ──ありがとう！　……ねえ、《鳳凰比翼》、見たことあるのね？」

頷いて、御礼を言って、同時に立ち位置につこうとちょこまかと走る──慌ただしい動きの中、燦珠はさらに首を傾げて霜烈に尋ねた。

燦珠だって、父たちの舞台を見ていれば大まかな振付や流れを覚えたりはする。後宮に仕えて長いなら、霜烈が《鳳凰比翼》を見たことがあってもおかしくはない。

とはいえ、見よう見まねにしては、彼の動きは滑らか過ぎた気もするけれど──華劇好きなら、そんなこともできるのかどうか。

「そうだな、ずっと昔に」

「それって、隼瓊老師《せんせい》と驪珠《りじゅ》って人がやった時の？　驪珠は、そんなにすごかったの？」

伝説の先達の噂が聞けるのでは、と。食いついた燦珠に、けれど霜烈はゆるゆると首を振った。輝くような笑みは、もういつもの謎めいた微笑にとって代わられてしまっている。

「私が後宮に入ったのは、驪珠が亡くなった後だ」

「ふうん……」

《鶴鳴千年《かくめいせんねん》》だったか、驪珠の死と共に封印されたのは先帝の六十の賀の折の演目だけで、それ以外はほかの役者が演じることもあるのかもしれない。

(どんな人がやったんだろう？　比べると私はどうなのかしら？)

質問攻めにされそうな気配を察したのだろう。霜烈は苦笑しながら、ぱん、と手を叩《たた》いた。すでに身体に染みついた練習開始、の合図に、燦珠は慌てて四肢に力を込め、意識を巡らせる。いつでも、動き出せるように。

霜烈の、澄んでよく通る声が、唱う。

「一、二、三、四、転《まわって》、転《まわって》、跳《とんで》」

星晶との練習もまだ少々照れるのだけれど、霜烈の目を意識して舞うのは、また違った緊張があった。

見よう見まねの代役といった通り、彼は正確な振付で舞うわけではなかった。でも、流れはしっかり把握しているようで、星晶の動きをなぞって移動したり、燦珠と位置を入れ替えたりしてくれる。本当の相手役と違って、触れ合うことはなく、けれどぴったりと寄り添っている。これは、まるで——

(影と踊っているみたい……)

鳳凰の番《つがい》の舞というよりは、翻す翼が地上に落とす影が相手役のようだった。霜烈の黒衣と相まって、踊りながら、そんな埒《らち》もないことを考えてしまう。

ともあれ、影だろうと実体ある人間だろうと、一緒に舞う誰かを意識して舞うことの重要性はよく分かった。

「――今度は、上手《うま》くできたわ！　相手役がいるのを、忘れてはいけないのね！」

再び、ひと通りの振付をさらい終えて、先ほどとは違ってあるべき立ち位置にいるのを確かめて。燦珠は歓声を上げた。

鏡に映った彼女の姿も、両手を上げてはしゃいでいる。いっぽうの霜烈は、息も乱さずに満足そうに微笑んでいた。

「そうだな。優れた役者なら、ひとりで舞っても相手役の姿が浮かび上がるものだ」

「その域を目指さなければいけないのね。頑張らないと……！」

拳《こぶし》を握って大きく頷いてから――燦珠は、笑顔をひっこめた。

（そういえば、この人、何しに来たの……？）

突然声をかけられて、しかもそれがとても大事な助言だったから、まずは実践、とばかりに踊ってしまったのだけれど。霜烈に会ったら聞きたいことや言いたいことが、たっぷりと溜《た》まっていたのだ。

燦珠は、長身の相手に詰め寄って、精いっぱい低い声を作りながら睨《ね》め上げた。

「ね、私に何か言うこと、ない？　色々黙っていたでしょう？」

秘華園の悪習、それに利用される役者たち。ただの芝居好きでは済まない先帝の振る舞い。——わざわざ言わなくても察したのだろう、霜烈は気まずそうに目を逸《そ》らした。

「……嘘を吐かなければ良い、というものではないのは分かっている。梨詩牙《りしが》の懸念も、まことにもっともであった。騙《だま》されたと思っているのか……?」

「そういうの、要らない！　話しづらいもの」

また跪《ひざまず》こうとする霜烈を、燦珠は先手を打ってぴしゃりと止めた。唱《うた》や台詞《せりふ》の練習ではない大声で人目を引いては良くない気がしたから、外から見えづらい練習場の隅へ、彼を追い詰める。

「あのね、怒ってはいないの。後宮《ここ》に来たのを、後悔してもいない。でも、確かめさせて」

見上げる霜烈の表情は、跪いているのを見下ろした時よりも落ち着かなそうだった。やっぱり、下手《したて》に出ることでこちらを狼狽《うろた》えさせようという意図があったのかもしれない。

（そうはさせないんだから……！）

今度こそ逃がさないぞ、の圧を込めて、鋭く問う。真っ先に聞きたいのは——

「楊奉御は、秘華園を愛する、って言ってた。それは、前の天子様の時の秘華園のことじゃない、わよね……!?」

「どうしてそう思った?」

質問に質問を返されて、燦珠は少なからずむっとした。相手は本音を打ち明けてはくれないのに、彼女ばかりが心の裡《うち》をさらけ出させられている気がしてならないから。けれど、霜烈の目は真剣だった。しかも、聞かれたのは、彼女が声を大にして訴えたいところでもあった。だから、語気は少々荒くなっても、素直に答えることになってしまう。

「だって、ご祝儀の名目でお金をやり取りしていたんでしょう? それって、役者の演技の出来には拘《かか》わらず、ってことじゃない! 前の天子様が戯迷《ぎめい》(芝居オタク)だったっていうのは本当みたいだけど、まともに見てない客が大半だなんてご免だわ!」

秘華園の中では、声に出して言いづらいことだった。隼瓊や星晶だって祝儀のやり取りに関わったことがあるのだろうから。内心では快く思っていなかったのだとしたらなおのこと、新参者が軽々しく非難できることではない。

でも、燦珠はおかしい、嫌だと思った。

後宮なら女でも華劇ができると聞いて飛びついたけれど、唱《うた》って踊って演じることができれば満足、というわけにはいかないことに気付いてしまったのだ。

(芝居は、役者だけではできないんだわ。謝貴妃様や——皇太后様も、華劇がお好きだっていうけど。でも、秘華園を変えようとはお思いではないみたい……？）

燦珠は、華劇とは人を楽しませる素晴らしいものだと信じてきたのに。不正が漏れなくついてくるようでは、胸を張って演じられない。練習に励もうと思っても、心の片隅に憂いの影が蟠《わだかま》ってしまうのだ。

燦珠の強い眼差《まなざ》しと訴えを受け止めて──霜烈は、ふわりと微笑んだ。先ほど垣間《かいま》見《み》せたのと同じ種類の、作ったのではなく思わず零《こぼ》れた、という感じの綺麗《きれい》な笑みだ。

「そなたが同じ考えでいてくれて、とても嬉《うれ》しく思う」

本当に？　と問いたくなったのを、燦珠は呑《の》み込んだ。霜烈のこの表情、この言葉は、信じて良いのではないかと思う。すっかり力が入っていた肩を下げて、頷《うなず》く。

「……私も。楊奉御が本当に芝居好きの人で、良かったわ」

秘華園を利用して私腹を肥やそうという人なら、《鳳凰比翼》の振付を正確に覚えているはずがない。だから、彼は本心から燦珠に秘華園の未来を託してくれたのだ。

（でも……私に、そんなことできるのかしら）

試験の後で聞いたのよりもずっと、事態はややこしくて根深いらしい。

小娘の手に余る難題に、蟷螂《とうろう》の斧《おの》を振りかざしている気分だった。燦珠の口調は愚痴っぽくなってしまうし、沓《くつ》を履いた爪先《つまさき》が、穴を掘るように磨かれた床をつつく。

「謝貴妃様からお話を聞いて、天子様が秘華園を嫌いでも仕方ない、って思っちゃったの。香雪様は、利用する人のほうが悪いって仰ってて、それもそうだとは思うんだけど、分けて考えるのって難しいんじゃないの……？」

秘華園とその役者と、贈収賄に励む者たちと。そして、華劇そのものと市井の役者と。

皇帝の目にはみんな同じものには見えないだろうか。区別なく禁じたほうが話が早いと思ったりしないだろうか。

（私に何ができるの？　何を期待してるの？）

燦珠の心は、不安に揺れているというのに。表情にも眼差しにも、ありありと浮かんでしまっているだろうに。なのに、霜烈は力強く頷《うなず》いた。

「沈《しん》昭儀のお言葉はまことに心強い。そのような在り方を陛下が良しとされるのであれば、倣う者も増えるかもしれぬ」

「……そう？　そんなことって、あるかしら？」

香雪が清らかな心の持ち主なのは、明らかだ。でも、同じように高潔に振る舞える者は多くないだろう。華麟のように、実家の思惑もあるのだろうし。

「すべてが揃えば、あるいは」

燦珠の疑いの眼差しに、霜烈は例によって謎めいた言い回しで応じた。そうして、聞き入らなければ、という気分にさせる。

「陛下が禁じるだけでは反発もあろう。だが、ご寵愛《ちょうあい》を受ける妃嬪《ひひん》の振る舞いは後宮の手本となるものだ。さらに唱と舞と芝居とを純粋に究める役者が揃ったら、どうだ？　不正を企《たくら》む余地などなくなるのではないか？」

「ええ……そうなったら良いと、思うけど」

霜烈の美しい声が紡ぐ未来は、やはりとても美しい。あまりにも清らかで、現実味が感じられないほどだ。

燦珠が納得しきっていないのに気付いたのか、霜烈は軽く首を傾げてから、内緒話を打ち明ける口調で囁《ささや》いた。

「──実は、つい先ほどまで、濤佳殿《とうかでん》に召されていたのだ」

「とうかでん？」

「外朝の殿舎のひとつだ。今は、陛下が執務の場所として使われている」

皇帝と会っていた、と仄《ほの》めかされて、燦珠はぎょっとして一歩、退いた。尊い御方の畏《おそ》れ多い龍気《りゅうき》が、霜烈にまだ纏《まと》わりついているような気がしたのだ。

「楊奉御《ほうぎょ》って、やっぱり偉い人なの？」

恐る恐る問いかけると、霜烈は笑って首を振る。どうも、今日の彼は表情豊かだ。何か良いことでもあったのだろうか。

見蕩《みと》れるような傾国の微笑を惜しげもなく輝かせて、霜烈は悪戯《いたずら》っぽく続ける。まるで、燦珠の反応を楽しんでいるようだ。

「沈昭儀にそなたを推薦したのが私だと、お聞き及びになったらしい。そなたを利用して私利を貪《むさぼ》ろうという肚《はら》ではないかとお疑いになったようだ」

「な、何てお答えしたの……？」

「事実を、そのままに」

と、言われても、何をどう説明したのか分からない。皇帝その人から嫌疑をかけられるなんて、とてつもなく恐ろしいことだと思うのに──どうして、こんなに嬉しそうにしているのだろう。

「そなたを見出《みいだ》した経緯と、才ある役者だということ。華劇第一で、それ以外は頭にない者だということ」

「それで、信じてくださったの⁉」

「この通り、罰せられてはいない」

霜烈は軽く両手を広げてみせた。燦珠を安心させるためというより、傷ひとつないのを誇るかのような表情だった。

「気分ひとつで打ち殺させても良かったのに、な。最悪の場合の覚悟もしていたが──奴婢《ぬひ》に過ぎない者を相手に、なんと寛容でいらっしゃることか」

「……怖いこと、言わないでよ……！」

殺されるかもしれなかった、と笑顔で言われて、燦珠は思わず霜烈の袖《そで》を摑《つか》んだ。中身があって温《ぬく》もりもある――幽霊ではないと確かめて、ようやくどうにか息を吐ける。

燦珠の前髪を揺らす笑い声も、活《い》き活《い》きとして明るかった。強張《こわば》った頰に、彼の掌《てのひら》が伸びかけて――さすがに子供扱いだと思ったのか、撫《な》でることはなく引っ込められたけれど。

「私は、陛下を信じて賭《か》けたのだ。公正でいらっしゃること、身分を問わず、真摯《しんし》な言葉には耳を傾けてくださることに」

霜烈は賭けに勝ったのだ。だからこんなに声を弾ませている。それに、彼がわざわざ練習場に足を運んだ理由もこれで分かった。

(天子様は、話せば分かる方……!)

それを伝えるためだったのだ。希望を感じて、燦珠も声を弾ませ、身を乗り出した。

「役者の言葉でも？　聞いてくださるかしら」

「そなたが訴えるのは言葉によってだけではないだろう？」

そうだ、役者が何かを伝えるなら、唱《うた》や舞に乗せるのが正道というものだろう。

「そうね。口で言うより分かりやすいはずよね」

芝居の楽しさ美しさ。より高みを目指すべく、自らを鍛え上げることの喜び。役者にとってはそれがすべて。そこには、不正や私欲の入る余地なんてない。見れば、分かってもらえるはず。そうなるように、練習をしなければならない。

「ありがとう、楊奉御！　何だか、できそうな気がしてきたわ！」

標《しるべ》を見つけた、と思った。迷いが晴れて、燦珠の声に明るさが戻る。

「梨詩牙は、そなたに良い名を授けたと思う。燦然《さんぜん》と輝く、宝珠──そなた自身がいったであろう？　その眩さ《まばゆ》が、後宮を照らしてくれると良い」

言葉通り、何か眩《まぶ》しいものを見るかのように霜烈は目を細めていた。

「う、うん。私、頑張るから……！」

いつの間にか、必要以上に顔を寄せ合うことになっていたのに気付いて、燦珠は慌てて飛びのいた。

＊　＊　＊

喜燕が目を開けると、部屋の中は闇に包まれていた。

婢《げじょ》の部屋の窓など小さいから、たとえ開け放っていたとしても、月や星の灯《あか》りは頼りにならなかっただろう。

とはいえ部屋そのものも小さいから、手探りで起き出すのに何の支障もない。そもそも彼女は寝間着に着替えていなかったし、深夜に起きなければならないという緊張で寝返りも打っていなかったのだろう、触ってみた感じでは髪型も崩れていないようだった。

すぐ近くにある、何段階か広い役者の――燦珠の寝室の様子を窺《うかが》うと、しんと静まり返っている。何かと騒がしいあの娘も、さすがに眠りに就いているのだろう。

(昼間、あれだけ練習してるんだしね)

そして、夜が明ければまた早いうちから発声練習に励むのだから。

それでも、喜燕の行動を見咎《みとが》められるわけにはいかない。夜中に歩き回るだけでも不審なのに、婢ふぜいが練習場にいるところを――まして《鳳凰比翼》の振付を舞っているのを見られたら言い逃れできない。

喜燕に与えられた役割は、ふたつ。

ひとつは、燦珠の舞を間近でよく見て盗んで、代役を務められるようになっておくこと。

もうひとつは、皇太后が催す会の前に燦珠をどうにか、、、、するること。趙《ちょう》貴妃瑛月《えいげつ》以外に仕える役者の噂や、燦珠を通じて知る沈昭儀の動向を報告するのは、そのついででしかない。

同じ年ごろということで燦珠に懐かれ、練習場にもついて行けるようになったと報告したら、瑛月は喜んでいたそうだ。喜燕が上手《うま》くやっていると信じたのだろうか。

でも――

（秦星晶が、代役なんて認めると思えないけど）

肝心のことを主《あるじ》に伏せている不安と緊張に、近ごろの喜燕はほとんど常に心臓に嫌な痛みを覚えている。言わないからこそ命令が変わらないのだとは分かっていても、主の機嫌を損ねる情報を告げる勇気には、彼女にはなかった。

（あんなにぴったりの舞だもの……）

夫婦、だなんて謝貴妃の戯言《ざれごと》だとしても、星晶は燦珠のことを気に入っている。日を追うごとに番《つがい》の鳳凰は仲睦《なかむつ》まじくなっている。跳躍はより高く回転はより速く、かつ華やかに美しく。謝家が用意しているという、豪奢《ごうしゃ》極まりない衣装も必要ないほどに。

暗い廊下を歩む喜燕の視界を、鳳凰の舞の残像が照らすような思いさえ、した。あの教えを噛《か》み締めようとしても、その眩さに掻《か》き消されてしまいそうな。

教え。趙家の師が言っていた――役者同士は仇同士《かたき》。

（でも、真理でしょ？　燦珠は娘役で星晶は男役で、だから利用し合えるだけ……！）

新参者で立場の弱い沈昭儀に、皇帝の寵妃を取り込みたい謝貴妃。それぞれの主の思惑もあるだろう。

誰もが打算で動いているだけ。その、はずだ。そうでなければならない。役者同士は常に、隙あらばより良い役を得ようと競い合い争い合うものだ。

(でなかったら、私――)

喜燕はすでに、一緒に育った玲雀《れいじゃく》を陥れたのに。今も、燦珠を出し抜こうとしているのに。互いに高め合う関係があり得るのだとしたら、彼女だけが特別に薄汚く卑怯《ひきょう》な存在だということになってしまう。

耐え難い恐怖が喉《のど》からせり上がり、声となって喜燕の唇からこぼれ出た。

「役者同士は仇同士……」

夜風に紛れるていどの、ごくささやかな呟《つぶや》きのはずだったのに、けれどなぜか反応が返って来た。

「誰? 誰かいるの⁉」

「あ――」

自身の存在に気付かれたこと、不穏な言葉を聞かれたかもしれないこと――そして、誰何《すいか》してきた声が、昼間、嫌と言うほど聞いた娘の高い声だということ。

いくつもの驚きに頭を殴られて、喜燕が立ち竦《すく》む間に、声の主は軽やかな足取りで彼女に駆け寄った。いつもの練習着、薄桃色の短褐《じょうげ》を纏《まと》った、梨燦珠だ。

「びっくりした! 喜燕じゃない! 私、幽霊かと思っちゃった!」

間近に耳に刺さる燦珠の声によって、喜燕はどうにか気を取り直すことができた。考え込みながら歩いているうちに、彼女は練習場に辿《たど》り着いていたらしい。誰にも見られぬ時間を選んだつもりが、なぜか先客がいたのだ。瞬《まばた》きすれば、燦珠が灯《とも》したらしい灯りが目を刺すのに、それにも気付かないほど、喜燕は暗い考えに取り憑《つ》かれていたのか。

「後宮には怪談話ってあるのかしら。絶対あるよね、まだ知らなくて良かった──」

……それにしても、普通の人間は寝静まる真夜中だというのに、燦珠の声は舞台の上で唱《うた》う時のようによく通る。

「……声」

「あ──そうね、怒られちゃうわよね」

低くぼそりと窘《たしな》めると、燦珠は慌てたように両手で口を塞《ふさ》いだ。たぶんもう遅い。けれど、いまだ誰も叱責《しっせき》しに来る気配がないということは、燦珠の声によって起こされた者はいなかったのだろう。

溜息《ためいき》を堪《こら》えて、喜燕は次々と湧く疑問を相手にぶつけることにした。婢としての言葉遣いや態度を保つ気力は、今は持てそうにない。

「……なんで？」

「眠れなかったから。練習しようと思って」

「……気付かなかった」

「起こしちゃ悪いと思ったから……窓の側から木を伝って出て来たの」

それは、燦珠の鍛えた肉体ならそれくらい簡単なことだろう。喜燕が目を覚まさなかったのも、それほどの失態ではないのかも。でも、問題はそこではなくて――

(そこまでして練習⁉)

驚きが収まると、湧き上がってくるのは呆《あき》れと不審だった。やる気とか熱意とかいう域を超えて、寝ても覚めても――文字通りに！　――練習というのは、ちょっとおかしい。

奇妙なものを見る目で見られていることに気付いたのだろうか、燦珠は恥ずかしそうに頬を両手で包み込んだ。一応、変なことをしているという自覚はあるらしい。

「ほら、あの、天子様の前で踊るわけじゃない？　華劇がお嫌いだっていう！」

「うん」

声が大きくなりかけているのを、改めて注意すべきかどうか――迷う間に、燦珠の勝気さと愛らしさが同居する顔が、喜燕の目の前に迫っていた。

「でも、唱《うた》も舞も良いものよ。そうでしょう？　天子様はどうも華劇を食わず嫌いしいのよね。香雪様は、芝居でお疲れを忘れていただきたいって仰《おつしや》るし……良い演技をお見せすれば、きっと意外と美味《おい》しいって思ってくださると思うの！」

長々と説明してくれたけれど、喜燕の感想は大筋では変わらなかった。

（やっぱりこの子はちょっとおかしい）

後宮に漂う不穏な緊張感を、察していないはずはないだろうに。

先帝以来の贈収賄の悪習を一掃したい今上帝は、秘華園そのものを廃するつもりだと、もっぱらの噂だ。いっぽう、瑛月やその実家を始めとして、秘華園を存続させたい者たちは、何か企《たくら》んでいる気配がしている。

皇帝が思い切った処分に踏み切るのと、瑛月たちの企みが実行に移されるのと、いったいどちらが早いだろう。

役者としては、陰謀の成功を願ったほうが良いのかもしれない、とさえ喜燕は密《ひそ》かに考えている。そうなれば、祝儀を名目にした贈収賄の習いが残る代わり、役者はこれまで通り演じることが許されるだろうから。

でも、その場合は皇帝はますます秘華園を、華劇そのものを憎むだろう。皇帝が華劇を好きになってくれれば、なんて。そんな都合の良いことが起きるとは思えない。

「……すごい自信」

思わず率直に呟くと、燦珠は照れたように笑った。

「自信がないから練習してるの。でも、天子様は公正な方だっていうから。華劇は悪いものじゃないって、お伝えできる演技にしたくて。――偉そうなのは、分かってるんだけど！」

皇帝が公正、というのは沈昭儀の評だろうか。それは、いかにも清楚《せいそ》で聡明《そうめい》なあの貴婦人に対しては、皇帝も多少は甘くなるのかもしれないけれど。

（役者が皇帝と話す機会なんてあるわけない。唱と舞だけで伝わるとでも思ってるの？）

深まる疑問を、喜燕が口にすることはできなかった。別に相手を傷つけまいとしたからではない。燦珠が、目をきらきらと輝かせて彼女の顔を覗《のぞ》き込んできたからだ。

「喜燕は、どうしたの？　私が出て来たのに気付いたんじゃないのね……？」

「それは」

ごくさりげない問いかけは、けれど喜燕の胸に深く鋭く突き刺さる。

喜燕が起き出したのは、目で見て盗んだ振付を、身体にも覚えさせるためだった。

「私、は」

正直に明かすことなんて、できるはずもない。意味もなく練習場を見渡すと、灯《あか》りが照らさない部分の闇が深く、濃かった。立ち竦んでいると、底知れぬ深みに引きずり込まれそうな思いさえする。

玲雀がどこからか手を伸ばして、彼女も、転ばせるのではないか——そんな妄想さえ浮かびかけていたから、燦珠に手を取られた時、喜燕は危うく悲鳴を上げかけた。

「じゃあ、私の練習を見て、感想を教えてくれない？　星晶が、見えるかどうか！」

「え？」

後ろめたい思いを抱える者の目に、一点の曇りもない笑顔はなんと眩《まぶ》しいことか。

(何なのよ、この子……！)

そして相変わらず、燦珠の言うことはわけが分からない。何がじゃあ、なのか。どうして答えがないのに問い質《ただ》さないのか。この場に星晶はいないのに、何を言っているのか。

「見えるかどうか、って？」

「私、人と踊ったことがなかったの。だから気を抜くと、相手役の居場所がなくなっちゃって。優れた役者なら、ひとりで踊っていても相手役が見えるって言われたから……」

薄明りの中に浮かび上がる燦珠の頰はほんのりと赤く染まっているようにも見えた。まるで──一緒に練習する相手が現れて嬉《うれ》しい、とでもいうかのような。深夜にこそこそしていた者に見せる表情ではない。

(そっか、私には玲雀がいたけど──)

役者候補の少女たちと一緒に育てられた喜燕にとっては、燦珠の懸念は無用のものだった。秘華園で演じることを想定して、組まされることも多かったからだ。……喜燕は、対になるはずの相手を陥れたのだけれど。

選抜試験の時、実に嬉しそうに話しかけてきた燦珠を思い出すと、喜燕の胸はどす黒い蛇に締め付けられるように痛んだ。仲間がいることは、必ずしも素晴らしく楽しいことではない。この娘も早く思い知れば良いと思うのに。

「……代役、やる？」

気付けば、喜燕の口は勝手に動いていた。

「え——できるの⁉」

しまった、と思っても、もう遅い。燦珠はぱっと顔を輝かせて満面の笑みを浮かべている。目が潰《つぶ》れそうな明るい笑顔だ。名前の通り、この娘はとても眩しいのだ。

「……見よう見真似で良いなら、動いてみる、けど」

口を滑らせた上に、余計なことを続けて言ってしまったのは、燦珠の明るさで頭がおかしくなったからだろう。別に、友だちごっこをするつもりではなかった。

「ほんと⁉　すごい、ありがとう！　秘華園の人って覚えが良い人ばかりね！」

だから、喜燕の手を取ってはしゃぐ燦珠に笑い返すことなんてできなかった。

礼を言う必要なんてないのだ。下心があってのことなのだから。馴《な》れ馴《な》れしく手を握らないで欲しい。その指は羽根や翼や雲や風を表すためにこそあるのだろうから。

(近くで見たほうがよく盗めるから。それだけだから)

どうして燦珠の舞の練習ではなく、男役の星晶の振付をなぞることになったのだろう。自分でも分からないまま、喜燕はそれこそ飛ぶように軽やかに立ち位置につく燦珠を見て目を細めた。

練習場の暗さは変わらないのに、どうして彼女の手足や首筋だけが光を纏《まと》って浮かび上がって見えるのだろう。内から自ら輝くような眩しさは、いったいどこから来るのだろう。

「――じゃあ、最初からね？　一、二、三、四、転《まわって》、転《まわって》、跳《とんで》！」

ふたりの動きを揃えるための節回しは、喜燕もとうに耳で覚えている。歌うような節に合わせて、自然、彼女の手足も動いていた。

燕《ツバメ》なんかが、鳳凰《ほうおう》の舞を真似ても良いのかどうか――でも、喜燕の四肢は待ちわびたかのように回り、跳び、翼を模してしなる。

久しぶりのことだから、ぜんぜん、まったく、思うようには動けていないけれど。それでも、胸が弾んだ。今の今まで彼女は生きていなかったかのように、手足の指の先にまで血が巡るのが、分かる。

そうして、気付く。

瑛月の前で平伏していた時からずっと、喜燕は踊りたくてしかたなかったのだ。一度動き出すと、怪しまれるかも、なんて考える余裕はなかった。燦珠の技を盗もうと目を光らせる気も起きない。ただ、頭に焼き付いた星晶の動きをなぞるのに夢中だった。

手足の長さも背丈も違う相手がお手本だから、思うように踊れないのがもどかしい。でも、天高く舞う鳳凰に取り残されぬよう、ちっぽけな翼でも精いっぱい羽ばたかなくては。

必死に踊る喜燕の、弾《はじ》けそうな心臓のことなど知らないのだろう、燦珠が笑った。そうだ、この娘は、楽しそうに踊るのだった。一緒に舞っていると、その笑顔が作ったものでないのも、分かる。たとえ薄闇の中でも。この娘は、動作のひとつ、呼吸のひとつにいたるまで、すべて心から楽しんでいる。

「喜燕の跳躍も綺麗《きれい》ね！　試験の時から、どう舞うのか気になってたのよ！」

わけの分からない衝動が込み上げて、喜燕の目に映る燦珠の姿が歪《ゆが》んだ。

この娘は、もっと用心深くなるべきだ。どうして婢《げじょ》ふぜいが振付をこうもはっきりと覚えているのか、怪しむべきだ。

そして、怪しい者は遠ざけるなり叱るなりしなければならない。ぜったいに、決して、喜燕を褒めている場合ではないのに。

(私――この子を、本当に？　でも、玲雀には……！)

燦珠の輝きに、見蕩《みと》れることができれば良かった。彼女の無邪気な明るさは、喜燕の心までも照らし、闇を払ってくれるのだと。そう、信じることができれば。

でも、そんなことは許されない。燦珠の舞がいかに見事でも、彼女と舞うのがどれほど楽しくても。玲雀を思うと、喜びなんて感じてはいけないのではないかと思う。燦珠が高く飛翔《ひしょう》するほど、自身はどこまでも墜《お》ちるべきなのではないか、と。

楽しさと恐ろしさと、喜びと不安と罪悪感と。

相反する感情に心を引き裂かれながらも、喜燕は舞い続ける。また跳んで──回った拍子に、喜燕の目から雫《しずく》が零《こぼ》れて宙に飛んだ。

真珠の粒よりも小さなその雫の密《ひそ》やかな煌《きら》めきが、目に残ってしかたなかった。

＊＊＊

皇太后主催の華劇の宴《うたげ》を明日《あした》に控えて、秘華園は慌ただしい。燦珠には何もできないまま──それどころか、夜の練習に付き合ううちに、とうとうここまで来てしまった。

役者たちが最後の練習や衣装の確認に余念がないのはもちろんのこと、喜燕たち婢や宦官《かんがん》も、蟻のようにちょこまかと建物や庭園の間を行き来している。

砂糖の欠片《かけら》の代わりに彼ら彼女らが運ぶのは、明日の宴席に使う茶器や食器や、贅《ぜい》を凝らした酒や食材。それに、舞台に使う小道具や大道具、背景の幕などだ。明日の会場となる祥寿殿《しょうじゅ》は比較的控えめな大きさの殿舎だ。演目も大規模な物語ではなく、歌舞や長編の場面を切り取ったものが中心となる。

とはいえ、下々の仕事が楽ということでは決してない。緞子《どんす》の生地に緻密《ちみつ》な刺繍《ししゅう》で背景を描いた幕などはそれなりに重く、担ぐ宦官は額に汗して息を弾ませたりしている。喜燕も似たり寄ったりの有り様だった。

磁器の花瓶を抱えて廊下を進む喜燕の袖《そで》に、何かの重みが加わった。婢らしく伏せていた目を一瞬だけ上げてみれば、同輩の婢がすれ違いざまに鋭い流し目を寄こす。

(趙家の、か……)

趙貴妃瑛月も秘華園に役者を抱えている。つまりはそれだけ手の者も入り込んでいるということだ。

いったい何を怠けているのか、という叱責《しっせき》の文だろうか。

ただでさえ視界を塞《ふさ》ぐ、大きな花瓶の重さが増した気がした。手を滑らせたりしないよう、喜燕は慎重に高価な磁器を抱え直した。

大規模な宴席を前にした熱気や慌ただしさに駆られて奔走した後、喜燕は小走りで燦珠の部屋へと戻った。放っておくとあの娘はいつまでも練習して休むことを知らないのだ。

（明日は大事な日なのに……！）

違う。喜燕は燦珠を踊らせてはならないのに。どうして、あの娘を案じるようなことを考えてしまったのか。頭がぐちゃぐちゃになっていた喜燕は、扉を開けた瞬間、さらに目と耳に刺さるきらきらとした刺激に頭を揺さぶられた。

「あ、喜燕！」

本番を前にして、いつもより高く弾んだ燦珠の声が響く。そして、喜燕の目を眩《くら》ませたのは、燦珠が纏う衣装だった。鳳凰を象《かたど》った、この上なく輝かしく華やかで煌びやかな。

「星晶とね、衣装を着て合わせてたの。結構重くて大変だけど——綺麗でしょ？」

翼をはばたかせるように、燦珠は腕を広げてくるくると回る。すると、室内に太陽が現れたかのような輝きが振り撒《ま》かれた。

喜燕は、その輝きの細部まで見極めようと目を凝らす。単に豪華なだけでなく、舞った時にもっとも美しく見えるように計算し尽くされたその衣装を。

生地の色は、鮮やかな紅。ただし、身頃にも袖にも金や銀や青や黄に染めた羽根飾りが施されているから、ひと目見た時の印象は何色というより、とにかく眩《まぶ》しい、というものだ。五色《ごしき》の絢爛《けんらん》な羽根を纏うという鳳凰が、地上に舞い降りたかのように。

羽根飾りの先は生地に縫い留められてはおらず、舞手の動きに合わせて揺れるようになっている。それによって華奢《きゃしゃ》な燦珠の身体はひと回りもふた回りも大きく見えるし、羽根飾りが踊ると地の紅が覗《のぞ》いて一瞬ごとに目まぐるしく色が移り変わるように見えるのだ。

「ええ……とても綺麗……」

極彩色の虹《にじ》を纏うかのような衣装に、喜燕の唇から純粋な感嘆の溜息《ためいき》が漏れた。

「でしょう!? 喜燕にも見て欲しくて待ってたの」

違う者が言えば、鼻持ちならない自慢になりかねない。でも、燦珠だと嫌みに聞こえないから不思議なものだ。

この娘にとっては、きっと、美しいものは常に美しく、楽しいものは常に楽しいのだ。

言葉にも裏も表もないのが分かるから、悪く取る気にはなれない。ただ——とてつもなく眩しすぎて、後ろ暗い企《たくら》みを抱えた喜燕には、真っ直ぐに見るのが難しい。たとえ鳳凰《ほうおう》の衣装を纏《まと》っていなかったとしても、同じだっただろう。燦珠の笑顔そのものが、彼女には目を焼く太陽に見える。

(私なんかが見ても良いの……?)

婥らしく、そしてさりげなく、目を伏せようとしたのだけれど。燦珠はそんなことを許してくれない。きらきらと輝く目が、喜燕を間近に覗き込んで笑っている。

「ねえ、明日は、私の楽屋にいてくれない？　着替えとか化粧とか、手伝って欲しいの」

「婢にはそれぞれ役目がありますから、私の一存では、何とも……」

役者付きの婢といっても、それは日常でのことだ。宴を控えて、すでに目が回るような忙しさだというのに、当日になればさらに仕事が増えるのは間違いない。それに
——

（私は、あんたの傍にいたくないのに）

否、彼女の思いだけで言えば、燦珠についていたい。ただでさえ花咲くような華やかな笑顔のこの娘が、衣装と化粧を纏ってどれだけ化けるのか見てみたい。

でも、それは同時に、瑛月の命令を実行する機会ができてしまうということだ。

役者同士は仇《かたき》同士、秘華園では十分に注意しなければならないのに。なのに、燦珠は喜燕の悪意など欠片も疑っていないのだ。

「喜燕さえ良ければ——えっと、余計なお世話でなかったら、隼瓊老師《せんせい》に頼んでみようかな、って。……手伝ってもらったから見てもらいたいし、喜燕もほかの人たちの演技も見たいんじゃないかと、思ったから」

あの夜の後も、燦珠とは密かな練習を続けていた。それぞれ昼間の仕事と練習もあ

るから毎晩のように、とはいかなかったけれど。

その時にはうっかり言葉遣いが親しげなものになってしまっていた自覚は、ある。燦珠が、珍しくも人の顔色を窺《うかが》うような気配があるのは、きっと少ししょげているのだ。今の彼女の態度がよそよそしいとでも思っているのだろう。

(どうして、そんなこと言うの)

喜燕にとって、都合の良い状況になってしまうのだとも知らないで。

務めが忙しいから何もできませんでした、と瑛月に言えたら良かったのに。燦珠の気配りのせいで逃げ道が塞がれてしまう。

(見たい。見たいよ。ほかの誰よりも、燦珠《あんた》の舞を)

友を、間近で応援したい。主《あるじ》の命令を遂行したい。同時に叶《かな》えることなどできないのに、どちらを望んでいるのか分からないまま、喜燕の唇は自身の意思に関係なく勝手に返事をしていた。

「……とても嬉《うれ》しいお心遣いです。ありがとうございます」

「ううん！　私が安心したいだけだから。じゃあ、明日もよろしくね⁉」

正面から見なくても、燦珠が顔を輝かせて笑ったのが伝わってきた。

太陽が雲間から現れたのを確かめるのに、空を見上げる必要がないくらいに当然のこと。太陽は眩しくて暖かくて——でも、喜燕の心を照らすにはまだ足りないのだ。

衣装を、頭飾《とうしょく》（被《かぶ》り物）や化粧道具と一緒に箱に収めてから、喜燕は燦珠を寝かしつけた。新年を前にした子供のように、頬を染めて目をぱっちりとさせて、大人しく寝付きそうになかったから。

とはいえ、寝不足は禁物なのは承知しているのだろう、寝台に向かわせるのに苦労はなかったし、今宵《こよい》はさすがに練習に抜け出すことはないはずだ。たぶん。

喜燕の袖に投げ込まれた文は、そのころには鉛の重石《おもし》を持ち歩いていたかのように彼女を疲弊させていた。自室に戻ってやっと取り出してみれば、いかにも貴妃が使いそうな、上質の薄い紙片でしかなかったのに。

そこに記されていたのは、流れるような美しい筆跡で、ただ一文。

——余興を楽しみにしている。

紙を広げると何かの粉末の包みまで入っていた。それを握りしめて、喜燕は荒く乱れる呼吸を宥《なだ》めようとした。瑛月も業を煮やしているのだろう。思い切れないならこれを使え、とでも言いたげだった。

（余興、だなんて……！）

役者やその主を陥れるための卑怯《ひきょう》な手を、演目のひとつのように言うなんて。許せない、と思うと同時に、自分にそんなことを言う権利があるのか、と心の中の影が囁《ささや》く。影を追い払おうとすれば、それは玲雀の恨めしげな姿をしていて——捕らえられるしかないと、喜燕は悟るのだ。

瑛月からの文を火に投じれば、瞬く間に黒く捩《ねじ》れて灰になった。自身もそうなりたいと、火に誘われる虫のように炎の危うい揺らめきを見つめながら、喜燕は思う。

彼女の裏切りを知ったら、燦珠はどんな顔をすることだろう。

＊　＊　＊

華劇の会が催される当日、朝早く——祥寿殿への道すがら、木の陰に佇《たたず》む黒衣の人影を見つけて、燦珠は飛び跳ねた。その勢いのまま、軽やかにその人影の傍に走る。

恐らくは貴人が風光明媚《ふうこうめいび》を愉《たの》しめるよう、時には歌舞や芝居の背景としても利用できるよう、秘華園の道は曲がりくねり、歩むごとに景観を変える。

そんな美しく不可思議な一角には、霜烈の白皙《はくせき》の美貌《びぼう》が実によく映えた。纏うのが、刺繡《ししゆう》も鮮やかな袍《ほう》ならより良かったかもしれないけれど、黒一色もすっきりしていてこれはこれで良い。

とにかくも、彼に会うのは先日、助言をもらって以来だ。犬が尻尾《しっぽ》を振る勢いで、燦珠は霜烈の顔を見上げて笑いかけた。

「楊奉御《ほうぎょ》！　今日は見てくれるのね⁉」

「隼瓊老師《せんせい》に言われれば否とは言えぬからな」

喜燕を雑用から引き離す件と同時に、燦珠は霜烈についても隼瓊に頼んでいたのだ。婢《げじょ》と同じく、宦官《かんがん》もこういう席では忙しいものかもしれないと思ったからだ。

「やっぱり！　頼んでみて正解ね！」

隼瓊と霜烈の間には浅からぬ縁がありそうだし、隼瓊も当然翠牡丹《ツイムータン》を持っているから、どうにでも連絡が取れそうだし。

（とても良いことを教えてもらったもの。本番の出来を見てもらわないとね！）

《鳳凰比翼》の仕上がりも、燦珠たちの舞を、皇帝がどう捉《とら》えてくれるかも。どちらも、同じ場の空気を感じながら、見届けて欲しかった。

隼瓊からは、霜烈は快諾してくれた、とは聞いていた。

それでも実際に顔を見るまでは半信半疑だったから、燦珠はようやくはしゃぐことができる。隼瓊と霜烈の関係はいずれ知りたいとは思うけれど、今は謎めいたこの男を動かす手段があると分かっただけでも十分だ。それに、彼のほうでも燦珠のことを少しは気にしてくれているらしい。

「本当は、お仕事があるのかしら？　良くないことかもしれないけど、でも、見てほしかったのよね……」

「本当に問題があるならば老師《せんせい》も請け合ったりはなさらない。そなたの《鳳凰比翼》の時だけ、目立たぬように持ち場を離れようと思う」

「そう？　そうできるなら良かった……！」

この美貌と長身で、目立たないように、なんてできるのかどうか。

ものすごく疑問ではあったけれど、燦珠はひとまず安堵《あんど》した。彼女よりずっと後宮に詳しいはずの彼が言うならできる、ということなのだろう。

燦珠だって、役者の特権を利用するのが良くないことくらいは承知している。贔屓《ひいき》とか特別扱いも不正のうちに入るのだろうから。それでも霜烈は彼女にとって特別な存在だった。どうしても舞を見て欲しいし――伝えておきたいことも、ある。

燦珠は、背伸びをすると霜烈の耳元に唇を寄せた。先日とは逆に、彼女のほうからとっておきの情報を聞かせてあげるのだ。

「私は、今日は思い切り楽しんで演技するつもり。唱《うた》も舞も心から笑って演じ切るわ。楽しみながら、一番見事に踊るのよ。自信があるの……！」

隼瓊の厳しい指導。星晶に相応《ふさわ》しい相手役であろうと思うと、練習には熱が入った。喜燕も陰に陽に助けてくれたし、霜烈からの助言もある。

彼女の鳳凰の舞は、これ以上の出来は望めない、という水準に達している。必ずや、皇帝にも思いは通じることだろう。否、伝えなければならない。

まだ眩《まばゆ》い衣装は纏《まと》っていないけれど、簡素な短褐姿《じようげ》で、燦珠は両腕を広げて回ってみせた。《鳳凰比翼》の振付の一指《ひとさ》しだ。

千里を翔《か》ける翼が、秘華園に垂れ込める暗雲を払うと良い。雲間から差す光が、呼吸を照らしてくれれば——それこそが、彼女が今日踊ることの意味になるはずだ。

「誰よりも見事に——天子様が華劇を見直すくらい。唱も舞も楽しいもの——楽しいだけのものだって、寵愛《ちようあい》争いや政《まつりごと》や、まして不正には関係ないんだって、分かっていただくの。役者とはどういうものなのか、私が教えて差し上げるのよ！」

皇帝だけではない、時おり浮かない顔を見せる喜燕も、燦珠の動向に目を光らせては陰口に余念がないほかの役者たちも。思い出せば良いのだ。無心に舞うことの楽しさを。

（やることが増えるばっかりで、大変なんだから、もう！）

最初は、自分のためだけだった。女の身で舞台に立ちたい一心だけ。後宮に入ってみれば、香雪のため、という理由が加わった。

皇帝の華劇嫌いは、父も含めた市井の役者にも影響があるかもしれない。さらには秘華園に関する不正に、役者たちの楽しくなさそうな顔！

どれも、見たり知ったりしてしまえば放っておけないことばかり。小娘ひとりが簡単にどうにかできることではないのも、確かなのだけれど——

「私がやるってことが、大事なんじゃないかと思うの。だって、これで天子様に認めていただけたら、市井でも女が演じて良くなるんじゃない⁉」

そう気付いて、自分に言い聞かせることで、燦珠は自らを奮い立たせたのだ。

今の秘華園、ひいては後宮は、まあ乱れていると言って良いだろう。それを正すのに女の役者が一役買ったとなれば、もう縁起が悪いとかなんとか言われないはずだ。

「そなた──」

どうだ、と胸を張る燦珠に、霜烈はひと言だけ漏《も》らして絶句してしまった。

彼は、人気《ひとけ》の少ない場所を選んで姿を見せたのだろう。前後を行く者の姿も見えない一角は、仙境に近い深山さながらで、頭上には木々の枝が広がり、注ぐ光も柔らかな木漏れ日だった。

なのに、霜烈はなぜか眩《まぶ》しいものを見るかのように目を細めている。

「頼んだよりも、大それたことを企《たくら》んではいないか？」

「思いついたのは、楊奉御のお陰よ。役者なら演技で伝えるものだって、焚《た》きつけてくれたでしょう？」

燦珠の言葉を嚙《か》み締めるかのように、霜烈は瞑目《めいもく》し──そして、しみじみと、言った。

「そう……焚きつけた。だが、こうも見事に応《こた》えてくれるとは思わなかった。無茶を言っているのは、分かっているから」

どうやら燦珠は、霜烈の意表をつくことに成功したらしい。

(泣き言や恨み言を言うと思った？　不安がって怯《おび》えるとか？　お生憎様《あいにく》！)

すべてを教えないまま燦珠を秘華園に送り込んだことについて、後ろめたさを感じていたなら大間違いだ。

また大げさに跪《ひざまず》いて詫《わ》びる必要なんてない。霜烈の本心を、燦珠はもう信用している。ただ──少しくらい揶揄《からか》っても良いかもしれない。

「そのほうが私が燃えると思って焚きつけたんじゃないの？　楊奉御って雄献《ゆうけん》みたいって、ずっと思ってたのよ……！」

雄献は、華劇ではある意味人気の悪役で、狡猾《こうかつ》な宦官の役どころだ。最初は失礼だと思って口にできなかった喩《たと》えだけれど、今なら言える。

「そなたはいつも私を買いかぶるな」

ほら、奸臣《かんしん》に喩えられても怒ることなく、霜烈は穏やかな苦笑で応じた。

「今は思ってないわよ？　楊奉御は、華劇と秘華園が好きで、だから手段を選ばないだけだって分かったから。……私を見つけてくれて、声をかけてくれて本当に良かったわ」

「私も。そなたに出会えて良かった。心から感謝している」

笑い合うふたりの間を、朝の爽《さわ》やかな風が吹き抜けていった。目に映る風景は人里離れた深山のような長閑《のどか》さだけれど、風に乗って、微《かす》かに楽器の調律の調べや役者の発声練習の声も聞こえてくる。──開幕が、近づいているのだ。

霜烈と話して、気合は十分高まった。これなら、ほど良い緊張感を保ったまま、舞台に臨めるだろう。

「じゃあ、私、そろそろ行くわね。着替えと化粧があるから。できればほかの子の演技も見たいし……!」

「そうすると良い。……念のために言っておくが、出番を終えるまで食べ物と飲み物には十分注意せよ。目立つ役者はとかく妬《ねた》まれるものだ」

足を踏み出そうとしたところに、霜烈がくれた忠告はもっともなもの、けれど同時に無用のものだった。だから燦珠は笑って答える。手を振って、走り出しながら。

「ありがとう! でも、大丈夫よ。仲良くなった子に、楽屋にいてもらうから!」

＊＊＊

祥寿殿は、秘華園を創設した仁宗帝によって造られた、華劇のためだけの建物だ。

その内部は、芝居の道具を置く舞台裏や役者の楽屋を除けば、大きな空間になっている。その中心に設《しつら》えられた舞台を、客席が取り巻く、という趣向だ。

舞台の正面には、壇を設けたところに玉座が据えられていた。その高みに佇《たたず》んだ翔《しょう》雲《うん》は、絢爛《けんらん》な装飾の藻井《そうせい》（ドーム）やら舞台を飾る神獣の彫刻やらを見渡して心中に乾いた呟きを漏らした。

（懐かしくもなんともないな）

実のところ、彼は一度だけこの殿舎を訪れたことがある。先帝が存命だったころ、父に伴われて拝謁する機会があったのだ。その時は父子して壇の下に控えていたから、先帝の印象といえば、逆光に紛れた小柄な老人の影でしかない。龍袍《りゅうほう》の貴色の黄は目に眩かっただろうが、その色をもってしても威厳など感じられなかった。

『興徳王《こうとくおう》の世子か。どうせ父親のように口煩いのであろうな』

老いて掠《かす》れた声が、うんざりとした風情で降ってきたのを覚えている。

血を分けた兄弟でありながら、先帝と父は不仲だったのだ。華劇に溺《おぼ》れるな、政に向き合え、という至極真っ当な諫言《かんげん》を容《い》れる度量を、先帝は持ち合わせていなかった。

黄色の照り返しの変化によって、少年だった翔雲は知った。先帝が彼らから目を背け、舞台に向き直ったのを。

『下がって良いぞ。世事は煩わしいことが多すぎる。朕は憂いを忘れたいのだ。邪魔をするでない』

あれは、先帝の皇子たちが死に絶えた後のことだったはず。諸官は早く皇太子を立てるようにせっついていただろうし、父も何らかの内示を期待して息子を先帝に引き合わせたはず。なのにあの老人は、国家の大事から目を背け、舞台だけを見つめていた。

唖然《あぜん》とする彼を引きずるようにして、父は憤然と皇宮を後にしたものだ。

(あれが皇帝の姿などであるものか……！)

先帝の体たらくに対する怒りが沸々と湧き上がったのは後になってからのこと。あれのようになってはならぬ、という父の教えも華劇への嫌悪も、その一件があったからこそますます深く翔雲の魂に刻まれた。

そうだ、あの日は結局、先帝自慢の役者たちを見ることなく退出したのだ。なのに、即位した後になってまで華劇の席に付き合わなければならぬとは。

(まったくもって不本意な。不甲斐《ふがい》ない……！)

翔雲が歯嚙《はが》みした時のことだった。ふんわりとした女の声が、彼に呼び掛けた。

「あら——陛下？」

振り向けば、そこにいたのは、豪奢《ごうしゃ》な装いの老貴婦人だった。

白く変じてはいても豊かな髪を結い上げた髷《まげ》は、玉や真珠をちりばめた装飾と相まって細い首にはいかにも重たげだった。纏《まと》うのは、丈長くゆったりとした袖《そで》の深衣《しんい》。

ゆるやかに彼に歩み寄る足取りはなよやかで優雅そのもの、しかも玉座の眩《まばゆ》さに臆《おく》する気配はない——皇太后霓蓉《げいよう》のお出ましだった。

「ご機嫌麗しゅう存じます、義母上《はは》」

今日は公式の行事ではない後宮での催しとあって、翔雲も仰々しい袞冕《こんべん》などは着用していない。それでも最上級の敬意を表して、皇太后に恭しく礼を取った。

彼にはまだ皇后がいないため、皇太后を隣に迎えることになる。貴妃たちも来賓の皇族たちも、そして大切な香雪も、彼からは遠い下段に席を設けられている。目下、彼は独力で皇太后とつつがなく会話を成立させなければならないのだ。

好悪の情はさておき、できる限りにこやかに、敬意を込めたつもりだったのだが。

皇太后は、翔雲を見てゆったりと首を傾げた。髪に差した数多《あまた》の玉が、玲瓏《れいろう》たる音を奏でる。

「亮堅《りょうけん》様では、ないのね？　どうしてそこにいるの？」

皇太后が口にしたのは、先帝の名だ。先ほどの呼びかけは、亡き夫君を見つけたと思ったらしい。——この御方は、今がいつかを覚えていないようだ。

「義母上。私は——」

「誰なの？　叱られる前にそこから早く降りなさいな」

勝手に玉座を占める不審者扱いに、翔雲の頰は引き攣《つ》った。皇太后の侍女たちもさすがに青褪《あおざ》めて浮足立つが、皇帝の目配せを受けてどうにか口を噤《つぐ》む。

（会う度に一から説明しなければならぬのか……？）

うんざりとした呆《あき》れを隠して、翔雲は笑みを繕った。

「成宗《せいそう》陛下の第四子にして文宗《ぶんそう》陛下の弟、興徳王の子、翔雲でございます。義母上のご推挙をいただいて帝位に就きました。政務にかまけて孝養が疎《おろそ》かになり、申し訳もございません」

「ああ……」

懇切丁寧に説明されてなお、皇太后は曖昧《あいまい》な表情で呆《ほう》けた吐息を漏らすだけだった。

長年連れ添った先帝の崩御さえ忘れることもあるようだから、ましてその後継者のことなど覚えていられないのは当然といえば当然なのか。

皇太后は、翔雲から目を背けて、誰にともなく問いかけた。

「興徳王の御子は、わたくしの可愛い子と同い年だったわね……？」

本人を目の前にして、他人の噂を尋ねるような皇太后の口ぶりもまた、彼女の正気に不安を抱かせるものだった。

（例の陽春《ようしゅん》皇子とやらの話か……）

首輔《しゅほ》は、こうなることを見越して、かつて先帝と皇太后にこよなく愛されたという皇子のことを教えてくれたのだろうか。翔雲が話を合わせることができるように、と。

お陰で、過去と現在と夢と現《うつつ》が曖昧になった老女を刺激せずに相槌《あいづち》を打てる。

「そのように伺っております」

「本当に……可愛い子だったのよ。芝居が好きで、わたくしの膝《ひざ》の上でよく唱《うた》っていたわ。子供だから、まだ澄んだ綺麗《きれい》な声で。大きくなってもきっと可愛いままで、わたくしを慕ってくれたのでしょうに」

翔雲を眺めながらしみじみと宣《のたま》う皇太后は、彼は可愛くないと言いたいようだった。十かそこらの童子、それも、役者を母に持ったという陽春皇子と比べられても困る。

「畏《おそ》れながら、皇帝の本分とは唱《うた》でも芝居でもございませんから。文宗陛下から受け継いだ栄和《えいわ》の国をより富ませることこそ我が務めと心得ております」

より正確に言うならば、文宗帝が残した負債を清算し、あわよくば多少なりとも余裕を持たせた状態で次代に渡したい、ということになるが。

「そう……」

皇太后には彼の志など理解できないのだろう、品良く老いた顔は、いまだぼんやりと曇ったままだった。彼女が思い描く陽春皇子ならば、もっと養い親の機嫌を窺《うかが》って甘えるはずだったのに、ということなのだろうか。

だが、その御子はもういないのだから、我慢していただくほかはない。翔雲とて、死児を引き合いに出されて愚痴をこぼされる不快に耐えているのだから。

あるいは、そもそも皇太后に我慢などという概念はないのかもしれない。

衣装と宝飾の重みに耐えかねたように、椅子に身体を沈み込ませた老女は、性懲りもなく過去に意識をさ迷わせているようだったから。

「ねえ、わたくしのあの子はどこへ行ってしまったのかしら。そなたは知らないの？」

知るか、と。翔雲が危うく吐き捨てそうになった時——彼の眼下に華やかな袍を纏った男が平伏した。

「陛下！　お招きいただき光栄に存じます。秘華園での催しは久方ぶりですな」

「……瑞海王《ずいかい》か」

その五十絡みの男の称号を、翔雲はなるべく感情を込めずに呼んだ。

特に会いたくなかった客のひとりである。彼とは祖を同じくする皇族の一員ではあるが、それだけに皇位には野心があるだろうと容易に想像がつくからだ。この男自身は年齢が行き過ぎているとしても、その子息らは翔雲とさほど変わらないだろう。

翔雲への挨拶《あいさつ》もそこそこに、皇太后に対してもへつらう素早さを見れば、瑞海王の姿勢はおのずと知れる。

「皇太后様にもご機嫌麗しく。今日は、喜雨《きう》殿の役者が見ものでございますぞ」

「まあ、そうなの？　この前の仙狐の舞もとても良かったのよ。楽しみねえ」

趙貴妃瑛月が披露したという、煽情《せんじょう》的な演目のことだ。後宮に相応《ふさわ》しからぬ品位の舞に言及する瑞海王も、瞬時にして曇った目を覚醒《かくせい》させて破顔する皇太后も、翔雲の嫌悪を呼び起こして止まない。せめてその片方だけでも追い払うべく、翔雲は下座の一角を示した。

「趙貴妃はそなたの姻族であったな。行って、顔を見せてやると良い」

「もったいないお心遣いでございます。恐れ入ります」

瑞海王の妃《きさき》のひとりが、瑛月の母の姉妹だったはずだ。

つまりは、彼の後宮には皇族の手の者も忍び込んでいるのだ。一族揃って油断がならないのは承知しているが、さすがに今日のこの場で密談もしないだろう。

いそいそと趙貴妃の席に向かった瑞海王を目で追った翔雲の視界に、謝貴妃華麟の姿が映った。彼女は彼女で、大伯母《おおおば》の太妃《たいひ》と歓談しているようだ。その内容は、彼の想像が及ぶところではないが——華麟の姿を見て、思い出すことがある。

「——時に、義母上。永陽殿の抱えの……秦星晶なる役者をご存じでしょうか」

「ええ、ええ！　男役の、とても格好良い子よ。手足がすらりとして、本当に素敵で……今日はあの子も踊るのかしら？」

翔雲が思い出すのに一瞬の間を擁した役者の名を、皇太后は瞬時に容姿と合わせて想起したようだった。この御方の意識がいったいどこをさ迷っているのか、彼にはまったく理解できない。それは、ともかくとして。

他人の、それも年端も行かない娘の力を借りるのは大変に業腹ではあったが。翔雲も、少しだけ意趣返しのようなものがしたい気分だった。

「はい。新入りの花旦《かだん》（娘役）とふたりで舞うのだとか。相手役は、私が先日合格させたばかりなのですが、なかなか見事なものでした。ですから……その者も、楽しみにしてくださいますように」

「星晶はねえ、若いころの隼瓊に似ているの。それならその娘は驪珠の面影があるかしら。でもねえ、あれほどの舞はもう二度と、ねえ……」

皇太后の上機嫌な呟きは、翔雲にはよく分からなかったから聞き流すことにした。

老女の繰り言に付き合う代わり、彼は香雪のほうへそっと視線を送る。例の、梨燦珠なる娘を推したのは、ひとえに彼女の言葉と、試験で見せたあの娘の度胸を信じてのことだ。

（しょせんは、芝居なのだが）

役者の出来で勝ったの負けたのと感じるなどと、いかにも秘華園の風に染まったようで奇妙なことだ。気の迷いとさえ言えるかもしれぬ。

だが、それでも。試験の時の彼のように、皇太后たちが目を見開く様を見ることができれば痛快かもしれない。

舞台からは、弦楽器の調律の音や、慌ただしい衣擦《きぬず》れの音が聞こえ始めている。華劇の幕が、間もなく上がろうとしていた。

＊＊＊

喜燕は、白湯《さゆ》と軽食を載せた盆を手に、祥寿殿の廊下を急いでいた。胸元に隠した薬の包みが、冷たく重い。氷の刃が、一歩を踏み出すごとにじわじわと心臓に刺さっていくかのようだった。

（開演前だから……お腹に溜《た》まり過ぎないもののほうが良いよね？　粽子《ちまき》なら脂っぽくないし。白湯は……色や味が、目立たないと良いけど……）

出番を控えた燦珠を気遣いながら、どう薬を盛るか考えている自分に、反吐《へど》が出そうだった。やるかやらないか、いまだに決めかねているのも我ながら頭がおかしい。命令に従うなら情は捨てなければならない。情を取るなら一秒でも早く薬を処分しなければならない。

両方を選ぶことなどできないのに、未練たらしくどちらの道も残しているのだ。なんて愚かで卑怯《ひきよう》で救いようのない──

と、自分を罵《ののし》る言葉を頭に並べていた喜燕は、目の前の人影に気付くのが遅れた。出番の早い役者かその婢《げじよ》だろうか、俯《うつむ》いた視界には、早足に去っていく裙《スカート》の、翻る裾《すそ》しか見えなかった。

「危ないわね！　ぼんやりしないでよ」

刺々《とげとげ》しく耳に刺さる怒鳴り声だけを残して、喜燕を半ば突き飛ばすようにしてその女は去って行った。

「……っ、も、申し訳ございません……」

盆を庇《かば》って廊下の端に退いた喜燕の謝罪を、たぶん相手は聞かなかっただろう。婢の扱いはそんなものだ。

（ああ、もう着いてたんだ……）

ただ、おかげで燦珠の楽屋を通り過ぎないで済んだ。決断を遅らせたいあまり、どこまでも廊下を突き進もうとしていたらしい。

溜息《ためいき》を堪《こら》えて、喜燕は目的の扉を開いた。そして――眩《まばゆ》い煌《きら》めきに目を射られて、瞬いた。自分のものではないような、ひどく掠《かす》れた喘《あえ》ぎが唇から漏れる。

「うそ……」

部屋中に、色鮮やかな鳥の羽根が散らばっていた。金や銀や青や黄――まるで、五色を纏《まと》う鳳凰《ほうおう》が暴れまわったかのように。

無論、そんなことはあり得ない。

燦珠の衣装の装飾が毟《むし》り取られているのだ。昨日、完全な状態を見ている喜燕には分かる。室内に舞い散る絢爛《けんらん》な羽根の一本一本が、どれだけ細やかに丁寧に衣装に縫い留められていたのか。

喜燕はふらふらと楽屋の中へと足を踏み入れた。その動きによって、羽根がふわふわと宙に舞い踊る。虹色《にじいろ》の雪が舞い散るようで、それ自体は美しい。

でも、なんて無残で、なんて酷《ひど》い。

抱えたままだった盆を化粧台の前に置いて——衣装一式を収めていた箱を恐る恐る、開けてみる。頭飾と紅の絹の衣装は、一応は無事だった。すべてを引き裂く時間はなかったのかもしれない。

あるいは、鳳凰の翼を捥《も》いだところで良しとしたのだろうか。羽根を毟られて赤裸になった衣装では、《鳳凰比翼》は、踊れない。

（いったい誰が……!?）

喜燕の脳裏に、趙貴妃瑛月の軽やかな笑い声が響いた。

その顔を真正面から見たことさえない主人が、痺《しび》れを切らしてほかの者に命じたのか、と思いかけるけれど——すぐに違う、と首を振る。

（趙貴妃様じゃない……別の御方だ……）

鳳凰の衣装を損なっては、代役として喜燕を舞わせることができなくなってしまう。昨日薬を渡しておいて気を変えるなど、貴人の気まぐれでもさすがにあり得ないだろう。となると――

（さっきの……！）

今さらながらに気付いて、喜燕はきつく唇を嚙《か》み締めた。

彼女を突き飛ばした者の顔を、きちんと見なかったのが悔やまれた。あの役者だか婢だかは、廊下を急いでいたのではない。燦珠の楽屋で一仕事終えたところで、慌てて飛び出したところだったに違いない。

（私の、せいだ）

じわじわと、黒い絶望と後悔が、喜燕の胸を蝕《むしば》んでいく。

悪事を企《たくら》んでいるのは自分だけだと、思い込んでいた。だから、自分が動かなければ燦珠は無事なのだと、どこかで油断していたのだ。楽屋の平穏に気を配るのも、婢の役目のはずなのに。

（だって……そっちのほうが早いもの。気付くべきだった）

沈昭儀の面目を潰《つぶ》すなら、演技そのものができなくなるように仕向ければ良いのだ。燦珠に毒を盛ったり怪我をさせたりできるのは、喜燕くらいなものなのだから。ほかの妃嬪《ひひん》の手の者が狙うなら衣装のほうを、となるのは道理だった。

「喜燕、先に着いてたのね！」

呆然《ぼうぜん》と立ち尽くす喜燕の耳に、今一番聞きたくない声が届いた。燦珠の声だ。

いつも明るくて、高く軽やかに響き渡る――でも、部屋の惨状はひと目で分かってしまうだろう。そうすれば、さすがの燦珠の声も表情も、暗く翳《かげ》ってしまうだろう。

「着替えと、化粧、を……？」

燦珠の声が戸惑うように揺れて、立ち消えた。

彼女の驚きと衝撃を思って、喜燕はぎゅっと目を瞑《つぶ》る。どんなにか驚いているだろう。そして次の瞬間には嘆き、怒り、落胆していることだろう。眩《まぶ》しい太陽のような娘が、涙にくれるところなんて見たくない。

でも、燦珠のために胸を痛めながら、喜燕は心の奥底で安堵《あんど》していた。

（ああ、でも、これで――）

これなら、少なくとも燦珠は無事なのだ。

試験の時とはわけが違う。衣装なしで皇帝や皇太后の御前に出るなどあり得ない。燦珠が演じないなら、瑛月も満足してくれるかもしれない。

役を奪えなかった、薬を使えなかった喜燕は罰を受けるかもしれないけれど――でも、この娘を裏切らなくて、済む。

深呼吸して、勇気をかき集めて。そうして、喜燕はぎくしゃくとした動きで振り返った。

扉を開けたところで凍りついているであろう燦珠と、向き合うべく。どんなに白々しくても、慰めの言葉をかけなくては。

「ご、ごめん。私も今来たところで……そうしたら、こうなっていて」

震える声を紡ぎながら、喜燕はあれ、と思っていた。

彼女は燦珠を、慰めるつもりだった。肩を抱こうと、手を差し伸べてさえいた。けれど、燦珠は支えるまでもなく自分の足でしっかりと立っている。ふらついたり倒れたりする気配はない。頰も、青褪《あおざ》めるどころか紅潮している。

いつもは朗らかに笑みを湛《たた》える目が、今は吊《つ》り上がって激しい感情に燃えている。燦珠に拳《こぶし》を握らせ、唇を震わせる感情の名は――

「あの。これは……あの、私じゃ、なくて！」

燦珠は怒っている、と気付いた瞬間、喜燕の口は勝手に動いていた。問い詰められてもいないのに余計なことを、と心臓が跳ねたのは言ってしまった後のこと。おろおろと震える喜燕の耳に、ぎり、と燦珠が奥歯を噛み締める音が届いた。

「……ふ」

「燦珠!?」

燦珠の唇が綻《ほころ》び、微《かす》かに吐息が漏れた。服の上からでも腹が動いたのが見てとれた。喜燕も役者の訓練を受けているからその意味するところを知っている。

腹筋を支えに、声を大きく響かせるための前兆だ。それは、分かるのだけど――

「っざけんじゃないわよおおおぉおっ！」

脳天に突き刺さる高い声も、それが叫んだ内容も、喜燕の理解の及ぶところではなかった。間近に浴びた絶叫めいた罵声《ばせい》に、目の前に火花が散る思いでいると、慌ただしい足音がもうひとつ、楽屋に駆け込んでくる。

「燦珠!? どうしたんだ!? ──これは……！」

燦珠の雄たけびを聞きつけたのだろう、鳳凰の衣装を纏った星晶が飛び込んできたのだ。すでに顔を彩る化粧の上からでも、彼女が一瞬にして青褪めたのが分かる。そう、これが普通の反応というものだろうに。

「見ての通りよ、星晶。ほんっと、くだらないことしてくれるんだから。早く、どうするか考えましょ！」

燦珠の目に、強い光が宿っていた。普段のように、演じることへの喜びによってではなかったけれど。怒りと──それに恐らく、激しい闘志によって。こんな時でも彼女は眩い輝きを失ってはいなかった。

五章　鳳翼一閃《ほうよくいっせん》、暗雲を払う

後ろ手に扉を閉めた星晶《せいしょう》が、喜燕《きえん》に詰め寄った。

「……君がやったのか？　どこかの貴妃にでも頼まれて……？」

普段は涼やかな目は化粧によって紅《あか》く彩られ、眉《まゆ》も濃くはっきりと描かれている。だから動揺と怒りによって吊り上がった眦《まなじり》はいっそう険しく鋭く恐ろしかった。

「私、は――」

引き攣《つ》った悲鳴のような声を絞り出した喜燕を庇《かば》って、燦珠《さんじゅ》はぴしゃりと言い放った。喜燕と星晶の間に割って入ると、無残に毟《むし》られた羽根飾りがふわふわと舞う。

「いいえ！　喜燕は厨《くりや》に寄ったんでしょ。昨日も遅くまで一緒だったし、こんなご丁寧なことをやる余裕はないわ」

庇ったにもかかわらず、喜燕の顔色は変わらない。舞い散る色鮮やかな羽根の中で振り返った時の、蠟《ろう》のように真っ白な顔のままだ。だから、気付いてしまう。

「……燦珠。ごめん」

「良いの！　私だって浮かれてたんだもの！」

何に対しての謝罪なのか言わせないために、燦珠は強引に押し切った。喜燕が犯人ではないのは確かだと思う。でも、たぶん彼女はまったくの無実ではない。

喜燕は、燦珠に何かしようとしては、いたのだ。だから星晶が犯人と思い込むのも無理がないような顔をしているのだろう。

「あ、の……さっき、すれ違った人がいたんだ。顔は、見えなかったんだけど……婢《げじょ》や宦官《かんがん》に聞けば、怪しい動きをしていた奴が分かる、かも……？」

「犯人を捜しても衣装はもとに戻らない——それよりも、舞台のことよ。そろそろ始まる、のよね……!?」

犯人の情報は、もっと誇らしげに告げても良いだろうに。それこそ罪を告白するようにおどおどと訴える喜燕は見ていられなかった。

彼女の心細げで哀れな表情が、燦珠の怒りの炎に油をたっぷりと注ぐ。

喜燕がいるから大丈夫、と。霜烈《そうれつ》に笑った燦珠は甘かったのだろう。

でも、完全に間違っていたわけでもないはずだ。喜燕とは、仲良くなれていたはずだから。燦珠に対して何の情も湧いてないなら、この娘はこんなに震えて青褪めて、今にも倒れそうな有り様になるはずがない。

（喜燕はずっと悩んでた。悩ませた奴がどこかにいるのね……!?）

これまでの色々が腑《ふ》に落ちて、燦珠は唇をきつく噛《か》んだ。

試験の時の、喜燕の素っ気なさ。婢として接し始めてから見た、時に張りつめた、思い詰めたような顔。翠牡丹《ツィムータン》を見る切なげな眼差《まなざ》し。

秘華園《ひかえん》の役者が利権を生む存在なら、選考に臨む少女たちにも相応の圧がかかっていたのだろう。これまで思い至らなかったこと、これも燦珠の甘さだった。

(でも。それでも！　喜燕は私に何もしなかったわ……！)

貴妃だかの不興を買うのだろうに。従えば、翠牡丹が得られたかもしれないのに。なのに思いとどまってくれたというだけで、十分だ。燦珠が知る喜燕は、真夜中の練習に付き合ってくれる軽やかな舞手、それだけで良い。

燦珠の剣幕に、犯人捜しをしている時間はないと気付いてくれたのか、星晶はもう喜燕を責めることはしなかった。

「華麟《かりん》様にご報告を。陛下や皇太后様への執り成しを願わなければ」

でも、星晶の提案に、燦珠は首を振ることしかできない。

「役者は客席に行くものじゃないし、舞台に穴を空けるのはもってのほかよ。これは……私の油断のせいよ。そんなの、天子様たちの知ったことじゃないじゃない」

客が茶園に足を運ぶのは、舞台を見るためだけだ。贔屓《ひいき》の役者がいたとしても、無様な出来を演じればたちまち野次や罵声を浴びせられる。

ましての楽屋でのもめ事なんて、知らされても興ざめだ。役者は客に夢を見せるもの、逆に醒《さ》めさせてしまうなんて、燦珠の矜持《きょうじ》が許さない。

「信用できない役者には二度と出番は回ってこない。お客様には、何かあったなんて思わせちゃいけないのよ。何があってもね！」

秘華園の役者と高貴な客たちは距離が近いから、市井の興行よりも少しは優しい環境なのかもしれない。でも、役者としての心構えは同じはずだ。

華麟の無邪気な笑みを思い浮かべたのか、星晶も悔しげに唇を噛んだ。

「じゃあ……演目を、変えるか……？　燦珠、君ならほかにも舞えるのがあるだろう。私もできるのがあれば、隼瓊老師《しゅんけいせんせい》なら衣装を貸してくださるかもしれない」

「ええ……それができるなら……！　衣装が、あるのね!?」

今度の案は、まだ希望が持てるものだった。《鳳凰比翼《ほうおうひよく》》の練度には及ばなくても、何も演じられない醜態よりは遥《はる》かにマシだ。

手持ちの演目を考えながら燦珠が問うと、星晶も少しだけ口元を緩めて頷《うなず》いた。

「うん。定番の演目は揃ってるから──」

でも──星晶が言い終える前に、喜燕がか細い声であの、と訴えた。ふたり分の視線を浴びて、また可哀想なほどに青褪めながら、彼女は撒《ま》き散らされた羽根を見渡して、言う。

「これをやったのは——たぶん、星晶様が目当てだと思います。燦珠がいなくなれば、代役で相手役になれるから——だから、使えそうな衣装は押さえられてる、かも……」

「即席の相手、しかもこんなことをした者と踊れ、と？　馬鹿にされたものだな……！」

星晶の声が再び尖《とが》って、喜燕は打たれたように顔を伏せた。彼女を怖がらせるのはまったく本意ではないけれど——燦珠のほうも、冷静な振りで対策を考えるのは、もう限界だった。

（せっかく、考えないようにしていたのに！　それどころじゃないのに！）

怒って喚《わめ》き散らすだけ、時間の無駄だ。今は一秒でも早く、どうするか考えなければいけないのに。でも、吐き出さないと腸《はらわた》が煮えくり返って収まらないのだ。

「馬鹿にしてるわよ、まったく。私や星晶だけじゃなくて、華劇そのものを、ね！」

自分のことより衣装のことより、燦珠の逆鱗《げきりん》を掻《か》きむしるのはそこだった。ふざけるな、と。一度叫んで終わりにしようと思っていたのに、後から後から怒りの火種が湧いて出るのだ。

「後宮の外では、女が芝居をやれるのは当たり前じゃないのに。それも、こんな綺麗《きれい》な衣装や舞台に、伶人《れいじん》（楽師）まで揃って、天子様にも観てもらえるなんて！　それでやるのが足の引っ張り合いだなんて馬鹿みたい。みんな——もっと真面目に華劇をやれば良《い》いのに！」

何か言いたげに口を開閉させた喜燕は、たぶん大真面目にやっている、と言いたかったのだろう。楽しさよりも正確さを追求していた――させられていたそうだから。

でも、問題はそこではないのだ。

(秘華園《ここ》の子たちは、余計なことを考え過ぎなのよ！　唱《うた》って踊って演じて、それ以外のことばっかり！)

怒りは、けれど燦珠の闘志も掻き立ててくれた。ふつふつと、滾《たぎ》るようなやる気が腹の底から湧いてくるのが分かる。

彼女は、やはり鳳凰を舞うべきだ。舞わなくてはいけない。

芸を磨くより嫌がらせで出し抜こうとする連中を、真っ当なやり方で見返さなくては。朝、霜烈と会った時に思った通り――鳳凰の翼で、淀《よど》んだ秘華園の空気を一掃するのだ。

「ねえ、星晶。私、やってみたいことがあるの」

そうと決めれば、やることもおのずと決まって来る。

強がりではなく、自然な笑みを口に浮かべた燦珠に、星晶と喜燕がぎょっと目を瞠《みは》る――その隙に、畳みかける。

舞台の上での念(台詞《せりふ》)のように抑揚をつけて。気分はさながら、背水の陣を敷いて臨む刀馬旦《とうばだん》（女将軍役）といったところかも。決死の覚悟で、将兵を鼓舞し戦いに駆り立てるかのような。

「無理難題よ。大失敗するかもしれない。その辺の子を捕まえて相手役にしたほうが、まだマシな出来になるかも。でも、やりたい――やらなきゃいけないと、思うの」

挑発めいた、不穏な誘いだとは思う。事実、星晶は一瞬だけ怯《ひる》む気配を見せた。

でも、本当に一瞬だけ。すぐに、爽《さわ》やかで優しくて力強い――とても素敵な、格好良い笑みを返してくれる。

「無理難題をこなした君に言われると、逃げたいとはとても言えないな」

「ありがとう。……そう言ってくれたら良いなって思ってた」

相手の矜持につけこむ、ある意味卑怯《ひきょう》なもの言いだった。でも、星晶を誘い込めた。

（私ひとりじゃ、どうにもならないから……！）

了承を得たところで、燦珠は頭に浮かんだ計画を詳しく説明しようとした。

「私たちは、やっぱり《鳳凰比翼》が一番上手《うま》く踊れると思う。でも、私の衣装がこんなだから――」

けれど、彼女の言葉を遮って、銅鑼《どら》の音が轟《とどろ》いた。舞台で、最初の演目が始まったのだ。燦珠と星晶の順番が来るまで、もう一刻あるかどうかだ。時間が、ない。

燦珠は、彼女が纏《まと》うはずだった衣装をきっ、と睨《にら》んだ。赤裸になった衣と比べて、頭飾はまだ鳳凰らしい羽根飾りが残っている。――でも、彼女の計画には、邪魔だ。

「――とりあえず、頭飾《これ》の飾りも取って、早く！　やりながら説明するから！」

有無を言わせぬ彼女の声に急《せ》かされて、喜燕が弾《はじ》かれたように頭飾に手を伸ばした。

＊　＊　＊

皇帝と皇太后に供される料理は、贅《ぜい》を凝らしたものばかりだった。

魚翅《フカヒレ》の羹《あつもの》（スープ）に、甘く仕立てた燕巣《ツバメのす》の箸休《はしやす》め。豚の丸焼きや鹿の頭の煮つけなど豪快な肉料理もあれば、あんかけや蒸しものといった淡白な魚料理もある。点心の細工も、厨師《ちゅうし》の手技を凝らした精緻《せいち》なものだ。

細切りにした具を小麦の薄皮に巻いて食する春餅《チュンビン》は、皇太后の好物のようで、手ずからせっせと巻いては違うタレで味付けしている。年の割には健啖家《けんたんか》なようだ。と、翔雲《しょううん》は考えていたのだが――

「そなたも食べなさい。育ち盛りなのだから」

「……恐れ入ります」

どうやら亡き皇子の代わりにされていたのに気付いて、無の感情でよく知らない老女が巻いた春餅を口に運んだ。

先ほど陽春皇子を膝《ひざ》に乗せて云々《うんぬん》と言っていたから、きっと子供に食べさせているつもりなのだ。彼がかの皇子に似ているのか否かは、皇太后の気分によって変わるらしい。

「次は、いよいよ星晶の番ね？　相手役の花旦《かだん》（娘役）はいったいどんな娘なのかしら……！」

成人した男を子供扱いするいっぽうで、舞台を見る皇太后の目はしっかりと今を捉《とら》えているからわけが分からない。

これまでの幾つかの演目と役者について、彼女は恐らく的確な評を下していた。翔雲に興味がないだけで、謝《しゃ》貴妃華麟あたりが隣にいたなら、さぞ話が弾んでいたのだろう。

（華劇の時だけ正気でも、意味はないだろうに）

歌舞音曲の夢物語に浸るのは、彼にはやはり不健全に思えてならない。先帝に感じた怒りも嫌悪も、決して薄れることはない。

だが、次の演目だけは翔雲も心待ちにしていた。彼から合格をもぎ取った、燦珠とかいう娘も舞うのだから。皇太后はもちろんのこと、翔雲の目をも瞠《みは》らせてくれるのかどうか。

楽しみ——というか。また試してやる、という思いだった。

先の演目が終わって空いていた舞台に、京胡《きょうこ》の調べが流れ始めた。高く震える、情感のこもった京胡の音は、娘たちの軽くしなやかな舞に合う、と——それくらいは、翔雲にも分かり始めたところだった。

「やっぱり星晶は素敵ねえ」

皇太后がうっとりと呟《つぶや》いたのも道理、華麟の贔屓《ひいき》だという男役は、長身といい凜《りん》とした顔立ちといい、極めて姿の良い少年にしか見えなかった。極彩色の羽根飾りを翻して舞台の上を回り、跳ねる姿は確かに鳳凰《ほうおう》の雄大さと優美さを表している。

だが、その相手役は——

(番《つがい》の鳳凰の舞ではなかったのか……?)

明らかに装飾の少ない紅の衣を纏った娘が登場したのを見て、翔雲は無言で眉《まゆ》を寄せた。

相手役の華やかさに比べれば、燦珠という娘の衣装は羽根を毟《むし》られた鶏も同然だった。星晶に釣り合う番には、とうてい見えない。

「まあ、貧相な鳳凰ね」

「鴛鴦《おしどり》なら、雌のほうが地味だけど——ねえ?」

妃嬪《ひひん》の席から嘲《あざけ》るような囁《ささや》きが漏れたのを拾って、翔雲は香雪《こうせつ》のほうへ視線を向けた。演目の詳細を知るはずの彼女は——目が合った翔雲に、白い顔で小さく首を振った。

た。

　では、これは違うのだ。予定にないことが起きている。

（香雪への嫌がらせか……⁉）

　舞台を中断させて、ことの次第を糺《ただ》さねば。

　立ち上がろうとした翔雲は、しかし袖《そで》を強く引かれて椅子に戻された。過去に意識を囚《とら》われたままの皇太后には、皇帝さえも行儀の悪い子供にしか見えていないのだ。

「駄目でしょう、座って観ないと。――まあ、可愛い花旦だこと」

「そのようなことを言っている場合では――」

　状況を分かっていない老女の、呑気《のんき》な呟きに声を荒らげかけて――翔雲は、気付く。皇太后の言う通りだった。燦珠は、少しの怯《おび》えも躊躇《ためら》いも見せずに、嫣然《えんぜん》と微笑んで舞台に立っている。

　試験で演じた闊達《かったつ》な働き者の娘とはまた違う、しっとりとした佳人の佇《たたず》まいで。まるで、練習を重ねに重ねた自信の演目に臨むかのように堂々と――それでいて可憐《かれん》に、嫋《たお》やかに。

（……何をする気だ？）

　疑問によって躊躇ううちに、星晶――雄の鳳凰に扮《ふん》した役者が唱《うた》い始めた。謝貴妃が愛するだけのことはある、良く響く伸びやかな声だった。

一天四海我飛過了　　四方の海を旅した果てに
終于遇到我的命運　　やっと僕の番に巡り合えた
我的舞踏是只你的　　君のために この翼を捧《ささ》げよう

唱いながら、鳳凰は燦珠の——人の娘の目の前で舞う。煌びやかな羽根を見せつけるその舞は、鳥が番の気を惹《ひ》いて愛を乞《こ》う時のものだ。

美しい鳥の恋する囀《さえず》りを聞いて、人の娘は顔を上げる。目の前を過ぎる眩《まばゆ》さに目を細め、唇を綻《ほころ》ばせる——無邪気な讃嘆《さんたん》の溜息《ためいき》が、耳元に感じられるかのようだった。舞台と客席を隔てる距離を感じさせぬほど、燦珠の眼差《まなざ》しも指先も、軽く傾げた首の角度も、彼女の全身がその想いを伝えていた。

翻る鳳凰の翼に見蕩《みと》れて、娘は驚きと喜びを唱《うた》に乗せる。その声は、翔雲が今日聞いたほかのどの役者よりも楽しげで軽やかで、音だけで舞っているかのようだった。

多么眼花的鳥啊　　なんて綺麗《きれい》な鳥かしら
你飛来自哪里？　　いったいどこから来たの？
請为我唱　　どうか歌って

客席の空気が、ふ、と緩んだのが翔雲にも感じられた。

これはそういう物語なのだ、と。観る者が了解したがゆえの安堵《あんど》のような空気が漂った。

鳳凰が人の娘に恋をする。人の娘は、神鳥であることを知らずに、ただ美しい羽根を愛《め》でる。焦《じ》れた鳳凰は躍起になって愛の歌を唱い恋の舞を踊る。見蕩れた娘は、絢《けん》爛《らん》な翼が描く異国の物語に惹き込まれ、やがて空に誘われる。

──これはこれで、分かりやすく華やかな筋書きでは、ある。だが──

(いつ、筋を変えた？　歌詞は、振付は？　なぜこうも見事に演じられる⁉)

何も知らぬ客は、無心に楽しむことができるのだろう。

だが、異変があったと知る翔雲はそうはいかない。香雪も華麟も──そして、恐らくは娘の衣装を損ねた者も、固唾《かたず》を呑《の》んで唱と舞が紡ぐ物語の先を見守っている。

満場の観客の視線を浴びて──舞台の上では、翼を翻して舞う鳳凰に誘われて、娘もゆるゆると舞い始めている。差し伸べた指先を掠《かす》めるだけで飛び去る羽根を追って、駆けて、跳び、くるくると回る。鳳凰と娘は、舞うと同時に唱でも想いを交わして見つめ合う。

請安息在我的掌中　この手に留まってちょうだい
希望看看你的閃耀　その羽根をもっと近くで見せて

不要害怕跟我来吧　君がこちらに来れば良い
一起飛到無辺高穹　どこまでも連れて行ってあげる
万里遥遠翼翻一動　万里の彼方《かなた》も、この翼なら

軽やかに、楽しそうに舞い唱っているようで、これは危うい綱渡りだった。即興に近い演技だと、翔雲は知ってしまっている。

だが、だからこそふたりの役者の演技にいっそう惹きつけられた。不安と緊張が、高揚と混ざり合い彼の鼓動を速め体温を上げる。

「《鳳凰比翼》の振付ね。娘役の子も、もっと踊れそうなのに……」

皇太后の論評が、今度ばかりはありがたかった。それによって、少しだけ事態を推察することができたから。

（衣装が無事な鳳凰は、本来の振付なのか。娘役のほうは、即興だから動きを減らして――だが、それでも見劣りしないような演技にしている……!?）

舞台を縦横に駆けて舞う鳳凰——星晶は、確かに優れた舞手なのだろうと、翔雲にも分かる。だが、その舞を引き立てるのは花旦の、燦珠の演技だ。

人の娘を演じているがゆえに、跳躍も回転も控えめに抑えているのだろうが、だからこそ鳳凰の雄大さや力強さが映えるのだ。

かといって影に徹するのでもない。常に相手役を追う眼差しも、優美な指先や足先の所作も、鳳凰が恋するのに相応《ふさわ》しい可憐さだった。これがただ棒立ちするだけの役者なら、鳳凰の格も落ちていたことだろう。

(これが、役者の力というものなのか)

衣装と化粧がなければ、ふたりともただの若い娘なのだろうに。だが、このふたりでなければこの一幕はあり得ないのだ。

同じ技術を持っているだけでは恐らく足りない。見目の良さも決め手ではない。容姿にも才にも恵まれた者が鍛錬を積んで、熱意と気力と体力のすべてを傾注して初めて実現する、束の間の夢。それが、華劇なのだろう。香雪も、あの宦官《かんがん》も言っていた。

(役者とは、華劇第一なもの。ひたむきに己の技を研鑽《けんさん》する者たち……)

この興奮、この陶酔——これは確かに、入れ込む者が出るのもおかしくはない、のか。

舞台の上では、鳳凰《ほうおう》がついに娘を抱き締めた。星晶が扮する鳳凰が得意げに笑むいっぽうで、娘も——燦珠もまた満ち足りた微笑を浮かべて鳳凰の胸に頭を預けている。鳳凰が恋人を得たのか、娘が鳳凰を捕らえたのか——どちらにも見えるし、どちらでも良い。歌詞も筋書きも、もはや些細《ささい》なことだろう。

ただ、夢のように美しい一幕だったというだけで十分、それ以上の説明は必要ない。京胡の調べが途絶えた後も、客席からは、溜息ひとつ衣擦《きぬず》れの音ひとつ聞こえなかった。誰もが夢の余韻を壊すことを恐れたのだろう。

何も言わず、身動きもしなければ、夢の世界に浸っていられるのではないか、など と——それぞれ異なる思惑を抱えた者たちが、図らずも心をひとつにしたかのように。だから、燦珠と星晶は息を弾ませたまま、寄り添って美しい笑みを浮かべ続けていた。

＊＊＊

ほとんど即興で舞台に向かう燦珠と星晶に比べると、喜燕にできることは悔しくなるほど少なかった。

燦珠の化粧と着替えを手伝って。持てる限りの華劇の知識を振り絞って、燦珠の発案の筋書きに沿った新しい詞に案を出して。

そして、伶人《れいじん》の宦官たちに、演奏は何があっても予定通りに行うように頼み込んで。

——それくらいしか、できなかった。

(直前で曲まで変えるのは確かに危うい……だから、燦珠の言う通りにすれば最小限の変更で済むのかもしれない、けど……!)

直前で振付を変えた燦珠に、変更は比較的少ないとはいえ、その相手役と合わせなければならない星晶に。

歌詞は小娘三人が頭を寄せ合って考えたもの。さらには、皇帝や皇太后の御前で、失態が許されない場面なのに。

衣装を損ねた者たちへの怒りによってか、ふたりとも気力というか闘志満々の面持ちだったけれど。果たして上手《うま》く行くのかどうか——祈ることしかできない身が、もどかしくてならなかった。

ひとり楽屋に取り残されると、燦珠の憤りの叫びがじわじわと喜燕の胸に刺さっていく。

『それでやるのが足の引っ張り合いだなんて馬鹿みたい。みんな——もっと真面目に華劇をやれば良《い》いのに!』

燦珠の傍についてからというもの、喜燕は夜も眠れぬほどに思い悩んできた。でも、それは的外れなものでしかなかったと、気付かされてしまったのだ。

（私は──華劇をちゃんとやって来なかった。燦珠に敵《かな》うはずがなかった……）

きっと、玲雀《れいじゃく》の時もそうだった。燦珠なら、自分以上の名手に逢《あ》えば目を輝かせて競おうとしたはず。汚い手段に訴えようと考えた時点で、喜燕は役者として負けたのだ。役者同士は仇《かたき》同士なんて、嘘だったのだ。

損なわれた衣装で、それでも胸を張って舞台に臨む燦珠は、眩《まぶ》しかった。同じくらい輝かしく、なんて望まない。どうすれば、せめてあの眩しさを直視できるのだろう。

唇を噛《か》んで、考え込む──喜燕の脳裏に、ある考えが閃《ひらめ》いた。

（今の秘華園は間違っている……なら──）

正さなくては。

舞台に立つことができない、役者の資格もない喜燕にもできることはあるだろう。

喜燕はまず、衣装を保管する倉庫に走って、使う予定もないのに消えているものを確かめた。そのうえで、深刻な表情を装って婢《げじょ》仲間にそっと囁《ささや》いた。

「ねえ、《桃花流水《とうかりゅうすい》》が舞える方を知らない？」

「え、どうして……？」

「うちの燦珠様の衣装が、ね。それで落ち込んでしまわれて」

少しでも燦珠を知る者なら信じるはずがない出鱈目《でたらめ》を聞かされて、けれど婢たちは気の毒そうにまあ、と吐息を漏らした。

同時に、役者同士の諍《いさか》いに関わり合いになりたくない、という気配も感じたから、喜燕はすかさず畳みかけた。

「でも、大事な日に穴を空けられないでしょう」

役者になれなかった彼女にとっての初舞台は、少々後ろ暗くやましいものになってしまった。──でも、なかなかの熱演ではあると思う。声を潜めて、周囲を窺《うかが》って。いかにも身を乗り出して聞きたくなるような加減にできたと思う。

「だから、《桃花流水》なの。星晶様だけでも、お得意の演目でどうにか、って──」

婢の大方には、関係のないことだ。けれど、鳳凰の羽根を毟《むし》った者にとっては、願ってもない情報のはずだった。

自ら申し出るよりも、星晶の求めに応じる形のほうが、聞こえが良いだろうから。種を撒《ま》いた後、喜燕は燦珠の隣の星晶の楽屋で待った。いくつかの演目の調べや客の歓声を遠くに聞くことしばし──扉が、勢いよく開かれた。

慌ただしい足音と共に飛び込んできたのは、甲高い声と色鮮やかな緞子《どんす》の刺繍《ししゅう》の煌《きら》めきだった。──《桃花流水》の主役の、芸妓《げいぎ》の衣装を纏《まと》った、喜燕の知らない役者。

「星晶！　大変なことになったわね！　でも大丈夫、私が──」

ただ、声は先ほど彼女を突き飛ばした者のそれだったかもしれない。とにかく――水袖《すいしゅう》を手元に束ねて現れたその役者は、室内にいた者の姿を認めて立ち竦《すく》んだ。

「今日はそなたの出番はないはずだが。なぜそのような格好を？」

もちろん星晶は、とうに燦珠と共に舞台袖《そで》に向かっている。

空いた楽屋にいたのは、瞼譜《くまどり》で顔を黒と白に塗り分けた宋《そう》隼瓊だ。先ほどまで舞台で演じていた彼女は、喜燕の――婢ふぜいの訴えに耳を傾けてくれたのだ。

「それは――あの」

隼瓊が今日演じたのは常天章《じょうてんしょう》、清廉にして厳格と名高い裁判官の役だ。

正義を表す黒い瞼譜と、白くくっきりと誇張して描かれた眉《まゆ》によって眼光はいっそう鋭く、金糸の刺繍の龍《りゅう》が爪を広げて睨《にら》む衣装は、凛《りん》とした長身にさらに威厳を添えている。

たとえ無辜《むこ》の者でも、その前に立ったら背筋を正さずにはいられないだろう。――では、実際に身に覚えがある者ならどうだろうか。

「星晶の相手役が急に出られなくなったと聞いたから……だから、代役を」

飛び込んで来た時の喜色満面の体から一転して、その役者はみるみる青褪《あおざ》め、真冬の屋外に裸で転がされたかのように震え始めた。

哀れな様子、なのだろうか。けれど、燦珠の心中を思うと喜燕は同情する気にはなれなかったし、隼瓊の声も眼差しも、氷の刃《やいば》のごとくに冷たく鋭かった。

「そう。衣装が損なわれたのだ。何者かによって。……ずいぶんと手回しが良かったな？」

まるで準備して待ち構えていたようだな、と。隼瓊の言外の言葉は、彼女の唱《うた》や台詞《せりふ》さながらに、はっきりと響くように聞こえた。

「わ、私がやったと仰《おっしゃ》るのですか⁉」

血の気を失っていた役者の頬に、わずかながら赤みが差した。

反論しなければ断罪される、とでも思ったのか、弾劾の矛先を逸《そ》らそうとしたのか。その女は喜燕に指を突き付けて喚《わめ》いた。

「その婢が何を言ったのですか⁉　主《あるじ》の迂闊《うかつ》を棚に上げて何と非礼な――私は、あの娘の楽屋に近付いてもおりません！」

確かに、声を聞いたと言っても証拠にはならないだろう。そもそも、喜燕はこの女が衣装を損ねた現場を見てはいない。

話の流れによっては、喜燕のほうこそ他人を陥れようとしたことにされかねなかったのは承知している。ただ――

「あの」

この役者は演技が得意ではなさそうだ。語るに落ちたのに、気付いていないようだから。

「私が燦珠の婢だと、よくご存じですね……？」

ここは星晶の楽屋で、隣にいるのは隼瓊なのに。役者が余所《よそ》の婢の顔をいちいち覚えるはずもないだろうに。……先ほどすれ違った時に、よほど気に掛けたのでもなければ。

「それは……っ」

もちろん、それも十分に弁明が可能だった。たまたまそう思い込んだだけだと、言い張ることもできただろう。

でも、そうする代わりに、その役者はその場に頽《くずお》れた。悲痛な、けれどどこか芝居がかった高い声が、顔を覆う掌《てのひら》の間から漏れる。

「……熱意が余ってのことでした。楓葉《ふうよう》殿の役者の出番が少なすぎると、貴妃様が！私だって、星晶と舞えれば……！」

だから、燦珠の衣装を損ねたのか。あるいは、代役の可能性に駆けつけたのか。自白とも言い訳ともつかないもの言いに、常天章——厳格な裁判官の扮装《ふんそう》をした隼瓊は、その役柄通りに冷徹に判決を下した。

「そなたを演じさせなかったのは相応の評価だと弁《わきま》えよ。事故であれ故意であれ——欠員が出たからといって代役が務まるなどと、勝手に判断してはならぬ！」

「……は、はい……」

泣き落としが通じないのを察したのだろう、その役者は消え入りそうな声で答えると、転がるように退出していった。

その無様な姿に、喜燕の胸は痛んだ。哀れみよりは、恐れによる痛みだった。ひとつ間違えば——燦珠に会わずに秘華園に入れてしまっていたら、自分もああなっていたかもしれない、という
（ううん、私はもう、あいつと同じ……？）

すでに玲雀に対して犯した罪の意識のために、呼吸を忘れかけた——喜燕の意識を、隼瓊の深い溜息《ためいき》が現実に引き戻してくれた。

「……文宗様の御代《みよ》なら知らず、今の秘華園でこのような醜い事態が起きるとは思っていなかった。……私が甘かった。燦珠にも星晶にもすまないことをした」

「燦珠も、自分の油断だと言っていました。それに——衣装がなくても、ちゃんと演じていると思います。あのふたりなら大丈夫……あの、老師《せんせい》の顔に泥を塗ったりは、決して！」

隼瓊に無断で振付を変えたのは、叱責《しっせき》されるべきことだったかもしれない。

隼瓊自身も出番があったから、許可を取る時間がなかったのも事実なのだけど——燦珠と星晶のため、喜燕は必死に言い募った。そんな彼女を、隼瓊は興味深げな眼差《まなざ》

しでしげしげと眺めて、問うた。

「《桃花流水》の衣装を見分けたということは、そなたも役者候補だったのだな？　誰に習った？」

「あの……趙《ちょう》家に仕える、白秀蘭老師《はくしゅうらんせんせい》に」

「ああ……」

臉譜によって黒く塗られた隼瓊の唇が、苦い笑みの形に歪《ゆが》んだ。

喜燕が師事したあの老女は、かつて秘華園の役者だったとか。隼瓊よりは幾らか年上のはずだけど、同じ舞台に立ったこともあるのだろうし、この表情を見るに何らかの経緯《いきさつ》もあったのだろう。

けれど、経験豊かな役者は、小娘にそれ以上の内心を窺《うかが》わせることなく、すぐに穏やかな微笑を纏い直していた。

「あの御方がそなたのような子を育ててくれるとは意外なこと。でも……嬉《うれ》しい出会いになった。燦珠のためにも星晶のためにも、礼を言う」

「そんなこと……！」

喬驪珠《きょうりじゅ》と並んで秘華園の歴史を彩る隼瓊は、喜燕にとっては遥《はる》かな高みにいる人だった。趙家にいてさえ、名舞台の数々の噂を耳にするほどに。生きた伝説と言葉を交わしただけでも震えるほどの光栄なのに、さらに頭まで下げられて。畏《おそ》れ多さに、喜燕はその場に平伏しようとした。

けれど、隼瓊の手は素早く、そして力強く喜燕の腕を捕らえて引っ張っていた。

「では、急ごうか」

「え？」

どこへ、と。言葉にならない疑問を読み取ったのだろう。隼瓊は、今度は悪戯《いたずら》っぽい笑みを浮かべた。

「私に相談もなしで、あの子たちが何を企《たくら》んだものやら——今なら、まだ間に合うだろう」

舞台の袖《そで》に向かおうと言われているのだと気付いて、喜燕の心臓は跳ねた。そうだ、ふたりの順番が来る前に、と思ってあの役者をおびき出したのだ。隼瓊の一喝でことが済んだからには、今から走れば途中からでも見守ることができるかもしれない。

（燦珠たちの舞……見たい！　見なきゃ……！）

たとえ何もできなくても、心臓が破裂するような思いをするとしても、友の晴れの舞台は間近で応援しなければ。

「はい……はい！」

叫ぶように頷《うなず》くと、喜燕は隼瓊と共に走り出した。

＊＊＊

演技が終わった後も、燦珠の心臓はばくばくと激しく高鳴って収まってくれなかった。

唱と舞で酷使した全身の筋肉が悲鳴を上げているのもあるけれど、それよりも客の反応が気になってしかたない。

絨毯《じゅうたん》を敷いた舞台に平伏して、皇帝からのお声がけを待つ時間が、果てしなく長い。

（やった──やれた？　細かいとこはいっぱい失敗したけど、やり切れた、の……⁉）

即興で考えた振付や歌詞を、本番でそのまま舞い唱《うた》うことはできなかった。星晶と──鳳凰《ほうおう》と見つめ合ううちに、口や手が勝手に動いたのだ。

美しい鳥に誘われる娘になり切って初めて、どう演じれば良いか分かったのだ。

ここで跳んでここで焦らせて、ここで隙を見せて微笑むのが自然だと。きちんと教わった《鳳凰比翼》の振付を、できる限りなぞったほうが安全だったのに──舞い始めたら、そんな計算は頭から吹き飛んでいた。

（千回の鍛錬も一度の実演には及ばない……爸爸《パパ》の言ってた通りだったわ……！）

変えた筋書きに沿った演技を、舞い切った、という手ごたえはある。ただ、見る側にはどう見えたのか。

特に、本来の演技を知っている香雪や華麟を落胆させてはいないか――激しく動いたことによる汗と、冷や汗が混ざり合って衣装に染みていくのが分かる。

(どうして誰も何も言わないのよ……!?)

演技が終わったら、すぐにお声がかかるから、ひと言ふた言答えて退出すれば良《い》いと言われていたのに。呆《あき》れて何も言えないほどの醜態ではなかったはずなのに。

演目を無断で変えたのが、何かしらの罪になったりするのかどうか。じわじわと大きくなる不安に、燦珠が押し潰《つぶ》されそうになった時――衣擦《きぬず》れの音が、響いた。

「――素晴らしい。感服したわ……!」

次いで、柔らかく品のある老婦人の声が。その声の主は、立ち上がって数歩、舞台に歩み寄ったのだろう。次の言葉は、いくらか近いところから聞こえた。

「花旦《かだん》の、そなた。名は何というの? 星晶に似合いの子が現れて、華麟も喜んでいるのでしょうねえ」

「あ――」

思わず顔を上げてから、非礼に気付いて燦珠は慌てて額を床に擦《こす》りつけた。それでも、その一瞬の間に声の主の姿は目に焼き付いた。

舞台からは見上げる上席からこちらを見下ろす小柄な影。白い髪を豪奢《ごうしゃ》に結い上げ、重たげな衣装を纏《まと》った老貴婦人こそ、皇太后に違いない。彼女は、皇太后から直々にお褒めの言葉を賜ったのだ。

「光栄でございます！　沈《しん》昭儀にお仕えしております、梨《り》燦珠と申します！」

「沈昭儀……？」

上擦って震える声での口上に応じて、良い香りがふわりと漂った。皇太后が首を傾げて、纏う香を振り撒《ま》いたのだろう。

「その——青い披帛《ひれ》の者でございます」

皇太后の疑問に答える男の声は、皇帝のものだ。後宮の妃嬪《ひひん》のあまりの多さゆえか、皇太后はまだ香雪を見知ってはいなかったらしい。

「ああ、新しい人ね？　良い役者を連れてきてくれて嬉しいわ。陛下によくお仕えしてちょうだいね」

さやさやと、皇太后のそれよりも軽い衣擦れの音は、香雪が跪《ひざまず》いたからだろう。控えめで優しい彼女の声は、緊張しきった燦珠の耳には、春の薫風のように感じられた。

「もったいない仰せでございます。燦珠は、陛下がわたくしにつけてくださいましたから、わたくしは何も——すべては、陛下のご厚情の賜物でございます」

「まあ、そうなの？」

香雪の謙虚な態度は、皇太后にも好ましく映ったのだろう。老いた女性の低く柔らかな笑い声もまた、燦珠の胸を和らげてくれた。彼女の心臓がどくんと強く脈打ったのは、もはや不安ではなく喜びのためだ。

（これでひとつ、目標達成ね……！）

香雪は、面目を施すことができた。抱えの役者が皇太后を満足させたのだから、彼女の後宮での立場は強まったはずだ。

問題は──燦珠が今日の舞台で目標としたことが多すぎるということだ。そうだ、皇太后は良くても、皇帝はどうだろう。彼女たちの舞を見て、何をどう感じたのだろう

燦珠が思いを馳《は》せたのを見計らったかのように、皇帝が軽く咳払《せきばら》いをした。

「──梨燦珠。秦《しん》星晶。そなたらの舞も唱《うた》も見事であった。今日観た演目の中で、もっとも朕の目を捉《とら》えたかもしれぬ。だが──」

不穏極まりないところで言葉を切られて、燦珠の指はびくりと震えて敷物を掻《か》いた。

（だが!?　だがって何!?）

褒め言葉に喜ぶ暇もなく、燦珠は不安と恐怖に震えた。

「予定と違う舞にしたのは何ゆえだ？　事情があるならば申し述べよ」

でも、皇帝の、ひたすらに真摯《しんし》な声の響きは燦珠を落ち着かせてくれた。

（……天子様って、とても良い方みたい）

燦珠たちの舞の内容を、ちゃんと覚えてくださっていた。香雪の話に、きちんと耳を傾けてくれていたのだろう。

不正があったのを察して、この場で見過ごさないと仄《ほの》めかしてくれるのもとても公正だ。霜烈が見込んだ通りだし、香雪は素敵な方に見初めていただいたのだろう。

そんな方だから、燦珠にも希望が持てる。はっきりと、言いたいことを言える。

「事情は、ございません。私と星晶で話して、このほうが良いと考えただけでございます」

「何……？」

平伏した燦珠の頭に、困惑した風の声が降ってきた。

「本来は鳳凰の番《つがい》の舞だと聞いていたが？　顔を上げて答えよ。朕の――義母上《ははうえ》の前で演じるのに、未熟な舞を見せたなどとは申すまいな？」

皇帝の声に苛立《いらだ》ちが滲《にじ》むのも当然だ。差し伸べられた手を払いのける、無礼な振舞いだから。でも、その上で認めることはできない。

命じられた通りに顔を上げて、御簾《みす》に遮られることなく初めて見た龍顔《りゅうがん》の若々しさと凛々《りり》しさに一瞬だけ目を瞠《みは》って――燦珠はきっぱりと言い切った。

「たった今、お褒めの御言葉を頂戴《ちょうだい》いたしました。お目汚しの舞だったとは、思っておりません」

「まあ、無礼な……！」

非難がましく呟いた、薔薇《ばら》のような美貌《びぼう》の妃《きさき》は誰だろう。燦珠は知らないけれど、たぶん香雪を嫌う御方なのだろう。

そしていっぽうで、燦珠の衣装を損ねた者やそれを命じた者とは違うはず。その者は、今は燦珠が何を言い出すかと戦々恐々としているはずだから。

(秘華園には、本当に色々な人がいて、色々な考えが渦巻いている……)

それも、燦珠がどうにかしたい問題ではある。足の引っ張り合いに汲々《きゅうきゅう》とする役者たちも。喜燕を悩ませたどこかの誰かも。

でも、それを皇帝に言いつけても良いことはない。この方には、華劇を好きになってもらわなければいけないのだから。

だから、直答を許されたこの機を利用して、燦珠は今少し独演を続けることにした。用意していた台詞《せりふ》ではないけれど、常に思うことだからこそ、淀《よど》みなく唇が動いた。

「舞台とは、華劇とは常に変わるもの、一期一会のものでございます。そして役者はその時その時でもっとも美しい夢を見せるために全力を尽くすもの──今日のこの場で私どもがお見せできる最高の舞こそが、相恋う人と鳳凰のものだった、それだけでございます」

衣装を損ねられたのを暗に認めつつ、けれど燦珠が言いたいのはそれだけではなかった。それくらいの嫌がらせに屈したりはしないということさえ、二の次だ。

（実際、嫌がらせにもなってなかったわ。結果としては、そうでしょう？）

限られた時間の中で代わりの歌詞と振付を絞り出した必死さは、彼女たちの演技に輝きを添えたはず。

自分たちでさえ一瞬先が見えない、綱渡りの緊張の中、一秒ごとに最善の振りを選び続けて演技を続けるのは——楽しかった。

相手のすべての仕草に眼差《まなざ》しに神経を尖《とが》らせて。時に試すように、時に託すように示された演技の道筋を追って、辿《たど》って、ふたりで、ひとつの舞を織り上げる。

（怖かったけど……大変だった、けど……！）

無二のひと時だったことは、自信を持って断言できる。秘華園を長く見守った皇太后と、華劇嫌いの皇帝に、同時に称賛されたからこそ、迷いなく微笑むことができる。

「もう一度同じことをやれと命じられても、叶《かな》うかどうか分かりません。一度限りの幻をお見せできたことを、心から嬉《うれ》しく誇らしく、光栄に思っております」

言い切って再び叩頭《こうとう》すると、皇帝はしばらく何も言わなかった。燦珠を問い詰める言葉を、もしかしたら探していたのかもしれない。でも、皇太后が再びおっとりとした笑い声を響かせるほうが、早かった。

「ああ、やっぱりもとは《鳳凰比翼》だったのね？　今度見せてちょうだいねえ」

ひたすらに楽しそうで嬉しそうな、幼女のような発言に、燦珠は少し面食らった。皇帝が何を問題にしようとしていたのか、皇太后は気付いていないのだろうか。

（……この方、本当に華劇が好きなのね……）

皇帝の不機嫌をものともせずに、次の機会を楽しみにすることができるなんて。大幅に内容を変えたのに、本来の演目を言い当てるなんて。

（公平に評価してくださるのも、本当なの……？）

皇太后は、驪珠と隼瓊が舞った《鳳凰比翼》を知っているはず。先帝との間に子まで生《な》した驪珠に対して何の蟠《わだかま》りもないようなのは、夫よりも華劇を愛しているからだったりするのだろうか。

ともあれ、この老貴婦人こそが今の後宮で最も尊い御方なのだ。皇太后の上機嫌な声を遮る者は、誰もいない。皇帝でさえ、退いて場の主導権を委ねている。

彼女自身はその立場に気付いているのかどうか――皇太后は、もう一歩舞台に近付いて、燦珠たちを覗《のぞ》き込んだようだった。

「見事な舞にはご褒美をあげなければ。星晶と――燦珠、だったかしら。何をあげれば良いでしょうねえ」

皇太后の下問に、燦珠の隣に平伏していた星晶が、さらりと答える。

「相手役がいなければ私には何もできませんでした。今日の誉れは、すべて燦珠のものでございます」

彼女は、皇太后から御言葉を賜るのも初めてではないのだろう。いつも通りに涼やかな声が格好良い。皇太后の意にも叶ったようだ。

「まあ、無欲だこと。華麟は？　それでよろしいの？」

皇太后が余所《よそ》を向いて尋ねたことで、燦珠は謝貴妃華麟の席に見当をつけた。香雪の席次を鑑《かんが》みるに、皇帝と皇太后を中心に、妃嬪は序列に従って配置されているらしい。それなら、先に発言した刺々《とげとげ》しい美女も貴妃のようだ。

「……はい。わたくしは、わたくしの星晶の晴れ姿をご披露できて、それだけで嬉しゅうございます」

一瞬の沈黙の間に、華麟は思考と計算を巡らせたようだった。

演目の内容を変えたことはもちろん、不測の事態が起きたのは当然気付いているだろうし、星晶の言葉から、先の演技が燦珠の発案だとも察してくれたのだろう。

華麟の実家の謝家も、役者への褒美として贈られる金子を期待していただろう。けれど、星晶本人が固辞してしまったし、皇太后の機嫌を損ねてまでねだり取ろうとするものでもないと結論した、といったところではないだろうか。

(今回は譲ってくださるということ、よね……？)

華麟は、秘華園の習いに疑問を持っていないようだった。褒美を得ることが香雪のためにもなると、考えているようだった。

燦珠がこれからしようとしていることを知ったら、呆《あき》れるだろうか。秘華園の在り方に一石を投じたい、だなんて言ったら、不遜《ふそん》だと眉《まゆ》を顰《ひそ》められるだろうか。

「では、燦珠とやら。何でも望みを言いなさいな。そなたの主《あるじ》の分まで存分に──わたくしが、叶えてあげましょう」

どこまでもにこやかな声の皇太后も、役者とは主家の利害を代弁するものだと理解しているらしい。でも、燦珠は何を願うかをもう決めていた。

「では──恐れながら、お願いがひとつ、ございます」

彼女の望みが秘華園にどう受け止められるのか──半ば恐れ、半ば胸を弾ませながら、燦珠は切り出した。

「星晶は私の手柄と言ってくれましたが、私にはさらに恩がある者がおります。練習に付き合い、日々の生活でも支えてくれた──崔《さい》喜燕なる者に、翠牡丹《ツィムータン》を賜りますよう。共に、沈昭儀様にお仕えしたいと存じます……！」

今朝までは、市井での相場相応の金子を願うつもりだった。贈収賄に加担する気はないけれど、無料《ただ》で演じるわけにはいかないのだから、と。

でも、先ほどの騒動と、喜燕の顔色を見て、考えが変わったのだ。

(あの子にあんな顔をさせる主とは、引き離してやらなくちゃ！)

燦珠が無事に舞ったことで、喜燕は罰せられてしまうかもしれない。そうでなくても、また彼女や星晶に仇《あだ》なす命を下されるかもしれない。自身の無事を望む以上に、役者に芝居以外のことをさせて思い悩ませる主など百害あって一利なしだ。喜燕とは、もっと真っ当に技だけで競い合いたいと思う。

幸いに、皇太后は燦珠の願いにさほど驚くことなく、むしろ手を叩《たた》いて喜んだ。

「秘華園に良い役者が増えるのは大歓迎よ。その子は、唱《うた》が得意なのかしら。それともそなたのように、舞が？」

それはもう、喜燕はその名の通りに燕《ツバメ》のように軽やかに踊るのだ。でも、燦珠が勢い込んで答えるより先に、低く、落ち着いた声が割って入った。

「崔喜燕ならここにおります」

この短い間にすっかり馴染《なじ》んだ、しっとりとした声に、燦珠は目を見開いた。隼瓊だ。

先ほど彼女自身も演じたはずだし、ほかの役者の監督に忙しいころ合いのはずなのに。しかも、燦珠の隣、星晶がいるのとは反対の側に平伏した気配はふたり分だった。

（え？　喜燕も来てるの？　どうして老師《せんせい》と……？）

確かめようにも、皇太后の御前では迂闊《うかつ》に視線を動かすことができない。ただ、老いた高貴な御方のはしゃいだ声を、床の敷物を見つめながら聞くだけで。

「まあ、隼瓊！　さっきの常天章もとても良かったわ。もっと褒めてあげたかったのに、そなたときたらすぐに行ってしまうのだもの」

「申し訳ございませぬ。娘たちの面倒を見なければなりませんでしたので」

隼瓊も、皇太后とのやり取りに臆《おく》した様子はまったくなかった。

称賛の御言葉もさらりと受け止めるのはさすがの貫禄《かんろく》だ。驪珠と共演した時代からの長い付き合いだからか、皇太后の言葉遣いもいっそう砕けて、親しげなものになっている。

「今の話を聞いていたかしら。本人がいるならちょうど良いわ、その子に翠牡丹をあげてちょうだい」

「――お待ちくださいませ！」

と、貴妃の席から上がった高い声に、燦珠はむ、と身体を強張《こわば》らせた。

先ほど彼女の非礼を咎《とが》めた、薔薇《ばら》のような美姫《びき》の声だったからだ。香雪と敵対しているであろう御方が、どんな難癖を、と警戒したのだ。

「その娘は、我が趙家が育てた者でございます。未熟ゆえに婢《げじょ》を務めさせておりましたのに、小娘の一存で役者に召し上げるなど、教えた白秀蘭の立場がございませんわ！」

「でもねえ、瑛月《えいげつ》」

……その貴妃の名は、瑛月というらしい。喜燕に、舞は正確さばかりが重要だなんて噴飯ものの教えを授けたという師の名と共に、燦珠は深く頭に刻んだ。油断できない、してはならない相手として。

「これは、燦珠へのご褒美なのよ。望みは何でも、と言ったでしょう？　秘華園では優れた役者が何ものにも勝るのよ。貴妃だろうと──皇后であろうと、ね」

「そのような……」

瑛月とかいう貴妃の喘《あえ》ぎに少しだけ溜飲《りゅういん》を下げると同時に、皇太后のおっとりとした声の奥底に潜む冷ややかさにも気づいてしまって、燦珠は息を呑《の》んだ。

（役者が一番、なはずはないと思う、けど……）

貴妃を黙らせるための方便というだけでなく、皇后でさえも役者の下位に置くかのようなもの言いは、不可解で不穏だった。

もちろん、皇太后その人の発言に、誰も問い質《ただ》すことなどできるはずもない。それに、怖いほどの冷淡さを見せたのも一瞬のこと、皇太后はにこやかに隼瓊に語り掛けている。

「ね、隼瓊。良いでしょう？　秀蘭が教えた子なら、まったく見込みがないということはないでしょう」

「私は、この喜燕の鍛錬のほどを見たことがないので、何とも申せませんが──」

隼瓊は、正義の裁判官、常天章の扮装《ふんそう》のままなのだろうか。役柄そのままに落ち着いた声は、燦珠を安心させてくれる。この人ならきっと悪いようにはしない、と。

「徳の高きは芸の高きに如《し》かず、と言います。この娘は、朋輩《ほうばい》の燦珠と星晶のために勇気を奮い機転を巡らせ、正しい行いを為《な》しました」

とても頼もしく心強いのと同時に、隼瓊の奏上はとても不思議なものでもあったけれど。燦珠は、首を曲げて喜燕に話しかけたい衝動と必死に戦わなければならなくなった。

(喜燕、いったい何をしてくれたの……？)

この言い方だと、衣装のことを隼瓊に報告してくれただけ、ではない気がする。頭飾の羽根飾りを取ったり、歌詞を考え直したりする手伝いも、とても嬉《うれ》しかったし助かったけれど、それもすべてではないような。

でも、今はまだ聞き出すことはできないのがもどかしい。

「残念ながら、昨今の役者には芸は高くとも徳なき者、あるいは両方を欠く者もいるようでございます。私としても、翠牡丹を新しく授けるならば、理非を知る者に、と存じます」

隼瓊は、燦珠の衣装を損ねた者にも釘《くぎ》を刺してくれたようだった。そんなことをする者には、本来翠牡丹は相応《ふさわ》しくないのだ、と。

（これは、最高の結果じゃないかしら⁉）

嫌がらせの犯人には何ひとつ得はなく、燦珠と星晶は称賛を、喜燕は翠牡丹を得ることができた。道理に適《かな》った顚末《てんまつ》を見れば、皇帝の秘華園に対する心証も良くなると思いたい。

「つまりは、そなたも賛成なのね？　良かったわ……！」

皇太后の反応は、どこまでも華劇と役者だけに心を占められているようで、隼瓊の言葉をどこまで分かってくださったのか、心もとなくはあったけれど。

（でも、無事に終わった、のよね……？）

これで、下がれる。いったい何があったのか、喜燕と話せる。どこかで見ているはずの霜烈にも、即興の舞台の感想を早く聞かせて欲しい。

そう思って、燦珠が息を吐きかけた時――客席の誰かが立ち上がる衣擦《きぬず》れの音がした。そして、朗々とした男の声が響き渡る。

「いやあ、素晴らしい一幕でございましたな！」

＊　＊　＊

「瑞海王《ずいかいおう》……！」

許しなく立ち上がり、あまつさえ発言した者の名を、翔雲は吐き捨てるように呼んだ。

皇族とはいえ、皇帝と皇太后を前にしてのこの大胆極まりない非礼は、十分に罪に値する。だが、皇帝の叱責《しっせき》にも構わず、その男は恐れげもなく滔々《とうとう》と語る。

「文宗様亡き後の秘華園は、火が消えたようで寂しく思っておりましたが。喬驪珠や、かつての宋隼瓊もかくやの役者が新星のごとく現れるとは。頼もしいことでございますな！」

その堂々としたこと、遮る隙を見失うほどだったが――秘華園についてあて擦《こす》られていると気付くと、じわじわと怒りが込み上げてくる。

瑞海王は、秘華園の悪習を廃そうとした彼を暗に批判した。そして、燦珠たちの舞を、自身の都合の良いように捻《ね》じ曲げて利用しているのだ。

（今の顚末を見て言うのが、それか……⁉）

褒美を固辞した梨燦珠に、徳を称揚した隼瓊なる古参の役者に。卑しいはずの役者が、秘華園に蔓延《はびこ》る贈収賄とは真逆の振る舞いを見せたばかりではないか。

それを目の当たりにしておいて、皇族がこのもの言いとは。図々《ずうずう》しいことこの上ない。まともに恥と礼節を知る者なら、決して口にできないであろう。

「――瑞海王」

低く冷たく、脅すように。翔雲は告げた。帝位にある者の瞋恚《しんい》を伝えるべく、端的に。

「秘華園の盛衰はそなたが気に掛けることではない」

「は。まことに僭越《せんえつ》なこととは存じます。が、私はひたすらに皇太后様のご心中を慮《おもんぱか》ったまででございます」

だが、瑞海王が恐れ入ることはなかった。しょせん若造と舐《な》めているのだろう。そして確かに、皇帝でさえも皇太后には遠慮せざるを得ない。芝居第一の、夢と現実、過去と現在の区別のつかなくなった老女に！

瑞海王の余裕は、皇太后が依然として機嫌良くふわふわと笑っているからだろう。

「ありがとう、瑞海王。わたくしは大丈夫よ。とても良いものを見せてもらったもの。秘華園も心配いらないわ。ねえ？」

「……ええ、義母上《はは》」

皇太后は、いったい誰に微笑みかけているつもりなのだろうか。亡夫の跡を継いだ皇帝と分かっているのか、それとも、長年連れ添った文宗と華劇を楽しんでいる心地なのか。

いずれにしても、皇太后が咎めない以上、翔雲に瑞海王を黙らせることはできなかった。

「まことに出過ぎたことではございますが、私は恐れておりました。皇太后様がいかに心細く思《おぼ》し召《め》しておいでであろうか、と。今の秘華園にお慰めできる役者がいるのか、と」

舞台の上で平伏し続ける役者たちは、瑞海王の言葉をどのように受け止めただろう。今日まで翔雲が彼女たちの心中を慮ることなどなかったが、白々しく皇太后を案じる振りをする瑞海王に比べれば、この場にいる役者のほうが、よほど信じられるし好ましい。

「ゆえに、必ずや皇太后さまの御心を安らげる贈り物を、用意しておりました。先の舞の後でお見せするのも恐縮かもしれませぬ。とはいえ、隠すことこそ罪になるであろうと心得ますゆえ、ご寛恕《かんじょ》いただきたいと存ずるのですが……？」

「まあ、何かしら。わたくしは構わないわ。見せてちょうだい」

皇帝と皇太后の席のすぐ下にまで擦り寄って、上目遣いをする瑞海王が忌々しくてならなかった。新たな役者が紹介されるとでも思ったのか、身を乗り出す皇太后も。

(演じた者たちを休ませてやれば良いだろうに……！)

役者が一番と言いながら、気儘《きまま》に振る舞う老女に我慢しかねて、翔雲は立ち上がると声を荒らげた。

「瑞海王！　今日は華劇の会である。皇族たるもの、身分にそぐわぬ芸を披露するかのような発言は慎め。役者の本分を侵すものではない」

翔雲は、瑞海王の発言を茶番と決めつけた。

どうせこの男の望みは秘華園を隠れ蓑《みの》に甘い汁を吸うことだけ、皇太后への配慮など見え透いた嘘でしかないのだ。役者たちが真摯《しんし》に振る舞ったのとは裏腹な、下手な演技は見るに堪えない。

「恐懼《きょうく》のいたりでございます。ですが、皇太后様の仰せでございますゆえ」

先ほどよりもよほど直截《ちょくせつ》な叱責だっただろうに。瑞海王は、形ばかり跪《ひざまず》いただけで済ませた。例によって皇太后を盾にした不遜《ふそん》なもの言いと共に、客席の端に控えた宦《かん》官《がん》に目配せをする。

「――さあ、殿下……」

その言葉を合図にして、宦官たちの間から立ち上がった男がいた。後宮に、本来は皇帝以外の男はいるはずがないのに。

特別に招き入れられた皇族でさえないその男は若く背が高く、それこそ役者のように整った顔立ちをしていた。絹の袍《ほう》を纏《まと》って貴公子然とした装いをしてはいるが、どこか馴染《なじ》んでいない。――まるで、慣れない衣装を着せられたかのように。

胡乱《うろん》を極めた存在を前に、翔雲は絶句してしまった。その隙に、その男は彼の――というか皇太后の前に膝《ひざ》をついた。

「義母上。お久しゅうございます」

「……そなた……？」

皇太后の目に、光が宿った。今日のどの演目を見た時よりも明るいその光は、しかし翔雲の目には不吉な凶星の輝きにしか見えなかった。

（まさか）

殿下という称号。皇太后を義母と呼ぶこと。翔雲自身と同じ年ごろの——役者のような美男。揃い過ぎた条件が、ある一点を指し示すような気がしてならない。

彼が思い浮かべたのと同じ名を、思い浮かべた者も多いのだろう。誰もが息を呑《の》む中で、その男はゆっくりと首を巡らせて、切れ長の目を細めた。

「秘華園も、何年振りでございましょう。庭も殿舎も変わりなくて——十五年前の、童子のころに戻った心地でございます」

「まさか。まさか、そなたは……！」

翔雲が止める間もなく、皇太后が深衣の裾《すそ》を翻して席を飛び出した。設けられた段を転がるように降りて、彼女はその男の傍らに膝をついた。華劇の一幕にでもありそうな感動の場面を彩るのは、瑞海王の高らかな台詞だった。

「陽春殿下でいらっしゃいます！　皇太后様が、掌中の珠《たま》と愛《め》でられた！　兄君がたを憚《はばか》って身を隠されておいでだったのを、私が捜し出し保護し奉りました！」

「――その御方は十五年も前に亡くなったと聞いている！　死者を騙《かた》るは冒瀆《ぼうとく》、皇族を騙るは不敬にもほどがある……！」

予想はできても、かくも大胆かつ恥知らずな主張を言ってのけるのが信じ難くて、翔雲が怒鳴る前に一拍の間が空いてしまった。

(偽者だ。考えるまでもない……！)

十五年も姿の見えなかった者が、都合良く見つかるはずがない。万が一見つかったとして、このような派手な演出を行う必要がない。

わざわざ今日のこの場で「陽春皇子」を披露したのは、皇太后に見せつけ、そして信じ込ませるためだとしか思えなかった。事実、皇太后は目を剝《む》き唾《つば》を飛ばして、眼下から翔雲を詰《なじ》っている。

「なんて酷《ひど》いことを言うの⁉　やっと陽春が帰って来てくれたのに！」

「十五年振りに会った者、それも、子供と大人を、どうして見分けられると仰《おつしや》いますか⁉　偽者に決まっております！」

今や彼自身が茶番劇の役者に貶《おとし》められているのに気付いて、腸《はらわた》が煮える思いだった。

彼が言葉を連ねるだけ、皇太后は頑《かたく》なになるだろう。聞きたくない言葉には耳を塞《ふさ》ぎ、都合の良い筋書きを真実と縋《すが》りつくだろう。

なんと滑稽《こつけい》で、なんと無様な。至尊の身がかように侮られ貶められているのに、皇太后は誰とも知れぬ男に抱き着いて子供の駄々のように首を振っている。

「驪珠を思い出した日にその子が現れたのよ!? 驪珠が引き合わせてくれたに違いないわ……!」

「義母上……!」

かつて首輔《しゅほ》と戯れのように語ったことを思い出しながら、翔雲は呻《うめ》いた。

彼が帝位にあるのは、陽春皇子を含めた先帝の御子がいなかったから。もしも陽春皇子が現れたなら、彼は正統な皇帝たり得ない。――瑞海王の狙いは、それだというのか。

(だが、それも本物であったなら、だ!)

言葉を失うほどの怒りに震える彼を見上げて、自称陽春皇子は弱々しく――そう見える風情で――微笑した。

「お疑いももっともでございます、従兄上《あに》。覚えている限りの父帝のことや義母上のこと、後宮の習いを語れば証《あかし》になりましょうか。お気の済むまで尋問なり拷問なり、いかようにも――」

「そんなことはさせないわ！　わたくしが、許しません！」

勝手に皇帝を従兄と、皇太后を義母と呼ぶ非礼だけでも死罪に相当するはずだった。なのに、皇太后は自身の立場も弁《わきま》えずに罪人を必死に庇《かば》うのだ。そのように台詞を言わされていることに、気付きもしないで！

「陛下。確かに軽々に判断できぬこととは重々――ここは、日を改めて詮議《せんぎ》の場を設けるべきかと」

「……ならばその者を獄に繋《つな》げ。余人と接触させてはならぬ」

なし崩しに偽者を皇宮に受け入れさせようとしている瑞海王の意図を察して、翔雲は吐き捨てた。脅しのつもりではなく、完全なる本気だったのだが――

「わたくしと阿《あ》陽をまた引き離すの⁉　それならわたくしもこの子と一緒よ！」

「義母上《ははうえ》、お聞き分けを！　皇族の詐称は重罪でございます！」

皇太后は煩《うるさ》く、その反応を見越しているらしい「陽春皇子」は余裕を崩さなかった。義母を宥《なだ》めて背を擦《さす》る手つきに震えもなく、捕らえられるものならやってみろ、と言わんばかりに見える。

すがさず執り成すように進言するのは、瑞海王だ。

「それでは、殿下には皇太后様のお住まいにお運びいただくのはいかがでしょう？　人の出入りの確かなことは獄にも劣りませんでしょう」

「……義母上の御身に万が一のことがあれば、そなたの一族にも累が及ぶぞ」

ここまで筋書き通りということなのだろう。したり顔の進言も、翔雲の悔しまぎれの反論も。

「当然でございます！　我が一命を賭《と》すほどに偽りのないこと、皇太后様の御為だけのことと、ご了解くださいますように……！」

翔雲は了解した。「陽春皇子」と瑞海王は綿密に謀った上でこの場に臨んでいるということ。多少の尋問では襤褸《ぼろ》が出ないように口裏を合わせているし、皇太后に疑問を抱かせぬよう、亡き皇子のことを調べ上げているであろうことを。

（馬鹿げた——だが、厄介な策を巡らせてくれる……！）

この場で「陽春皇子」が本物などと信じているのは皇太后だけだろう。だが、そう、いい、いいであれば良いと考える者は？

秘華園の役者に、彼女らを通じて利益を得る権門に、そこに連なる妃嬪《ひひん》たち。——皇帝の資質や正統性よりも、御しやすさを重視しかねない者たちだ。

この事態を知っていたのか予想していたのか、表情を動かさない者たちがいる。動揺を隠そうとしてか目を泳がせるもの、団扇《うちわ》の陰で顔を寄せ合う者も。

それぞれの表情を浮かべた妃嬪たちの中で翔雲が信じられるのは、青褪《あおざ》めた顔で不安げな眼差《まなざ》しを送ってくる香雪だけだった。

参考文献

『京劇と中国人』　樋泉克夫　新潮社
『京劇　「政治の国」の俳優群像』　加藤徹　中公叢書
『楊貴妃になりたかった男たち〈衣服の妖怪〉の文化誌』　武田雅哉　講談社選書メチエ
『恋の中国文明史』　張競　ちくま学芸文庫
『中華料理の文化史』　張競　ちくま文庫
『図解　中国の伝統建築』　李乾朗　マール社
『我在明朝穿什么　图解中国传统服饰』　陆楚翚　江苏人民出版社
『千古霓裳　汉服穿着之美』　汉服北京　编著　化学工业出版社

本書はＷＥＢ小説サイト「カクヨム」に発表された
「花旦綺羅演戯　～娘役者は後宮に舞う～」を加筆
修正し、タイトルを変更のうえ文庫化したものです。

目次デザイン／青柳奈美

煌《きら》めく宝珠《ほうじゅ》は後宮《こうきゅう》に舞《ま》う　1

悠井《ゆい》すみれ

令和７年　1月25日　初版発行

発行者●山下直久

発行●株式会社KADOKAWA
〒102-8177　東京都千代田区富士見2-13-3
電話　0570-002-301（ナビダイヤル）

角川文庫 24497

印刷所●株式会社暁印刷
製本所●本間製本株式会社

表紙画●和田三造

●お問い合わせ
https://www.kadokawa.co.jp/（「お問い合わせ」へお進みください）
※内容によっては、お答えできない場合があります。
※サポートは日本国内のみとさせていただきます。
※Japanese text only

ISBN 978-4-04-115658-2　C0193

◇◇◇

角川文庫発刊に際して

角川源義

第二次世界大戦の敗北は、軍事力の敗北であった以上に、私たちの若い文化力の敗退であった。私たちの文化が戦争に対して如何に無力であり、単なるあだ花に過ぎなかったかを、私たちは身を以て体験し痛感した。西洋近代文化の摂取にとって、明治以後八十年の歳月は決して短かすぎたとは言えない。にもかかわらず、近代文化の伝統を確立し、自由な批判と柔軟な良識に富む文化層として自らを形成することに私たちは失敗して来た。そしてこれは、各層への文化の普及滲透を任務とする出版人の責任でもあった。

一九四五年以来、私たちは再び振出しに戻り、第一歩から踏み出すことを余儀なくされた。これは大きな不幸ではあるが、反面、これまでの混沌・未熟・歪曲の中にあった我が国の文化に秩序と確たる基礎を齎らすためには絶好の機会でもある。角川書店は、このような祖国の文化的危機にあたり、微力をも顧みず再建の礎石たるべき抱負と決意とをもって出発したが、ここに創立以来の念願を果すべく角川文庫を発刊する。これまで刊行されたあらゆる全集叢書文庫類の長所と短所とを検討し、古今東西の不朽の典籍を、良心的編集のもとに、廉価に、そして書架にふさわしい美本として、多くのひとびとに提供しようとする。しかし私たちは徒らに百科全書的な知識のジレッタントを作ることを目的とせず、あくまで祖国の文化に秩序と再建への道を示し、この文庫を角川書店の栄ある事業として、今後永久に継続発展せしめ、学芸と教養との殿堂として大成せんことを期したい。多くの読書子の愛情ある忠言と支持とによって、この希望と抱負とを完遂せしめられんことを願う。

一九四九年五月三日

角川文庫ベストセラー

後宮に月は満ちる
金椛国春秋
篠原悠希

男子禁制の後宮で、女装して女官を務める遊圭。表向きの命は、皇太后の娘で引きこもりのぽっちゃり姫・麗華の健康回復。けれど麗華はとんでもない難敵！　後宮の陰謀を探るという密命も課せられた遊圭は……。

後宮に日輪は蝕す
金椛国春秋
篠原悠希

皇太后の陰謀を食い止めた功績を買われ、女装で後宮潜入中の少年・遊圭は、皇帝の妃嬪候補に選ばれることに。それは無理！　と焦る遊圭だが、滞在中の養生院で、原因不明の火災に巻き込まれ……。

幻宮は漠野《ばくや》に誘《いざな》う
金椛国春秋
篠原悠希

皇帝の代替わりの際、殉死した一族の生き残り・遊圭は、女装で後宮を生き延び、知恵と機転で法を廃止させ、晴れて男子として生きることに。のはずが、またもや女装で異国の宮廷に潜入することとなり……。

青春は探花を志す
金椛国春秋
篠原悠希

現皇帝の義理の甥として、平穏な日常を取り戻した遊圭。しかしほのかに想いを寄せる明々が、国士太学に通う御曹司に嫌がらせを受けていると知り、彼と同等の立場になるため、難関試験の突破を目指すが……。

湖宮は黄砂に微睡《まどろ》む
金椛国春秋
篠原悠希

罪を犯した友人を救おうとした咎で、辺境の地に飛ばされた遊圭。先輩役人たちの嫌がらせにも負けず頑張るけれど、帰還した兵士から、公主の麗華が死の砂漠にある伝説の郷に逃げ延びたらしいと聞き……。

角川文庫ベストセラー

妖星は闇に瞬《またた》く　金椛国春秋　篠原悠希

鳳は北天に舞う　金椛国春秋　篠原悠希

臥竜《がりゅう》は漠北に起《た》つ　金椛国春秋　篠原悠希

比翼は万里を翔《かけ》る　金椛国春秋　篠原悠希

天涯の楽土　篠原悠希

信じていた仲間に裏切られ、新興国の囚われ人となってしまった遊圭。懸命に帝都へ戻る方法を探すが、言葉も通じない国で四苦八苦。けれど少年王の教育係となり、その母妃の奇病を治したことで道が開け……。

隣国の脅威が迫る中、帝都へ帰還した遊圭。婚約者の明々と再会できたら、待望の祝言を……と思いきや、後宮で発生したとんでもない事態にまきこまれ……。

敵地に乗り込んでの人質奪還作戦が成功したのも束の間、負傷した玄月は敵地に残り消息を絶ってしまう。彼を捜し出すため、遊圭は敵陣に潜入することに。そんな中、あの人物がついにある決断を……!?

敵国との戦況が落ち着いている隙に、遊圭は延び延びになっていた明々との祝言を、のはずが遊圭に縁談が持ち込まれ破局の危機!?　さらに皇帝陽元による親征が始まり……最後まで目が離せない圧巻の本編完結。

古代日本、九州。平和な里で暮らしていた隼人は、他邦の急襲で少年奴隷となる。家族と引き離され、見知らぬ邑で出会ったのは、鬼のように強い剣奴の少年・鷹士。運命の2人の、壮大な旅が幕を開ける！

角川文庫ベストセラー

彩雲国物語　1〜3　雪乃紗衣

彩雲国物語　四、想いは遙かなる茶都へ　雪乃紗衣

彩雲国物語　五、漆黒の月の宴　雪乃紗衣

彩雲国物語　六、欠けゆく白銀の砂時計　雪乃紗衣

彩雲国物語　七、心は藍よりも深く　雪乃紗衣

世渡り下手の父のせいで彩雲国屈指の名門ながら、どん底に貧乏な紅家のお嬢様・秀麗。彼女に与えられた大仕事は、貴妃となってダメ王様を再教育することだった……少女小説の金字塔登場！

杜影月とともに茶州州牧に任ぜられた紅秀麗。新米官吏としては破格の出世だが、赴任先の茶州は荒れている地。隠密の旅にて茶州を目指すが、そんなにうまく事が運ぶはずもなく？　急展開のシリーズ第4弾！

州牧に任ぜられた紅秀麗一行は州都・琥璉入りを目指す。だが新州牧の介入を面白く思わない豪族・茶家は妨害工作を仕掛けてくる。秀麗の背後に魔の手は確実に迫っていき!?　衝撃のシリーズ第5弾!!

新年の朝賀という大役を引き受けた女性州牧の紅秀麗は、王都・貴陽へと向かう。久しぶりに再会した国王・紫劉輝は、かつてとは違った印象で——。恋も仕事も波瀾万丈、超人気の極彩色ファンタジー第6弾。

久々の王都で茶州を救うための案件を形にするため、大忙しの紅秀麗。しかしそんなとき、茶州で奇病が流行っていることを知る。他にも衝撃の事実を知り、いてもたってもいられない秀麗は——。